公元787年,唐封疆大吏马总集诸子精华,编著成《意林》一书6卷,流传至今

意林: 始于公元787年,距今1200余年

意林轻文库

青春最美,梦想出发

中国式好看轻小说优鲜品牌

欢歌犹在
意微醺 III

雨微醺 著 / YU
WEIXUN WORKS

吉林摄影出版社
·长春·

图书在版编目（CIP）数据

欢歌犹在意微醺. Ⅲ / 雨微醺著. -- 长春：吉林摄影出版社, 2017.12
（恋之水晶系列）
ISBN 978-7-5498-3052-7

Ⅰ.①欢… Ⅱ.①雨… Ⅲ.①长篇小说-中国-当代Ⅳ.①I247.5

中国版本图书馆CIP数据核字(2017)第315893号

欢歌犹在意微醺Ⅲ
Huange You Zai Yi Wei Xun Ⅲ

著　　者	雨微醺
出 版 人	孙洪军
总 策 划	安　雅　张　星
品牌主编	非　非
责任编辑	施　岚　胡晓路
图书统筹	朱　颜
特约编辑	曹爱云
绘　　图	E.Pcat
书籍装帧	胡静梅
美术编辑	王周益
开　　本	700mm×1000mm 1/16
字　　数	300千字
印　　张	13
版　　次	2017年12月第1版
印　　次	2017年12月第1次印刷

出　　版	吉林摄影出版社
发　　行	吉林摄影出版社
地　　址	长春市泰来街1825号
	邮编：130062
电　　话	总编办：0431-86012616
	发行科：0431-86012602
网　　址	www.jlsycbs.net
经　　销	全国各地新华书店
印　　刷	天津泰宇印务有限公司

书　　号	ISBN 978-7-5498-3052-7	定价：26.80元

版权所有　侵权必究

如发现印装质量问题，请与印务部联系，联系电话：010-51908584

Contents 目录

第 一 章	黑夜对白昼的追逐	001
第 二 章	遇见你是最美的意外	017
第 三 章	你好，另一个自己	033
第 四 章	拥抱火焰的冰人	041
第 五 章	大海上的纸帆	055
第 六 章	无所畏惧的畏惧	069
第 七 章	战火中的玫瑰	085
第 八 章	将秘密盛进瓶子	095

Huan ge You Zai Yi Wei Xun Ⅲ

Contents 目录

第 九 章	繁华城中的繁华梦	109
第 十 章	你好，最熟悉的陌生人	119
第十一章	爱与被爱是一个圈	133
第十二章	幸福是猫的尾巴	149
第十三章	最初的起点与终点	165
第十四章	冬去春来又一夏	179
第十五章	一叶知秋，一雪识冬	193

Huange You Zai Yi Wei Xun Ⅲ

第一章

黑夜对白昼的追逐

夜,这是一个很美的夜。

繁星漫布,弦月高悬,夜空如一张铺开的画,亦如一张囊括所有的网,在其中任由世间芸芸众生纵横来去,惶惶终日,循环往复。每一刻,有数以万计的人出生,也有数以万计的人辞世,千万者的热恋,千万者的诀别,以及数不清的拥抱、大笑、哭泣、争吵、指责……人生百态,烦琐细碎,比天际的星还要多,多到分不清到底谁是谁,眨个眼,就再也找不到它。

此刻,张笑笑觉得自己是一个窥视者,坐在一个由天际垂下的秋千上轻轻晃荡,窥探着天上的星。抱着怀里泛旧的布偶,她在想那无数夜星中的某一个,一定有另外一个如她一样的生物也在仰望头顶的大网,想要用自己有限的目光去丈量和窥探无限的宇宙,知晓自己存在的意义,最后又不得不承认自己的渺小与无力,低下头而已。

她伸手,冲夜空挥了挥,感觉那些星星就在自己的掌心上,闭上眼睛甚至可以想到自己的五指在夜中搅动,繁星在她的指间如同水中受惊了的鱼儿,四下游弋。

整个曼哈顿已进入了沉睡,她也逐渐在这样的幻想中随着这个城市开始入睡,直到一声巨响自地下传来,所有的星星如受到惊吓一般散去。她开始坠落,最后落定,猝然睁开双眼,发现自己不在星空之间,而是在自己的卧房,躺在床上。

书桌、衣柜、窗户,窗前画了一半的画,睡前打翻的颜料与画笔在地上,凌乱的书本丢在沙发上,一件弄脏了的裙子丢在旁边,这都是今天下午被那个高个子女生推倒的。

"你应该闭嘴,你才是疯子!"楼下传来男人的厉喝,随后是一阵东西落地的声音。

那是皮特的声音,张笑笑一下子听出来了。其实,她不用听也能想到,能在这个时间,在这所房子里发脾气的人,除了这个嚣张的继父再无他人。

2005年,张蕊与皮特在一次晚宴上相遇,一个是唱得一嗓子好昆曲,经营茶道,纽约名流座上宾的华裔名媛;一个是小有名气的华裔商人。两个人从共同的故地聊起,之后发现有着相似的海外漂泊经历,从尘埃中生出芽,最后长成大树,惺惺相惜之余共坠爱河,同年举行婚礼,那时张笑笑已4岁。

但矛盾的是,张蕊在选择与这个男人结婚的同时,又似乎不太相信自己再嫁的这个男人,所以她一直都尽量不让张笑笑与皮特之间有太多的接触。甚至当初他们举行婚礼,张笑笑也没有参加,是用人带着她在家中度过的,她没有见证那一场仪式。或许,也正因如此,张笑笑从未承认过这个继父,如同那个从未出现在自己生命中的亲生父亲一样,只有一片空白而已。

初时,皮特与张蕊也有过一段快乐的时光,但后来在发现他有诸多情人,并且不愿在婚后放弃任何一个时,张蕊才大梦初醒。爱情蒙蔽了她的眼睛,让她看错了人。

因为张蕊太过独立，有独立的经济，有独立的人脉，甚至在某些方面远比皮特还要精通。她不缺钱，也不缺关爱，她的独立、固执和高傲让皮特找不到她的软肋，最终只能惹得他厌烦。很快，皮特搬出了房子，偶尔回来也是与张蕊争吵不休。这四年来，像今晚这样的情景，张笑笑已不记得发生过多少次了。

张笑笑赤脚下床，碰到了床边的吉他，落地发出一声惊弦之音。随后，她卧室的门被敲响，家里的用人客气地询问是否可以进来。看来，是在她发现继父与妈妈的对战后，用人早有防备地来到了她的门口。

张笑笑没有回答，用人苏菲推开门，却未进来。她脸上带着小心的微笑，说张蕊要笑笑不要出房间，因为那是大人之间的事情。

"裙子脏了，地也脏了。"张笑笑打着哈欠，指着房间。

苏菲愣了一下，然后进来收拾地上的东西，口中答应着会尽快处理好校服，确保她明天上学就可以穿上。但当她再抬起头时，却发现张笑笑早已不在屋内。

张笑笑站在回旋楼梯处俯瞰楼下，看着皮特扬手将桌上放置的两个青花薄瓷茶具打翻在地毯上。随后，皮特重重地踩到上面，那精致脆薄的茶盏就立时化为一堆碎片。

皮特用她听不懂的方言快速地指责着什么，张蕊坐在那里冷冷地看着他。但从她紧攥的双手可以看出，她内心也是不安的，只不过是出于修养在克制而已。

张笑笑赤着脚跑下楼，来到张蕊身边，用自己小小的身体挡在张蕊与皮特之间。张笑笑在害怕，全身微微颤抖，嗓子因为畏惧而发不出声音。但她就那么张开双臂护着张蕊，抬头仰望着那个高自己许多的成年男人，目光坚定，不屈不挠。

"不许欺负我妈妈。"许久，张笑笑咬牙吐出一句话。

皮特是不会和一个孩子计较的，或者说是不屑，冷眼看着，满目鄙夷。张蕊没有预料到张笑笑会出现，唤着苏菲的名字，要她赶紧将张笑笑带走，也催促着张笑笑回房。在一切暂时无果后，张蕊最终望向皮特，让他不要将成人之间的战火转向一个无辜的孩子。

"无辜，和我说无辜？你带着这个小丫头嫁给我，多少人在背后说我白当爹来着。"

"我们又不是活给别人看的，我以为你能看清这些。我有女儿在嫁我之前你就知道的，你说不介意。"

"不介意？多少人在背后说我没用，笑我自己无儿无女，说我再拼命也是给别人做白工，便宜外人！"

"她是我的女儿，不是外人。"张蕊争辩道。

"你……不过也是个外人而已。"

此话一出，张蕊原本想要说出的话瞬间卡在了喉间，再也说不出来，也不能再说。她目光盈盈，几度启唇又几度闭上。

张蕊的悲伤与震惊换来了皮特一瞬间的目光闪躲，之后别过脸去，只道一句：

"我后悔了。"

皮特转身，拿了沙发上的外套要离开。张蕊木然地立在那里，不动不语，已无力再与他辩解。但没有料到的是，走至门口的皮特又回过头，说了另一句话：

"你应该知晓，此生她都会是你的累赘、你的债。你应该也后悔了！"

张蕊茫然后退，跌坐在沙发上。张笑笑第一次见到妈妈的脸上露出那种失望和无助。也许仅是一瞬间的念头升起，张笑笑几乎不经任何思考，冲正离去的皮特跑去，抓住他垂在身侧的手狠狠地咬了下去。

张笑笑只是想要这个让妈妈伤心落泪的人得到惩罚。但她没想到，皮特迅速抽手，让她跟跟跄跄地撞上旁边摆放艺术品的柜子。随着物品纷纷掉落的声响，她的头部被掉落的陶瓷工艺品击中，顿时感到一阵天旋地转。

在最后混乱的零星记忆里，张笑笑似乎听到了张蕊的尖叫声和东西摔碎的声音。她又似乎听到了嘈杂的脚步声，隐隐约约像有许多人围住她，把她紧紧包围，让她感到窒息，但又像置身于一片浩瀚星空里，让她感到虚无。

当张笑笑醒来时，她看到了许多刺目的光束，戴着口罩手套、穿着无菌服的医生环绕着她。他们在说着什么，要她放松，然后她再度陷入了一片幽深的星空。

再次能够有意识地看这个世界，张笑笑将散乱的思绪归结到一起组成连串的思维后，看到的第一件事是奥运会正在北京举办。她躺在病床上，大屏幕上是游泳比赛的实况。电视的声音被消掉了，所以她只能看见画面而听不见声音，以至于她怀疑自己失聪了。

好在，苏菲从病房外端着水进来，欣喜于她能醒来。她终于安心，世界还是那个世界，她听得见，看得到，她还是她。

张蕊是在一个小时后才赶来的，身着职业套装，绾着发，化着精致得体的妆容，脚上穿着尖高跟鞋。这是在纽约这所国际大都会里一个贵妇寻常的打扮，但出现在张蕊身上的次数很少。

在张笑笑的记忆中，张蕊更多时候是身着舒适的棉麻长衫，素颜披发，坐在黄木桌前与那些茶盏小炉为伴的一个风雅人。在一切都快速而躁动的纽约,她如同开在炙热沙漠中的一株幽兰,格格不入。此时,她好像也变成了这片沙漠中的其他植物,与大多数人开始相似。

门外同样身着西装,提着公文包的男子看了病房内一眼,提醒张蕊时间不多了,然后退到门外等候。

张蕊走过来,将手包放下,来到床前打量张笑笑,伸手在张笑笑的额头上轻轻抚过,把额际的乱发捋顺,最后说出一句无关紧要的话。

"医生把你的头发剃掉了一半,你要乖一点儿,别哭。"

随后,张蕊重新拿起手包,离开了这间白到让人不踏实的病房。窗外的阳光透过窗纱照进来,让张笑笑觉得格外刺眼。

之后数天,张蕊再没出现过,一直都是苏菲照顾着她。苏菲告诉她,已将她的书本和干净的裙子收好了,只要她好起来,就能回到学校,一切照旧,包括那被剃去一半的头发也会长起来的。

一切,都会如旧的。

张笑笑站在病房的窗户前俯瞰楼下,花园、道路、绿树、散步的病人,以及不远处的中央公园,一切尽收眼底。这是高级护理病房才有的风景,但除了这些,也仅有这些了。

苏菲不在的时候,这里的护士会来照顾她。有一个金发美国护士带着职业的微笑,完美地完成所有工作,不多停留,也不会多说一个字。还有一位是亚裔护士,似乎因为是同一个种族的关系,对她很亲切,也会给张笑笑带一些小公仔玩具,偶尔还会陪她聊天。也是从她的口中,张笑笑得知张蕊此时正与皮特谈判离婚,这件事如今已成为华裔圈子内最热门的八卦话题。

一个是华裔圈的名角儿,一个是新兴的富商,这两个人的结合当年就是华裔圈内的大事,如今的反目更引发哗然。

胜负不重要,是非不重要,重要的是发生在别人身上的事情与自己不相干。但凡一点儿值得谈论的资本,人们都不会放过机会。这是任何一个圈子和团体的共性。以别人的人生来娱乐自己,是世俗众人都免不了的陋习。

"你妈妈也是个传奇呀。"亚裔护士边感叹边做自己的工作。

张笑笑那时候对"传奇"这个词还没有更多的体会。

两日后的午夜,张笑笑醒来后,发现张蕊坐在她的床边正看着她。她的妆花了,头发松松地垂着,身上的套装有些褶皱,名贵的手包丢在一边,疲惫憔悴得像是老了好几岁。

"你们越来越像了。"

"谁?"张笑笑疑惑地问。

"她,你的姐姐。"

姐姐?这是张笑笑第一次从张蕊的口中听到这样一个称谓,也是她人生中第一次真正开始接触到与郁欢相关的零星资料。张笑笑见过很多家里有姐妹的同学与邻居,但对于她而言,一直以来都只有她一个人而已。但在接下来的叙述中,她以往的认知将被全盘推翻。

张蕊说了很多,自己被遗弃的幼年、被收养的童年、军旅生活的少年、初次婚姻的青年,和漂泊海外后的经历,以及张笑笑初次听闻的那位姐姐,和她亲生父亲的些许碎片信息。

那个叫郁欢的女孩,是张蕊与第一任丈夫的孩子。就在孩子出世的那一晚,她的丈夫在抗洪救灾时牺牲了。之后,作为遗孀的她拒绝再嫁,却因为年轻美貌招来诸多无端的诟病,最后忍受不了流言蜚语的污蔑和故地睹物思人的悲伤,她选择向命运低头,同一个爱慕自己的人去了旧金山。

但是,当她在旧金山费时半年认可了这个男人,终于有勇气和决心去尝试新的生活时,一个女人的到访让她如大梦初醒——原来他早已有家室。她震惊之余仓皇逃离,之后她做过很多工作,洗碗工、清洁阿姨、修脚妹,甚至一度流浪街头与乞丐为伍。好在她会唱戏,在做工时遇见一个华侨,然后带她去了巴黎。

那个华侨就是张笑笑的生父,是他发现了她,也从某种意义上拯救了她。张蕊开始有自己的交际圈、自己的事业,甚至鹊起的名声。直到十年后,她离开法国,带着肚子里的张笑笑一起重回美国,彼时已经拥有了不错的身家与名望。

"我想回家,回到那个地方,我想重新选择一次。我一定不再逃跑,一定会坚持下去……"张蕊揽着张笑笑,在病房内失声痛哭。

"我想念她,想你的姐姐。我憎恨现在的一切,我后悔了,我真的后悔了。如果可以,我不会再离开故地,对于海外漂泊的一切,我都后悔了……"

张笑笑愣愣地被她抱在怀里,肩胛生痛,脑后的伤也隐隐作痛。她茫然地消化着这一切猝不及防的信息,看着那个总能平静优雅自处的妈妈在自己面前崩溃痛苦,悔念不已。

"那……我呢……"久久之后,她才拼凑出这样一句话。

张蕊伏在她瘦弱的肩头痛哭,没有回答她。张笑笑那时还不懂何为痛心,不能用太精准的语言描绘感受,却有一种深深的失望在胸口生根。

她的妈妈,生出了念头,希望连同她的诸多悔恨与自己一起抹去。

这让她心生寒意，心生畏惧。

半月后，张笑笑出院回家，大多数时候还是只有苏菲照顾她。她头上包着纱布，穿着宽大的白衬衫在房间里走来走去，却不再爱说话，更喜欢抱着吉他闲散地弹奏，有时候尝试按着曲谱来，有时候不成章法。

张蕊似乎从那个遗世独立的女性，忽然变得很匆忙，回来得很晚，出去得很早。有时候她回来早了，也会把自己关在房间里，一个人待着。偶尔，张笑笑能从空气中嗅到烟酒的味道。直到有一天，张蕊忽然出现在早餐桌上，素衣披发，不匆不忙，神情平静。

"笑笑，我们要搬家了。"张蕊喝着牛奶开口。

"去哪里？"张笑笑放下勺子询问。

"中国，我们的家。"张蕊露出了微笑。

那眼神里依旧满是悲伤，却不再如前些日子那样绝望，她又燃起了希望。在茫然了数日之后，她像是重新找到了新的方向，并已经为之做好准备向前出发了。

吃完早餐，张蕊要苏菲给张笑笑披上一件外套，自己也换上舒适的布鞋，带着张笑笑去中央公园散步。她似乎终于记起来，张笑笑在受伤之后很长一段时间里，她都没有给予足够的陪伴。

"我们回去后，一切会有新的开始。那里很大、很美，有很多可爱的人，你一定会喜欢那里的。"张蕊这样描绘她既定的目的地。

"那我现在的一切呢？"张笑笑反问。

"放弃吧，没什么值得留恋的，会有更好的。"张蕊斩钉截铁。

之后她们漫步在中央公园里，张蕊告诉张笑笑，她这几天联系了中介，安排国内的房子与手续事宜，只等她处理完与皮特的离婚事宜，她们就离开这个地方，永远不再回来。

"可是妈妈，你还爱他，是吗？"张笑笑抬头，眨着眼睛好奇地询问。

"爱？"张蕊没有料到，才八岁的女孩也会用上这个词。她愣了一下，低头与张笑笑对视两秒，望着这纯真无邪的眼神，她却畏惧一般地闪避开来。

"你还小，不懂什么叫爱。更不懂，爱一个人需要多大的勇气与代价。爱，太沉重了。"

张蕊望着面前阳光照耀下的湖面，像是感叹，亦像是回忆。张笑笑站在后面看着妈妈的背影在草地上投下阴影，将自己半掩其中。她下意识地退后了一些，尽量不淹没于那样的阴影当中，最后跌倒在草坪上。

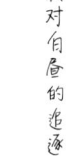

当天晚上，皮特再次到来，进门后看到坐在沙发上的张笑笑，唇角露出冷笑。他走到张笑笑的面前，低下头来与她对视，双目之间尽是厌恶。

"她不爱你，她只爱你的姐姐，将你放在身边养着，不过是把你当成你姐姐来弥补而已。可怜你还为了她要与我拼命，如今落得这般光景。"

"你是坏人，走开。"张笑笑挥手朝皮特的脸上挥去，指甲在他的脸上留下划痕。

皮特立马拧眉，愤怒地抬手，却又在最后挥落下来时止住。他抓住张笑笑的肩头，道："论坏人，你的妈妈比我强，你可知道她拿什么威胁我离婚？她用起诉我伤害你的事。你看，她还是最爱她自己！论坏，她才是最坏的那个。拿自己的女儿去威胁牵制自己的丈夫，多坏的人。"

"皮特，你够了！她还是个孩子。"张蕊及时出现，喝止了一切。

"你也知道她还是个孩子，却还用她来和我谈判。你的律师函我收到了，我不会让你得逞的。"

那天晚上，皮特与张蕊再次爆发战争。张笑笑被苏菲抱在怀中蜷缩于卧室的床上，她佯装睡去后，苏菲轻舒一口气出门离去。张笑笑在黑暗中睁开眼睛，泪水无声地滚落。她虽少不更事，却也懂得诸多大人世界的言语之重。

张蕊要离婚，不管一切，不要一切，只要一个自由身离开这里。但是，就如同当年皮特力排众议坚持要娶她一般，此时他坚持不肯离婚。他的公司正值上升期，他在华裔圈乃至纽约的上流圈中刚有不错的名声和地位。他不想因离婚而给公司带来不利的影响。更何况，张蕊如今的名声与人脉关系对于他是有利的，这也是他当初决定娶这个女人的重要原因之一。

"你不爱我，为什么还要困住我？"张蕊质问。

"因为当初你选择了进入我的围城，你选择了我，我又哪里会让你随便离开？即使我用旧的衣服，在我不想丢之前，我也不会让它自己从我的衣柜跳出去。"

"你已有那么多的情人，有那么多选择，放过我吧。"

在数年的婚姻中，尽管有诸多争执，但张蕊从来未求过这个男人。她拥有自己独立的生活与人格，即使是在旧金山打黑工时，也鲜少求过谁。后来不顾外界各种风评，嫁给这个来自山西靠煤矿发家的男人。他俗气又暴躁，有着诸多恶习。所有人都觉得张蕊是为了他的钱而下嫁，她也不曾辩解一句，求过一字。

此时，她委下身段去求他，求他放过她。

"你见过谁的衣柜里只会放一件衣服？你嫁我时就该知道，我不过是把你放在衣柜比较显眼的位置而已，你不会是我衣橱里的唯一。你嫁我不过是图财，我也不曾亏待过你，你怎么会以为我会为你清空别人呢？"

一件衣服，一件比较显眼的衣服而已。这是历时五年的婚姻里，皮特对张蕊最后给出的评价。这让张蕊再次呆愣住，说不出话来。

"我不会离婚的，你死心吧！"皮特微笑。

"皮特，我不过是爱你一场，你何必如此决绝？"许久，张蕊低声质问，心灰意冷。

"你说你爱我，就证明给我看呀。医生说我不能有孩子，老天注定是要我一个人走到死，那我就要拉上一个人陪我。"

皮特走近张蕊，伸手托起张蕊的下巴，轻轻地抚摸她光滑的下颚，仔细端详她的面容。看着那双悲伤与怨恨的眼睛，他居然笑了。

"所有人都说我是个暴发户，觉得我一无是处。如今我无父母，无兄弟姐妹，这么多年的失败，和医生一次次的检查结果也判定了我不能有儿有女。对这孑然一生的命运，我不甘心，我不想就此屈从。直到你出现，你说你是真的爱我，尽管我不相信，但是我还是愿意有你这样一个人陪我一起到死，我的太太。"

"你疯了，我不过是爱你，我何其无辜。我不过是爱了你一场而已，你何至如此……"

张蕊狠狠地推开皮特，不敢置信地看着面前的男人，这就是数年前自己曾爱上的人，甚至此刻她还对其心存幻想，还想着以最周全的法子离开他。而他想的不过是拉着自己一起下地狱，做他的陪葬品而已。

皮特离去，张蕊如数年前在郁振国离世后历经诸多非议一样，绝望地倒在沙发上，再次捂着鼻号啕大哭。她为自己的处境而哭，为自己当初错误的选择而哭，更为自己那一片真心换来这样的回报而心疼自己。

张笑笑隔日恢复上学，失去半边头发的她显得格外扎眼。走在校园里，原本对她就有着诸多不满的同学，更是越发地嘲笑她，且给她取了一个诡异的外号，在她进出校园时起哄叫着。

这群人为首的是一个女生，她高大强壮，脸上长着雀斑，身边站着一众"姐妹"。张笑笑已经历过无数次这样的场景，她从她们面前低头走过，一言不发，忍受着这一切，以避免带来更严重的后果。

这次，她低着头走过去，但走到一半时却又停下脚步，站在那个女生面前，冲她第一次伸出了手指，告诉她该停下来了。她表示讨厌这样的笑声，如果她们不停下来，她会有所表示的。

一众女生意外于张笑笑的首次反抗，随后爆发出更大的笑声。张笑笑则用自己的拳头实现了反抗的诺言。

两个小时后，张笑笑背着被扯破的书包回到家里，衣服与裙子上满是尘土，头发乱成一团。苏菲迅速迎上来照料她，一如从前心疼着这个小女孩，做好了抱着她、等她哭一场的准备。

但，这一次张笑笑没有哭。她用手捋了一下自己的乱发，冲苏菲露出了笑脸，提着书包径直上楼回到房间。

与此同时，在城市另一端的一间大楼办公室的落地玻璃之后，张蕊坐在律师对面，对着一纸文书发呆许久。手机响起，她的手微微一颤，冲对面坐着的律师微微颔首，将文书放下，侧身自包内取出手机接听。

是张笑笑的学校打来的电话，指名要求张笑笑的监护人接电话，告知她一个小时前，张笑笑将同学打伤一事。张笑笑即将面临审查，校方建议先停她的课，同时被打同学的家长现在极为愤怒，已经报警。鉴于张笑笑尚未成年，所以校方第一时间通知张蕊知悉此事，建议她迅速到警局来处理此事。

张蕊听着这一切，甚至顾不得询问更多，或者正好终于有了一个理由赶紧结束与律师的面谈。她匆匆起身，与律师作别后赶往警局。

在警局内，张蕊简直不敢相信自己所看到的。因为张笑笑总是那么温顺少言，瘦弱内向，如何能将这样一个高大强壮的同学打伤。女生的妈妈大声指责着张蕊，言辞激烈。张蕊与之沟通无果后，选择了放弃，留下律师的名片，办理相关手续后离去。

当晚张蕊与张笑笑尝试着谈一谈，但是张笑笑却显得无话可说。她安静地听着张蕊叙述、询问、教育，甚至指责，她一字不回，直到最后她问出一个问题。

"如果是她，你会这样生气地指责吗？"

"谁？"张蕊愣住。

"你的另一个女儿。"

张蕊启唇，却未说出话来，她一时间竟无话可说。她没有想到年幼的张笑笑会这样冷静地问出这个问题，反将她一军。

"不会，是吧？"张笑笑从椅子上站起来，脸上露出微笑，眼神却透出一种冰冷。

皮特再次到来是在那天半夜，他气势高涨地来到这里，不同于往日的愤怒与乖张，这次却是高兴，甚至兴奋。张蕊系好睡衣带子走出卧室下楼，她的双眼泛红，显然张笑笑与她的对质已经让她今晚难以入眠，而皮特的到来，似乎也注定了今夜她将彻夜无眠。

"她怀孕了。"

皮特兴奋地开口，张蕊都没有明白他口中的"她"指的是谁，但仔细想想，是谁重要吗？都是"她"而已。

"我们离婚吧。"

这是皮特说的第二句话，果断又利落地给出结果，甚至不让张蕊有一丝反驳，他只想要这样的结果而已。

面对皮特的兴奋，张蕊立在下旋的楼梯上，下意识地拉紧了睡衣带子。

"什么时候？"张蕊环抱着双臂，沙哑出声。

对比张蕊的疲惫虚弱，皮特的声音高亢有力，充满了对未来的向往与迫不及待。

"马上，现在，立即！"

三个词，干脆利落，令张蕊一愣，又大喜大悲。

喜的是，她终于可以得到解脱，可以打开枷锁离开这个牢笼，得偿所愿重获自由，可以如她所希冀的那样重归故土，去寻找自己曾经错失过的人和事。

但是，她也同样大悲，并非为眼前这个男人，而是为自己。她悲自己一心所念、真心爱过的男人，不顾流言蜚语真心而嫁的人，曾那么执着于不放自己离去，此时也不过是因为另一个女人怀孕，就将自己弃如敝屣。

"好。"张蕊微微抬高下巴，发出一个音节。这似乎是她此时唯一可以做的事了。

"这该死的，为什么才凌晨3点，我还要等6个小时才能和你离婚，6个小时后我一秒也不会多等。"皮特走上楼梯，忘形地说着，双手扣住张蕊的肩膀，摇晃着，以表达自己迫不及待的决心。

张蕊闭上眼睛，微微侧过头，不与面前的人对视，空气中浓重的酒味更让她觉得厌恶极了。

"我会给你一笔钱，就当是买你这几年的时间，你不会吃亏的。"

"物有价，情无价。我与她才是真爱，你这样的人是不懂的。"

皮特松开张蕊，留下一句如同在冰上撒霜的话，然后欣喜地下楼离去。

至此，如一纸判词般，她这些年的一切，在他的眼中有了定论，不过就是贪图钱财的一个女人，与俗人无异。尽管他口中声称知晓她爱他，但实际上，他从未相信过。

皮特关上门时，发出一声重响。早在楼下候着的苏菲欲要上前去对张蕊说些什么，张蕊站在楼梯上示意她止步，不要再靠近。

苏菲低头离去，其实她亦无话可说，因为她知道发生在张蕊身上的一切，所以更明白，此时任何安慰的话对张蕊来说都没有用。

第一章 黑夜对白昼的追逐

张蕊缓缓蹲下身子，环抱着双臂，再摸索着抱住自己的肩，在明明温度适宜的房子里却感觉全身寒冷彻骨。

直到一只小手搭上她的肩，从背后轻轻地蹲下来环抱住她。那只小手一直停留在她的肩头，只要她抬手就能握住，而事实是她也的确向那只小手靠近，却在最后握上的时候将那只小手轻轻拿开。

"苏菲，带她去休息吧！"

张蕊甚至没有回头看一眼张笑笑，就让苏菲上前将她带离，留给她一个微微拱起的消瘦背影。

张笑笑一直回头，望着坐在楼梯上的那个身影，显得那么无助又无力。她觉得与那个身影离得那么近，不过数米而已，却也那么远，远到她甚至不屑于自己的关心，将自己推开。

如果此时是她在此，张蕊应该会拥抱她吧？不会是这样冰冷得头都不回。张笑笑躺在床上如此想着，闭上眼睛再不敢想。那个素未谋面的姐姐，她从未出现，却是自己人生中最大的阴影，挥之不去。

皮特出车祸的消息是在张蕊穿戴齐全准备出门时传来的，张笑笑坐在桌前吃着早餐，苏菲打理着张蕊需要携带的一应物品。她拿着电话站在沙发一侧，另一只手还拿着预备要戴上的钻石耳钉。

在听到警方的通知后，张蕊愣了半晌没有言语。那一头的警察以为她是过于悲伤，用尽量柔缓的言语试图安慰张蕊。但张蕊如同未闻，最后只喃喃地吐出一个字。

"不！"

张蕊依旧迅速地出门了，只是由原定签订离婚协议的律师所，改成了医院的急救中心。她一身华裳，妆容得体，提着名贵的手包同司机与律师一起前往。

"我们会尽最大的可能抢救，但是我们必须表示，想要他活下来，还需要上帝的眷顾。"医生无奈地解释完，戴上口罩转身再度进入手术室。

张蕊不得不承认，她有个不错的律师。那位平时话多的私人律师在医生离开数秒后，就将呆愣在原地的张蕊叫醒，告诉她要开始筹备争取对皮特公司的运营权与股份的继承权，要在公司的股东们及其他管理人员找上门之前，有更早一步的准备，要有一场公司主权争夺战的心理准备，等等。

张蕊茫然地听着律师专业的讲述，缓缓地抬起手示意他先收声，她只想静静。不久，公司其他数位股东所指派的人陆续到达手术室外，每个人都说着是受老板示意前来帮忙和问候的，以备不时之需。但张蕊心里清楚，那些人都是为了第一时间向自己的老板报告手术情况，然后抢占先机，开启自己的商业目的。

他们所关心的不过是皮特身上的商业价值，而并非皮特本身。

手术做了8个小时，张蕊一直待在手术室外未曾离开。张笑笑是在家里的电视上看到的相关的新闻。亚裔富豪深夜酒驾飙车冲出车道，撞上路边的树木，豪华跑车成了一堆废铁，而他从车内飞出撞击到石头上，生命垂危……

张笑笑让苏菲带她去医院。苏菲起初是不同意的，但张笑笑坚持不睡觉，一直静坐在那里表示抗议，最后苏菲不得不妥协。

张笑笑在手术室旁边的一间空房见到张蕊，她憔悴而麻木地坐在沙发上，律师还在旁边讲述着应对方案：如果手术成功，一切格局不变是最简单的，建议张蕊在皮特休养期间为自己的离婚争取更大的权益；如果皮特死亡，她则要争取尽可能地不让外人分走她所应得的遗产。

说到应得，律师停顿了。他尽量不想让张蕊太尴尬，不过还是将一份资料递给张蕊，告诉她这是最新查到的关于皮特在外有关系的情人名单与基本资料。

"她们都是你的威胁，以前是，此时更会是。"

"不，她们不是威胁，我应该感谢她们，让我有机会解脱。"

入夜时分，皮特全身被插满管子，进了重症监护室。医生下达病危通知。在接下来的几天，所有人都绷紧神经等待命运的判决。同时，张蕊也见到了数个前来探望皮特的陌生女子，不同年龄，不同风格。她们都以皮特的女友自居，在病房门口上演几次关切与悲伤的戏码，最后被保镖请离。

但是，所有人在离开之前，不忘记告诉张蕊一件事，她们都真爱皮特，深爱着他。

张笑笑在律师的陪同下处理了学校的事件，给了对方一份不错的赔偿金后，一切得到和解。对方欢天喜地地写下一份永不追究的声明，张笑笑独自返回学校。

从前，她不过是一个被欺负的弱者；现在，她被当成一个有暴力倾向者。虽然他们不再当面嘲笑挑衅她，但依旧不喜欢她，孤立她，看她的眼神更冷了些。

张笑笑用剪刀把长发剪掉，让因受伤而剃去头发的那些皮肤更为明显地暴露在空气中，也让自己在喜欢柔顺长发、精致裙子的女同学中，看起来更加与众不同。

苏菲看着她的新发型欲言又止，最后只是上前将剪刀接过来，告诉她该睡了，明天又是新的一天，还要去上学的。

张蕊在四天后接到了诊断书，皮特的大部分器官已经坏死，只能依靠各种营养输送

系统维持生命，他将成为植物人，暂时醒不过来。

张蕊拿着那一纸判决立在医生的办公室内说不出话，只是重复地看着那个诊断结果。旁边的律师快速反应过来，开始对身旁的助理小声吩咐一些事情。而候在门外的其他各方股东也都获得了自己想要的信息，纷纷向自己的老板转达。

她想过对方会死亡，她将以遗孀的身份走完一生；她也想过他会活，然后不过是再费点儿时间等他来解除婚约……但是，她没有料到他会变成植物人，一个非生非死的中间地带，也将她夹在了一线之间，不得自由。

"不！不！救活他，叫醒他！"张蕊紧绷了数天的弦如同断了一般，她将那一纸诊断书丢掉，冲着医生喊出来，不是命令，是请求，苦苦请求。

医生摇头摆手，只当这是一个悲伤妻子的正常反应，叫护士去安排心理疏导人员过来照顾张蕊，自己先行离开。

张蕊冲出门奔至监护室外，被那里的医务人员拦下。一路跟来的律师与各方助理人员同行而至，隔着窗户望向室内全身被绷带和管子包围的人，有的人不由得侧过脸，不忍直视。

"起来，你起来，你起来！你答应放我走的，你答应了的呀，你怎么这么不负责？就这样睡过去？你起来，起来……"

张蕊从最初的愤怒吼叫，到后来呜咽的绝望，律师和助理搀扶着她却无从安慰，心中不过是想着，这是个真心爱着丈夫的妻子，是个不幸的女人。

张蕊在大起大落的情绪中昏厥过去，然后被送往一间VIP（贵宾）室休息。关上门的时候，有人还试图要拍些照片或是一同进门，一直沉默着由苏菲牵引的张笑笑回头望向众人，冷冷地看着，让那些人惊诧于这个小女孩透露出的强大气场。

最终，她冷冷地关上门，将一切隔绝在门外。

翌日，凌晨时分。张笑笑被楼下的脚步声惊醒，她以为又是皮特来与妈妈起争执了，立即自床上坐起。但再仔细一想，皮特已经成了植物人，躺在医院里依靠一堆管子生存，不可能再给她和张蕊带来任何威胁，她才放下紧绷的神经。

张笑笑走出卧室，站在二楼的楼梯后面朝下看，发现是妈妈的司机，正提着一个箱子出门，他的皮鞋在地板上发出"咚咚"的声响。

随后，张笑笑回头，看到张蕊穿戴整齐地从卧房走出来，一边走一边拿着手机与对方沟通行程。

"尽快，用最快的方法安排我回郁城……"

张蕊的话说到一半，才发现立在楼梯上的张笑笑。张蕊放下手机走向张笑笑，伸手向她的脸颊靠近，在张笑笑以为她要用手心轻抚自己脸颊说些什么的时候，张蕊的手最终也只是落到了她参差不齐的乱发上，疏远地拂了拂，打量一眼。

"你什么时候把头发剪了？"

"一周前。"

"哦。"

张蕊漫不经心地应了一句，垂下手来，自张笑笑旁边经过，下楼离去。

后来，张笑笑从苏菲的口中得知，张蕊回中国了，去见一位重要的故人。说这些的时候，苏菲显得格外小心，害怕张笑笑会心生不悦。毕竟现在张笑笑的伤势还需要复诊，此时被丢在家中，而她妈妈自己去远行，就连苏菲这个外人看来也觉得不妥当。

"哦。"

张笑笑低头吃着桌上的麦片，随手翻过一张纸写写画画，像是没有意识到有任何不妥，也同样回了一个字。

苏菲如释重负，转身再去厨房为张笑笑张罗些什么。张笑笑再翻动一页纸张，咽下一口麦片。

"临走前她应该拥抱一下我的。"

一句话，无人听见，消散于空气中，无声无痕，像是一句下意识的只言片语。言罢，张笑笑停下了手中的勺子，抬头愣了一秒，之后就若无其事地将这点儿思绪拂过，继续吃着乏味的早餐，继续一切。

电视新闻还在报道着皮特的八卦，亚裔富商在成为植物人后，各种声称是他情人的女性陆续出现，她们的故事亦真亦假，有的哭诉着自己的悲伤，有的要写文章来揭露细节，甚至还有人打算在电视节目上说些什么，指明要见富商的原配夫人……

第一章 黑夜对白昼的追逐

第二章

遇见你是最美的意外

2009年的圣诞夜,张蕊身在外地,为皮特公司所属的一处分公司的账目稽查事宜而忙碌着。张笑笑收到了来自苏菲的一份礼物,那是一双手工编织的手套。苏菲有些不好意思地表达着自己对她的祝福,又补充说自己的手工活做得不好。

张笑笑收下礼物放到桌上,一言不发地继续在纸上写写画画。苏菲有些尴尬地站立了一会儿,然后悄然离开。

"谢谢。"张笑笑对着窗户说了两个字,随手翻着画册。

当晚,家里一楼的圣诞树上的彩光闪烁了一夜,树下的礼物盒也安静地摆放着,却没有人去拆开。

苏菲准备了丰盛的晚餐,但最终张笑笑只是站在楼上远远地看了一眼后重新回到房间,再没有出来。直到食物凉透,再被苏菲收走。

旁边的邻居房子门前放起烟花时,张笑笑趴在窗户上向外观看。那里有邻居家的小孩在和姐姐笑闹追逐,那个小男孩似乎是将雪丢进了姐姐的围巾里,之后被他姐姐追着一边跑一边笑。在经过张笑笑家时,他停下脚步,抬头发现了趴在窗户后面的张笑笑。

明白自己的偷窥被发现,张笑笑下意识地后退,躲开那个男孩的目光,却不料脚下踩滑了,跌倒在地板上。

"喂,你还好吗?"男孩用中文询问,意外地标准。

张笑笑趴在地板上并不敢站起身子,转动着眼球,心里暗自想着太过丢脸,不想再让那个男生看到自己。

"喂,我们要去放烟花,一起来吧。"

男孩的声音又自楼下传来。张笑笑的头伏得更低了,心里抱怨着这个男生为什么还不离去。

"我知道你在那里。你快抬头看,下雪了。"

"下雪了?"张笑笑疑惑,她下意识地抬起了头,发现外面的夜空依旧干净,根本没有半片雪花。

张笑笑暴露在了窗后,楼下的男生得意地笑了。随后张笑笑就生气了,拉开窗户冲楼下怒目而视。

"你个小骗子。"

男孩并不生气,冲张笑笑的方向伸出了手来回挥动,道:"哈哈,你好,我叫阿图,很高兴认识你。"

"谁要认识你,小骗子。"张笑笑侧身,随手从窗台上抓过一只摆放在那里的熊猫公仔朝楼下的人丢去。

公仔没能砸中那个叫阿图的男孩，甚至没有落到地上，而是卡在了路侧的万年青树上，配上公仔可爱的表情，像是一个滑稽的外来者，望着愠怒的张笑笑，让张笑笑哭笑不得。

男孩跑开了，张笑笑有点儿失望。但两分钟后，他又回来了，吃力地拖着一个梯子在树下架起来，然后一步步登上万年青的树顶。他的笑脸自翠绿的万年青树叶后面露出来，也许是因为万年青树叶太过茂盛的原因，让张笑笑瞬间忘记了这是个冬日，好像应该是某个春日或初夏的时节才对，一切生机盎然。

阿图取下了那只熊猫公仔，冲窗户后面的张笑笑挥臂摇动，道："谢谢你的圣诞礼物，我非常喜欢。"

随后，阿图伸手将自己脖子上的红围巾取下来，团成一团后奋力扔向了张笑笑所在的窗台。

"这是我的礼物，圣诞快乐！"

"我才不要你的东西，小骗子，喂……"

张笑笑不理会落在窗台上的围巾，冲阿图拒绝道。但是阿图已经顺着梯子落地，一边挥动那只熊猫公仔作别，一边拖着梯子回家。

"我叫阿图，不叫小骗子，我不骗你，真会下雪的。"

张笑笑没有捡那条围巾，关上窗户，拉上窗帘，不再理会这个突然强行要与自己有所交集的男孩，倒在床上盖上被子想要睡觉。

与此同时，张蕊坐在另一个城市的一家高档酒店的咖啡厅内。因为是圣诞夜，所有人都忙于合家团圆，互赠礼物，来庆祝这个对于西方国家最重要的庆祝日，所以偌大的咖啡厅内只坐了张蕊和另一个女人。

女人面黑，头发稀少，面上有着斑斑点点，像是再普通不过的一个底层女人。如果要说她唯一的特点，大概就是那微微隆起的腹部吧，她双臂摊开，搭在沙发两侧，更让一切明显。

从这里值班服务生的眼神里可以看出，这个女人与这所豪华五星酒店的一切都格格不入，更与坐在对面着一身套装、优雅端庄的张蕊有云泥之别。

"一千万。"这个女人不含糊不迟疑，斩钉截铁。

"还有那套我现在住的房子，还有那辆跑车，还有……"那个女人一一地罗列着，清楚明白，对自己的目标了然于心，像是演练了无数遍的舞台剧，只要有机会就能尽情发挥，一刻也不耽搁。

"孩子呢？"最终张蕊打断她，有些疲惫地询问。

"孩子可以生下来给你,我不要。"

"给我?"张蕊不敢置信地反问。

"他是你丈夫的孩子,给我我该得的钱和东西,孩子我会生下来交给你,让你的丈夫后继有人,而且我可以永远都不再见他。"

张蕊有片刻的呆愣,料到了她会要钱,料到了她会与自己争,但是怎么也没有料到对方会不要这个孩子,只要钱。

那一瞬间,张蕊想到了很多,意外、失望、惊喜、嘲讽,最后只余下一丝索然无味。这就是皮特要与她恩断义绝而去追寻的女人,是他心心念念的家与孩子,是他为之付出性命的理想对象,原来只不过值一千万而已,原来不过是一个数字就可以买断的商品而已。

物有价,情无价,此时这六个字想来,在皮特身上多么讽刺。

"你想多了,我一分钱也不会给你,孩子我也不会要,你走吧。"张蕊无心再听下去,放下手中的水杯起身,拿包作势离去。

女人意外又吃惊,她拦住张蕊,问她怎么可以这么直接地拒绝她,明明她手中握着那么重要的筹码,她明明自信而来。

"你对于其他那些莫名其妙跳出来的人都能爽快地答应给几百万,我的一千万哪里过分了?我肚子里可是你丈夫的孩子,你难道不爱他吗?你难道不想为你的丈夫留下子嗣吗?要知道,有一个自己的孩子是皮特的梦想。"她质问。

"不想,你自己留着吧。"

张蕊侧身,以目光扫过这个女人,轻轻地错肩而过,向服务生埋单并支付了一笔为数不少的小费。同时说明,她只埋自己的那份单,女人的饮品要自己去支付,因为她们只是陌生人。

"张蕊,你会后悔的,我不会就此放手,我要与你斗到底。"女人在背后厉声指责。

张蕊抬起下巴,头也不回地离去。

酒店的落地窗外,繁华城市里的人们放起了烟花,庆祝着圣诞节的凌晨来临,像是一个新的开始。张蕊也知道,从这个圣诞节开始,自己的人生篇章也将迎来新的一页。

拒绝琳达所引起的后果在张蕊的预料之中,亦在预料之外。预料之中的是,她迅速对外找媒体曝光自己与皮特的私情,晒出孕检单,急着为自己找到存在的理由。意料之外的是,她忽然一改之前与自己谈判时的言语粗鄙与直接,转而改了风格。在电视上俨然一个无辜女人，柔弱无靠，唯唯诺诺地坐在凳子上紧并着双膝，攥紧双手，低头泣不成声地讲述自己深爱皮特，她与皮特的感情有多么纯真，等等。

"我不要钱，我只要我的孩子能光明正大地站在他的父亲面前，继承他父亲的志愿，将他父亲的一切发扬光大。我不要钱，我只是因为爱皮特，请不要剥夺我爱他的权利与方式，请求你……"

张笑笑拿过遥控器换了台，跳到一个音乐频道。那里正播放着时下最流行的新曲MV（音乐电视），热情洋溢。再换一下，是中文国际频道，上面转播着国内的春晚筹备情况，喜庆的音乐和主持人满脸的笑容显得整个气氛都很热烈。

张蕊披着一件米白色羊绒披肩立在窗前已经许久，望着外面的花园出神。冬季的花园萧索无色，唯有万年青还有一线生机。灰蒙蒙的天空，乌云压得很低，没有风，一切都似是静止在这片灰色之下，让人感觉压抑。

直到被这喜庆的音乐拉回一些思绪，张蕊侧转过身看向张笑笑，停顿了片刻，道："春节时去度假吧，想去哪儿？"

张笑笑想了想，觉得这真是个意外的惊喜，以至于她不敢太过轻易开口应承。之后张蕊便接到一通来电。

张蕊与对方交流了几句，之后约定见面时间，放下听筒后让苏菲叫司机备车，自己上楼准备行装去了。

张笑笑坐在沙发上抱着一只抱枕，脑海中还在盘算着那个问题，去哪儿度假好呢？然而这个问题，直到春节来临张笑笑都没有想好，但这也无关紧要了。因为，张蕊早在前一天飞往了另一个城市，她独自坐在家中看着苏菲备上的一桌中餐，索然无味。

苏菲说张蕊准备了礼物给张笑笑，放在书房里，问她要不要去打开。张笑笑摇头，穿了外套走到花园里，坐在秋千上望着天空发呆，她猜测，此时在遥远的故乡应该是欢庆春节的热闹场面。

"嘿，今天没有星星，你在看什么？"

忽然，一个声音自树后的阴影里传来，让张笑笑微微吃惊。她侧头，看到万年青树后有一个戴着针织帽子和护耳的男孩藏匿在那里，就是圣诞节那天见过的叫阿图的男孩。

"要你管。"张笑笑别过头去，不想理会。

"阿图，你给我出来，我要剃光你的头发。"

随着另外一个女声传来，阿图迅速地藏回阴影中。之后，张笑笑看到一个里面穿着居家衣服，边穿外套边从隔壁房子里跑出来的年轻女孩。

"小妹妹，你看到我弟弟了吗？"年轻女孩礼貌地询问张笑笑。阿图藏在树后一直

摇头示意,张笑笑迟疑了一下,随后弯唇用目光示意那个年轻女孩她旁边的万年青树。

女孩拖长了声音发出"哦",缓步走过去,只是一探手就从树下揪住了阿图的耳朵,痛得他哇哇直叫。

姐姐扯着阿图的耳朵回了家。阿图一脸怨念,却还不忘冲秋千上的张笑笑挥手。他搞笑的模样让张笑笑忍不住笑起来,她忽然来了兴致冲他做了个鬼脸,跳下秋千转身回屋去了。

半个小时后,在卧室内悠闲地画画的张笑笑听到有东西击中窗户玻璃的轻响。她走到窗前望下去,看到阿图在路边用松果在掷她的窗户。

"下来,穿好衣服下来,快点儿。"

张笑笑不说话,阿图就继续掷她的窗户,道:"你不下来,我就一直在这里丢。"

最终,张笑笑穿戴好下楼,走到阿图面前后,她拿过阿图手里的一枚松果,直接就砸到了他头上。

"痛不痛,我的窗户哪里招惹你了?"

"今天是中国的春节,我们去唐人街吧。今晚那里有烟花,有舞龙,还会下雪哦。"阿图一边揉着自己的额头,一边笑呵呵地介绍。

笑笑是想拒绝的,但是在她拒绝的话说出来之前,已经被阿图拉着到了路口,又被拉着追向一辆公交车。

在公交司机有些不耐烦的招手中,阿图拉着张笑笑跳上了公交车。两个人走到最后一排的位置坐下,阿图从自己的手上取下手套递给张笑笑拿着,然后像变戏法一样从外套里掏出一张小地图铺开,上面标注着一些歪歪扭扭的字。阿图用手指着地图上他标注的地方,向张笑笑介绍。

"我们先去这里吃糕点,然后去这里吃茶,再去这里等舞龙队伍,最后到门楼下面等跨年……"

张笑笑听了一会儿,这才缓过神来,惊觉自己与这个并不太熟悉的邻居一起就这样在春节的晚上跑了出来,带着一张地图就要去探寻未知的事物。这得多大胆?但也不得不承认,对生活平静的张笑笑而言,这充满了不一样的诱惑,这是她前所未有的体验。

公交车坐了许久,再换乘,张笑笑几乎就要睡过去的时候被阿图摇醒。他指着一个挂了红灯笼的门楼告诉她到了。

两个人下车穿过那道门楼,张笑笑感觉四周一下子热闹起来,人声嘈杂,灯影重重,庆贺新年的音乐声与商铺内的欢笑声,作别了那个冷清安静,永远有条不紊的冰冷天地,像是坠入了另外一个国度,熟悉又陌生。

"北京的新年要比这里热闹得多,你应该去体会一下的。"阿图将买好的热栗子递给张笑笑时说。

"你去过?"

"当然,我的奶奶是中国人,我在那里待过一个冬天,可冷可冷啦。"阿图形容着,作势打了个哆嗦。

两个人吃着栗子,去寻找地图上画出来的糕点店。但是事实证明,理论与实际相差太大,在找到那家店时,店铺已经由于即将迎来新年而准备关门了。两个人失望地离开那家店,阿图拍拍张笑笑的肩,承诺下次再来。

如果糕点店是失望的开始,那接下来的茶店则是第二次失望。玻璃门上贴着倒写的"福"字,旁边是一则休假声明,上面写明老板回国过春节了,要一周后再开业。

最后,他们去找舞龙队伍,这次总算赶上了,但也算不上完美。两个小小的人在拥挤的人群里穿梭,在身高与体力都没有优势的情况下,他们大多数时候只能随波逐流。阿图看到路边卖氢气球的商人后,挑了一个有着大大笑脸的气球系在张笑笑的中指上,让她握住,说如果走散了,他也能在人群里一眼发现她。

舞龙很热闹,是张笑笑从未见过的场面。所有人一起欢呼,一起喝彩,四周灯火通明,在严冬的异国绽放出中国传统文化风情,以及中国人独有的热情。张笑笑看着这一切,忽然无比向往自己的故乡,想去亲身感受自己血脉的源头,去见识自己祖国的真正模样。

有人推了张笑笑一下,她趔趄地向前一步,随后又被另一个人顺手扶住,提醒她小心。她说着谢谢,然后感觉到手中有东西轻轻抽离,那原本握在手心的气球就那么离去,缓缓升向夜空。然后,她下意识地回头去看,发现阿图不知何时已经不在身边。

忽然之间她变得不安,头顶的气球已飞远,四周的人群依旧涌动。她站在原地不知所措,试图逆行返回去寻找阿图,但也是无功而返。此时,她甚至不知道接下来应该做点儿什么,或是能做什么了。

直到阿图的声音自旁边一处音响喇叭传来。那是店家平时为了拉生意用的,今天原本放着音乐,此时阿图站在椅子上,拿着麦克风正在呼唤她。

"那个黑色短发,穿着橘色大衣,没戴手套的女孩,请到我这里来。"这样在大庭广众之下被人呼叫,更不要说是以如此特别的方式,张笑笑一瞬间居然反应不过来。直到有人拍她的肩膀,询问前面是不是有人在找她。然后又有其他人指向她,冲阿图回应说他要找的人在这里。

张笑笑红着脸,看着人群为自己让出一条道。但她却没敢走过去,好在四周一片暗

淡，她的脸色与局促无人发现。

阿图从椅子上跳下来，将麦克风还给店家，说完谢谢后小跑过来找张笑笑，冲四周的人道谢后牵起她的胳膊，带她从人群中挤出去。之后人群恢复常态，再次跟随舞龙队伍继续前行。

他们是想买些东西来吃的，但是大多数的店都关门了，最后只找到一家冰激凌店。张笑笑觉得大冬天吃冰激凌真是太奇怪了，但阿图却不由分说地买了两支，并将自己手上的一只手套取下给张笑笑戴上，让她用这只手来握冰激凌。

几分钟后，阿图带着张笑笑在路边的长椅上坐下，又累又饿的两个人吃着冰激凌。舞龙的队伍已经远去，而原本计划要放的烟火似乎也出于安全考虑而取消了，最后街道上逐渐冷清起来。两个人拖着疲惫的身躯离开唐人街，去赶最后的公交车回家。当跨年的钟声响起时，两个人都在公交车上疲惫地睡着了，醒来到家时已经是新的一年。

到此，他们巧妙地错过了一切特别的节点，全军覆没。

不得不说，这真是个失败的探险计划，没有一件事情是按原计划实现了，甚至在第二天，张笑笑还为这次的探险付出了重感冒的代价，低烧与咳嗽纠缠了她近一周的时间。但是，此后的许多年里，张笑笑再回忆起那个除夕的夜晚，却怎么也抑制不住唇畔的上扬弧度，每次增加一点儿，直到某天再也压抑不住心中那朵盛开的花，露齿大笑。

那个冬夜里的小小少年，和那场节节错失的冒险，却是她在那个大城市里鲜有的成功喜悦，放纵骄傲。

当张笑笑自那场低烧中脱离，在一个天气不错的日子换上干净的衣衫，走出家门，打算正式去认识一下那个叫阿图的男孩，并将那只手套还给他时，她却经历了一场失望。来到那房子前，见到的是搬家公司在那所房子前忙碌着，将家具朝房间内搬送。

新来的邻居是一对白人夫妻，有一个和张笑笑同龄的女儿。她热情地与张笑笑打招呼并告诉她自己叫艾米丽，是从拉斯维加斯搬来的。她的父母早在三个月前就预订了这所房子，她已经期待了三个月。

问及阿图一家，她摇头表示不知道，也没有人能够解答张笑笑的疑问。只是在张笑笑回到家后，苏菲告诉她在花园外的大门口捡到一封信，应该是给她的。说应该，是因为那封信上并没有写收信人的名字，上面只是写着"请戴一只手套的人签收"。

张笑笑撕开信封，但是里面却是被水浸湿的一团团模糊的墨迹，凭张笑笑怎么烘干处理，也没能辨认出上面的文字。

就这样，阿图在圣诞节出现，又在春节之后消失，像是一个小插曲。而那个叫艾米丽的金发女孩，在之后倒犹如一个不速之客闯入了她的生活。她经常来找张笑笑，因为她觉得中国文学神秘而又厚重，对于拥有纯正中国血统的张笑笑有着一种特别的好感。张笑笑的沉默寡言与自己的外向开朗成了鲜明的对比，也是她觉得张笑笑的特别之处。

后来，艾米丽告诉张笑笑，她们会成为朋友，其实最重要的一点是中国菜很好吃。每次苏菲做中国菜时，若张蕊不在家，她就会找理由去和张笑笑一起用餐，然后满足而归。

2010年，皮特在一个晴朗的好日子里被医生宣布了心跳停止，张蕊彼时坐在办公室内开着会。听秘书讲完，她点点头，提醒在做着工作部署的人继续，不要浪费时间。

那天也是原定张蕊要带张笑笑去看一个艺术展的日子，所以她在张蕊的办公室内一边听着歌，一边等会议结束。张蕊回办公室后告诉她，在去艺术展之前，她们得去趟医院，处理一些小事。

张蕊带着张笑笑一同前往医院办理相应手续，律师已经在那里等候。确认签字，确认死亡，确定皮特与这个世界作别。

收笔的一瞬间，张蕊忽然发现一切像是多年前的重演。在医生要安排家属去见死者最后一面时，张蕊却微微摇头，冲身边的律师使了个眼色。律师就告诉医生，张蕊作为皮特的合法妻子前来签署文件，走完一切流程，却将辨认遗体和与皮特作别的机会留给别人。

保镖在前面开路，张蕊戴上墨镜离开，律师随后，走出大门的一刻外面已经拥满闻讯而来的记者。并非皮特在生前多有名，而是这些年拜琳达所赐，她已将自己与皮特的婚外情闹得尽人皆知。她对张蕊的反复挑衅像是一出大戏，这如同一个晚八点档电视剧，吸引了太多人的好奇。现在这出大剧似乎出现了剧终的预告，让媒体闻到了八卦版面的新料，不容错过。

琳达抱着孩子出现在人群中，不同于当年的落魄，如今的她也是一身名牌，化着精致的妆容。若不是大家知晓，她说自己是皮特的妻子也会有人相信。

琳达唇角上扬着走来，欲要与张蕊说些什么。但张蕊目不斜视，仿若不曾看见她一般，径直走了过去，只留琳达在那里自行呆住……

随后，年轻的女律师助理停下来，转达了让琳达去辨认遗体及和遗体告别的事情。

"太太说，虽然你是第三者，但你对她的丈夫是真爱。她可怜你，所以把这最后的机会留给你。"

说完，助理冲琳达微笑后也径直离去。只留下琳达立在那里面部抽搐，却又不得不强压心中的不甘，没有选择地，当着所有媒体的镜头，前去见皮特最后一面。

如果说在两年前，张蕊的拒绝所引起的后果是琳达开始四方用力，将舆论作为自己

的武器与张蕊斗争，那么在皮特死后，琳达所有怀揣的侥幸都破碎了，余下的只有背水一战。

而她也的确选择了背水一战，在张蕊目不斜视地与她擦肩而过时，开启之后长达多年的遗产争夺战的序幕。

"艺术。世间最玄妙的艺术莫过于时间了，每一秒都是独一无二、不可复加的。"

一个小时后，在展厅内，站在一幅色彩激烈的画作前，张蕊如此对张笑笑感叹。

"我们要搬家了吗？"张笑笑问，因为她记得当初张蕊是那么想要摆脱皮特重新开始，想要离开这个城市，现在她终于自由了。

"不，家从来不属于我和你，我们注定如浮萍，漂泊在一潭死水里。"

之后张蕊买下这幅画，让人送到家中，挂在一楼客厅的墙上。那里曾经挂着皮特与张蕊的结婚照，在与皮特决绝地争吵后被取下，已经空了数年，如今被画占据。鲜红与湛蓝交相辉映的浓重色彩，肆意泼洒在上面，像是充满了生活激情的情绪在挥毫，但张蕊却说她从画中像是看见了最阴暗的悲伤。

2012年，张笑笑的学期结业典礼张蕊没有参加。在所有人都有父亲前来拥抱的场面中，她独自拿着书包走开，避开校门外等候的司机，自侧门离开，然后一个人在街道上游走。她打电话给张蕊，那头却提醒用户不在服务区内。

艾米丽邀请她到家中做客，艾米丽的父母也在为艾米丽的结业庆祝，给她准备了礼物和丰盛的晚餐。张笑笑坐在餐桌前，看着这一家人的欢笑和亲密，既奇怪、陌生又羡慕，这是她从未体验过的一切。亲情与温暖，家人与爱，对她而言更多的是空白。

张蕊在隔天回来，与她同行的还有医护人员，以及一个坐在轮椅上，双眼缠着纱布的女孩。

抱着吉他的张笑笑自沙发上站起来，手里还拿着铅笔和写了一半的曲谱。张笑笑望着他们进门，在她开口说话之前，张蕊冲她打了一个嘘声的手势，提醒她不要出声。随后，张蕊面向轮椅上的人蹲下身子，柔声开口，面上带着张笑笑从未见过的温柔微笑。

"欢儿，我们到家了。"

轮椅被推动前行，张笑笑立在原地看着那个女孩与自己越来越近，最终与自己相隔两米停下。她握着吉他和纸笔的手不禁微微颤抖。张笑笑看不全她的面貌，但凭着她眼部以外的面容，还是迅速知晓了她的身份。

是她，那个她，她的姐姐，郁欢。

"这里还有其他人吗？"郁欢开口。

张笑笑咽下口水,清理自己的咽喉,将吉他放回沙发后伸出手去。她做好了与这位姐姐第一次打招呼的准备,但是在她发声之前,张蕊用身体挡住了她。

"这里没有其他人,你安心在这里休养眼睛。"张蕊如是说。

"哗。"张笑笑手里的纸笔在手指的一个轻抖之后散落到地上,纷纷凌乱。

张蕊将苏菲介绍给郁欢,之后安排她上楼休息。直到郁欢消失在楼梯尽头,张蕊才回头望向张笑笑。

"你收拾一下东西吧,我让司机送你去第三大道的公寓住。"张蕊边摘着耳环边说。

"为什么?"

"你姐姐要静养,你现在不方便出现。"

"为什么?"

"她不知道我还有一个女儿,我……也不想现在就让她知道。"

"为……为什么?"

张笑笑是有千万句话想说的,但每次张嘴之后,所能吐出的也不过是这反复的三个字,为什么?她不解,她不甘,她不懂,不知道自己做错了什么。

"没有那么多为什么。"

张蕊侧过头去,取下耳环放到桌上,自己也转身上楼,走出几步后又不忘回过头来,道:"收拾东西的时候轻一点儿,别吵到她。"

甚至没有在家中多住一晚,甚至一场瓢泼大雨都没能减缓张笑笑搬离这所房子的速度。傍晚,司机提着张笑笑简单的行李,撑着伞带她离开。苏菲双手交握着站在门口,神情有些悲伤,怜悯地看着大雨中的张笑笑,最后她撑开伞,走下来拥抱了张笑笑。

"孩子,相信老天在将来会弥补你的,你要坚强些。"

张笑笑点头,借着司机的手坐上车,然后司机收伞驱车离开。

张笑笑坐在车内回头,玻璃窗外被大雨不停冲刷的世界渐渐模糊。她摇下车窗,将头侧探出去,任凭风雨大作,拍击在自己脸上,打湿了头发,雨水冲进眼里再和着泪水,一起顺脸颊而下,这样就没有人能察觉她在流泪。

云也在哭泣,化成了雨,是和自己一样,它也被谁抛弃了吗?

张笑笑张开五指探进窗外的风雨,最后她捂住脸,抑制不住地哭泣。

如果她做错了什么,她愿意接受惩罚;如果是她什么地方做得不够好,她会努力做好。但是,她不知道自己做错了什么,她努力在按着张蕊喜欢的方式去生活,安静、乖巧、认真,甚至要她在郁欢出现后缄默地消失,将一切拱手让出,她也没有半句怨言。

她努力了,不计较自己的感受,不在乎自己的得失,不试图去理论半句,她真的将自己能做的全做了。但是生活所给予她的,都是那些如同嘲讽般的结果,她无所适从。

不论她多么努力,在张蕊眼中,她依旧不存在,只因为有那个姐姐的存在,她的存在就要被抹杀。此时,她不由得想起了多前年皮特那些诅咒般的言语。

"你不过是你姐姐的一个替代品,你的意义不过如此。"

皮特算不上是个好人,她曾无比憎恨皮特的存在,但此时她却发现皮特才是那个真正知晓她境况的人。她的绝望和无助,以及背负着的那些毫无缘由的冰冷对待,不过是因为这个世界上有一个姐姐的存在。她改变不了分毫,也拒绝不了分毫,这是命运强加的一道锁、一道伤,与生俱来,无钥可解,无药可医。除了背负着它前行,她别无选择。

搬到新的公寓,那里有新的用人照料张笑笑的起居,生活无忧。她像从前一样继续安静地生活着,偶尔张蕊会打来电话询问她的情况,然后便没有然后了。

头发长到耳侧的时候,张笑笑又剪短了一些,戴上帽子,穿着大大的衬衫,像个男孩一样出行。多数时候,她戴着耳机不与外人交流,以至于再返校时,班上的同学以为来了个新人。

"她越来越奇怪了。"

"她本来就是个怪物。"

张笑笑听在耳里,默然地看看说话者,戴上自己的耳机,不予理会。偶尔,艾米丽会来找张笑笑,她也换了新发型,把一头金发打理得特别漂亮,经常穿各种颜色的裙子前来,配着一脸灿烂的笑容、圆润丰盈的脸颊,是那种人们最喜欢的青春女孩。

艾米丽的生日聚会是张笑笑不能拒绝出席的场合,她换上干净的衣服,戴上帽子前去。在经过自家门前时,她立在草坪上许久,最后小心翼翼地靠近那所白房子。

她进门,苏菲不在,一楼空无一人,于是她上了二楼。在开着的书房门口停下朝内看去,她见到一个坐在轮椅上的背影。

张笑笑在门口脱去鞋子,缓步进门,走到轮椅的一侧去打量郁欢。她有一头乌黑的长发,像绸缎一般散落在肩后;她穿着米色长裙,修长白皙的双手交放在膝上,眼上依旧缠着一条白色纱布。她坐在窗前安静地对外面的世界出神。

"苏菲,是你吗?"郁欢开口,柔声询问。

张笑笑没有出声,双手却似中蛊了一般,伸出去拈起郁欢脑后纱布打结处并解开。随着纱布的无声掉落,她第一次看清了郁欢的全部面容。

抬头,张笑笑再望向玻璃上映出来的自己,她捂住了嘴,眼泪抑制不住地簌簌落下。

"小姐……"苏菲拿着一杯水出现在门口，惊诧地望着书房内的一切，眼中尽是惶恐。

轮椅上的人皱眉，也察觉到了不对。她双眼的纱布已经取下，却依旧不能视物，只是空洞地侧过头来。

张笑笑丢下手中的纱布，转身迅速冲出书房，在出门时撞翻了苏菲手上的水杯。杯子落地后碎裂。她顾不得这些，匆匆跑下楼，连她的帽子掉落在了楼梯上，她都没有耗费一秒时间回去拾起。

张笑笑曾无数次地想，也许自己只是张蕊从某个孤儿院领养的孩子，她不给自己如别的妈妈那般的亲情与爱，只是因为自己并非她所生。这样，至少她可以得到一个解释让自己安心。甚至她还想，自己应该庆幸至少她给了自己一个家，还是应该感谢并尊重她的。但是，当她真正见到郁欢的模样后，她确信自己是张蕊的亲生女儿，因为她们有着几乎一样的容貌，那是基因做不了假的烙印。

她只能承认，张蕊不爱她，只是因为真的不在乎，并非其他。她连给自己找一个借口都不可能了。

跑出这所房子，张笑笑才感觉自己能够重新呼吸，不再那么憋屈窒息。抬头望着头顶的湛蓝天空，她很想大吼出来，将自己胸口的憋闷吐出来，却又没有这样的勇气。她记得张蕊的眼神和语气，不允许自己暴露。

她只能咬着自己的手臂，弯下腰身，在万年青树丛下像个卑微的小偷，连哭都要悄悄的，不能被发现。直到哭够了后自己站起来，收拾一切，装作什么都不曾发生。

当她从树丛后走出来，打算离开这所房子时，她见到了两位满脸倦容的中年人。他们手里拿着一张照片走上前来，询问这里是不是有一个叫郁欢的女孩。

"我们要找到她，非常着急，非常急。"那个中年女人拿着照片急促地说，眼中泛红。

张笑笑接过那张照片来看，那是一张有些泛旧的照片，上面是两个穿着校服的人，一个满面笑容的男生，一个微笑着的女生。女生与自己现在的年纪相仿，除了她是一头长发，自己一头短发外别无二样，如同一个模子刻印出来的双生子。

那一刻，似乎是上天开了个玩笑，在张笑笑方知晓答案后，让她再次穿越时空见到了与自己几乎同龄时的郁欢。一样的模样，她满是放肆的笑容，自己却连哭都不能纵容。

"你是她的妹妹吧？你们简直一模一样。"男士开口询问。

"请你带我去见你姐姐好吗？我的儿子很想见她。"女人伸手，一把抓住了张笑笑握着相片的手腕，眼中闪着泪光恳求。

"你们的儿子,很在乎她吧?"张笑笑再打量一遍这张照片。

"是的,在乎她超过自己,超过一切。"

这个答案让张笑笑的唇角弯出上扬的弧度,看似笑,却更像是冷嘲,嘲的不是对方,而是自己。比起张蕊对郁欢的偏爱,此时她更不解的是,除了血亲之外的其他人,为什么也对郁欢如此偏爱。同样的年纪时,郁欢有着那样绚烂的生活,被人所偏爱,而自己为何就要经受这样冷漠的对待。

嫉妒如一粒种子迅速在心田落下,并生根发芽,然后一路蔓延出荆棘藤蔓,最终开出一朵阴暗的花朵,长出一颗偏执的果实。

"对,她是我的姐姐,亲姐姐。"张笑笑开口,微笑地抬头望着他们,将照片摆到自己的脸边加以佐证。

"好,太好了,终于找到了。"中年女人激动得眼眶泛红,再次抓住张笑笑的手。

中年男人也在眼中露出欣慰的光,他提出请求,希望张笑笑带他们去见郁欢。但张笑笑却撒了一个在此后一生都为之后悔的谎。

"她不在家,我会替你们转达的。"

夫妇两个人是失望的,但也无可奈何。男人安慰着女人不要失望,他们已经找到了郁欢的家人,算成功了。最后,他们满怀希望地将那张照片交给了张笑笑,恳请她务必第一时间转达他们曾来过的信息。

"我们希望她能回国一趟,我儿子在等她,非常焦急地在等她,请她务必回去一趟。"

"好,我会的。"张笑笑微笑,握着照片点头,然后看着那对疲惫的夫妇离开。

他们的背影在路口消失,乘上一辆黑色汽车远去,带着信心与希望等待不久之后的一次会面。张笑笑回头看了一眼房子,猜测郁欢此时正坐在二楼的窗户后面望向这里,却因为不能视物而什么也不知道。这一切都在她的眼下发生,她却不知道自己错过了什么。

看了看手里的照片,张笑笑顺手揣进卫衣袋子里,带着一种小小的报复得逞的成就感离开了花园,去隔壁的艾米丽家参加生日聚会。

她从不曾料到,自己的一次小小嫉妒之举,造成了大洋彼岸一个年轻生命从期待到焦虑,再到失望、绝望、心如死灰,最后抱憾离去。

艾米丽的生日宴会让张笑笑露出了久违的笑容,鲜少地一改往日独行风格,与一起被邀请前来的同龄人说笑、游戏,甚至还在艾米丽的鼓动下拿起吉他弹唱自己写的歌。

第一个节奏响起时,身边一众人为之惊艳瞠目,面面相觑。当最后一个音符落下时，众人情不自禁地鼓掌，尽管从前这里的诸多人都对张笑笑不甚喜欢，但此时却不得不为之倾目。

"嘿，你来晚了。"艾米丽忽然隔着人群踮起脚尖向门口招手。众人回头，看到一个穿着格子衬衫的男生立在那里，他是当时学校橄榄球队的主力，学校里的明星人物。众人都拥向新来者，忘记了张笑笑方才的惊艳。张笑笑咧了咧嘴，不以为意地低头收起吉他，从人群之后悄然离去。

当天晚上，睡在已经逐渐习惯的独居公寓里，张笑笑做了一个梦，梦到了照片里的郁欢。她像是一个存在于另一个空间的第三方观察者，安静地望着穿校服的郁欢满脸笑容地和男生站在一起，由人按下快门拍下照片。

自己也想要走过去，却像是被透明的玻璃困在原地，不能举步。在她绝望无助之时，玻璃另一面的郁欢像是看到了她，侧过头来笑着开口。

"你不过是我的一个替身，永远只能生活在我的阴影里。"

张笑笑自梦中惊醒，发现已经是朝阳入窗的时候。她下床走出去，看到客厅的桌上放着一只盒子。正在为她准备早餐的用人送上牛奶，并解释这是清晨时收到的快递，上面写明是给张笑笑的。

打开盒子，看到里面是一束桔梗花和一张印着埃菲尔铁塔的卡片。张笑笑接过牛奶，一边喝着一边拿起卡片翻开，上面用中文端正的楷体写了几行字。

她一目掠过，心中惊诧，再次确认后心中万丈波澜顿起。

随着牛奶杯自手中滑落，杯底碰到桌子的边沿，再侧翻出去，牛奶向空中倾泄，最后落到地毯上。杯子没有碎，牛奶在上面汇出一条小溪，一路向前蜿蜒。

这是一声久违的称呼，更是一个陌生的称呼，久到与生俱来，陌生到从未被人唤起。

她怀疑这是谁的恶作剧，又希望是真的，却也害怕是真的。

嗨！我的女儿！

一声问候，穿越千山万水，纵横浩渺浮生，直击心底。

第三章

你好，另一个自己

2014年，张笑笑13岁，她拥有了比同龄人更多的成熟冷静，这缘于她独立的成长。

2014年，郁欢26岁，她已经习惯了在纽约的生活，恢复视力后偶尔飞红木城，或是其他地方。张蕊和她居住在一起，有时她们会一起出门去看一些艺术展，或是听音乐会。再或者，如所有女孩和妈妈一样，她们会一起去购物、吃甜品、逛餐厅，等等。

这些，张笑笑大多是知道的，因为她会同行，却又从来不与她们同行，她只会在张蕊和郁欢所在席位的极远处一个位置，自己去，再独自离开。同在一个屋檐下，却像是完美的陌生人，从无交集，购物也不过是张蕊大方地给她足够的生活费，然后由其他人陪着完成一切。

后来，张笑笑不再去看那些展会和演出，送来的票都被她当作垃圾随手丢掉。她更愿意一个人待在房间里写歌或是画画。

夏天的时候，她的头发染了颜色，染成了热烈鲜艳的粉红，走到哪里都十分抢眼。她成了同学眼中的怪女孩，没有朋友，寡言少语，不参加同学之间的任何社交活动，不喜欢和别的同学一起外出。她不惹事，不给学校制造任何麻烦，甚至她的学习成绩还很优异，除了特立独行之外，作为学生的她不会被任何人挑出毛病。

她写歌，写不错的歌，也弹奏乐器，堪称一流，所以在迎新的校园舞会上她挑起了现场伴奏演唱的事。并非因为她对于集体活动的支持与热衷，而是没有人邀请她做舞伴，她也不想作为任何人的舞伴。挤在人群里来来回回地挪动交际，不如让她一个人独居于高台上和乐器做伴，更惬意舒服。

在艾米丽的起哄中，她弹了一首自己写的歌，那首歌取名为《圣诞夜的红围巾》。阿图就是在这个时候又出现在她的面前的，像是一个从灯光和幕布后面忽然闪现出来，然后款款走来的大魔术家。

他长高了许多，但还是有点儿婴儿肥，所以当他冲张笑笑露齿微笑时，模样既帅气，又不失可爱。随后有几个男生也从幕布后面溜了进来，他们四下游走着与人交谈，也拍阿图的肩膀告诉他加入他们。但阿图拒绝了，就安静地站在乐器台的一侧看张笑笑弹奏演唱，直到一曲结束。张笑笑将音乐切到电脑播放，自己提着吉他走下台阶来到阿图的面前。

"嗨，好久不见，别来无恙。"

阿图并非这所学校的学生，他就读于数个街区之外的另一所学校。这天晚上他是同朋友们一起打扮后混进张笑笑所在的贵族学校，想要来看热闹的，却不料与张笑笑重逢。

两个人离开舞会，来到花园外坐下。望着头顶的星空，他们竟都半晌无语，并非无话可说，而是有太多话想说，又无从说起。

"我去你家找过你，但是她说没有你这样一个人。"阿图解释。

"她？"张笑笑一愣，随后像是意识到了什么，明白了那个"她"的所指，"哦"了一声，接道，"哦，是她。"

"她和你很像。"阿图补充，面露疑惑。

张笑笑没有回答这个问题，因为她无从解释，甚至不能编出任何谎言，只能抬头望着星空，以沉默代替一切。

之后，阿图总是会与张笑笑在附近的街区偶遇，有时在甜品店，有时在书店，抑或是转过一个路口看到阿图正蹲在那里系着鞋带抬起头来。

"你跟着我。"

"当然不是，这是巧合，要知道条条大路通罗马，地球也是一个圆形，人不论怎么走都会再回到原点，也都会重逢的。"

"乱七八糟的歪理。"张笑笑翻一个白眼。

阿图邀请张笑笑去看自己的球赛，张笑笑拒绝了。因为她不喜欢热闹的场合，也不喜欢阿图那种志在必得、得意自信的神情，好像料定了她想去看。

"我才不要去！"

"你不去，我输了怎么办？我需要朋友的精神支持！"阿图跟在后面捧心悲呼。

"那就多带些纸巾，找个角落哭吧。"

但是，张笑笑最终还是去观看了那场球赛，因为艾米丽要去看一个声称是她白马王子的人。张笑笑作为她的好友，也必须成为她的精神支柱一同前往。

"他又帅又聪明，将来一定会是世界级的足球名将。"

在球场外，艾米丽捧着脸对一个穿球衣的男生发呆。张笑笑循着她的目光打量那个男生，之后就觉得人与人的审美果然是有差异的。那是个很美的男生，只是美则美矣，也只余下美了。他头发打理得一丝不乱，衣服干净，挑剔地拉着两只袜子的高度，看起来更像是个站在玻璃窗后面的服装模特，而不是出现在球场上的球员。

奶油小生，张笑笑在内心给这个人定了位，拉着满眼只冒星星、忘记思考的艾米丽落座。但是冷不防地她被一个猛冲到面前的人拥抱住，他兴奋地叫嚷："就知道你会来。"

张笑笑歪歪头，有些尴尬地咧嘴。阿图再循着艾米丽的痴迷眼光看过去，便像是明白了什么，耸耸肩膀返回球场。

"喂，不是你想的那样。"张笑笑话到嘴边，却被人群挤没。

球赛开始，果然不出张笑笑所料，中场时奶油小生因为一个踢空而摔在地上，随后抱着自己的腿蜷缩成一团。赛事紧急停下，艾米丽尖叫着，跑下台去。

看到被抬出场的奶油小生，艾米丽"哇"的一声哭了。张笑笑只得揽住她的肩膀安慰，告诉她这个奶油小生最多只是摔折了腿，不会死。结果艾米丽哭得更凶了，说足球才是他的光环所在，如果他的腿折了，那么一生就完了。

嘈杂声中救护车赶来，除了奶油小生，哭到有些上不来气的艾米丽也被扶着上了车。张笑笑一同被莫名奇妙地拉上了车。等到医院里的事情处理完后，那个奶油小生醒来时，艾米丽在旁边的床上已哭累睡去。

奶油小生看到张笑笑后，立马像见了亲人一样抓住她的手，说将来一定要报答她。吓得张笑笑赶紧抽出手，说自己没做什么，让他别误会。只是方便的话，让他把自己的笔记本还给她，因为在救护车上时，他一路抱着张笑笑的笔记本边撕边叫疼。

奶油小生从被子里抽出笔记本，发现那本子已经被撕得不成样。还给张笑笑时，她嫌弃地摇了摇头，道："算了，不用了。"

"我叫刘莱，我会还个新的给你的。"

奶油小生热情地伸出手，张笑笑瞥了一眼他的手，摇摇头，称自己还有事先走了，心里暗想着这个名字真配他，刘莱——牛奶。

从病房出来，转过墙角，张笑笑就看到一个人双手环臂靠在墙上，斜斜地咧着嘴，用表情表示自己的不满。

"拒绝我的邀请，却来看别人。"

张笑笑是想解释的，但是话到嘴边，也不知怎么就变了，倔强地吐了几个字，道："对呀，那又怎样？"

阿图龇牙，表情气愤，却又无可奈何，最后狠狠吐出一口气，伸手把张笑笑提着的书包扯过来甩在自己的肩上。

"我不管，反正你来了，看到了我英勇的身姿了吧？瞧见我那高速的传球了吗？还有那神来之笔的射门，我就是明日之星……"

阿图背着张笑笑的书包转身，一边得意地讲着，一边向张笑笑挑眉炫耀，换来张笑笑一记白眼。

"我跟你说，今天那个进球多帅……"

"我跟你说，今天要不是我们校队有我，就惨啦……"

"我跟你说，其实已经有名校想签我去了，因为看中我的天才球技……"

阿图一路说着，张笑笑翻着白眼听着，但唇角忍不住上扬。

在纽约的钢铁丛林之间,两个人迎着夕阳而去,渐行渐远,影子越来越长,越来越淡,最后余晖消散,夕阳沉尽。那些影子像是晕染开的墨,把大地笼罩上黑色,又像是天幕上洒下的浓黑,将那一双影子淹没于其中。

张蕊送了张笑笑两张国际艺术交流展的门票,顺便也来探望张笑笑。她环视公寓,四下走动查看。用人跟在背后听从她的指示,要把那些灰棕色的窗帘全部换掉,因为太过阴沉了,不适合张笑笑现在的年纪,指定换成蓝色,明媚的天蓝色。旧的沙发桌子也全部换掉,厨房的餐具也再购置两套新的,等等。

"你在这里听话,好好地住着,等到合适的时间就接你回家。"张蕊弯下腰身,双手撑在张笑笑的肩膀上,目光直视她的双眼安抚道。

张笑笑也迎视张蕊,眼中带出些许微笑,道:"什么时候才是合适的时间呢?"

张蕊眼中的温柔消散退去,收回搭在张笑笑双肩的手,重新站起身子,恢复了以往的高贵与冰冷,转身走向桌子,信手翻开张笑笑用来记录曲谱的本子。

"最近有没有陌生人联系你?"张蕊问。

"什么样的陌生人?"张笑笑反问。

张蕊看着那些曲谱,翻过一张纸页,并没有回答这个问题。停顿半晌后,她又道:"你姐姐的手术很成功,替她高兴吧。"

"好的,妈妈。"张笑笑微笑应下。

一切如同用刀与尺裁好的布,棱角走向分明,两个人的对话如同写好的台词剧本,由不称职的演员生硬地背出。最后,张蕊信手合上那曲谱,告诉用人下楼去叫司机把车开出来,她累了,想回家了。

行至门口的张蕊,接过用人手里的提包,侧头看向张笑笑,道:"有时候,陌生人的话,听一听就好,可别当真。"

"知道了,妈妈。再见。"张笑笑客气得如陌生人一般微笑作别,目送张蕊离开。

翌日清晨,张笑笑从新闻上看到了张蕊在外地出席商业活动的新闻。她躺在沙发上悠闲地拨弄着吉他的弦,目光逐渐自电视屏幕移到桌上的那两张艺术展门票。

公寓的门铃被人按响,用人开门后笑着打招呼。不多时,阿图便戴着还沾着雪花的帽子进门,嘴里念叨着外面真冷,自怀里掏出一杯他从唐人街买来的热茶,告诉张笑笑这种茶在中国现在非常流行,把各种茶和牛奶以及水果混在一起,味道非常玄妙。

阿图看到了桌上的门票,拿起来惊呼这场展览一票难求,她居然只把它们丢在桌上。张笑笑放下奶茶站起身,告诉阿图穿外套,他们现在就去看这场展览。

阿图欢天喜地地坐在车内，张笑笑却闭目不语假装睡着。她无心艺术展，不过是心中动了欲念，有了一丝好奇。张蕊不在本市，而这样盛大的艺术展，作为热衷艺术品的郁欢不会错过，她想要去窥探她一二。

在温度适宜的展厅内，张笑笑立在一个展台前，对那有千年文化沉淀的古物丝毫不在意，她的目光越过透明玻璃落在另一张侧脸上。那如天鹅般优美的轮廓，一双妙目细细打量着展台上的薄瓷花瓶，既平静如湖，亦闪耀如星，以至于张笑笑有瞬间的模糊，分不清到底谁才是真的艺术品。

"她是你的姐姐吧，但她为什么好像不知晓你的存在。"阿图凑近，也一同打量郁欢，小声开口，换来张笑笑一记白眼。

随后，一个年轻男子走来，停顿辨认之后才小心地与郁欢打了个招呼。他们说了什么张笑笑不知道，只看到在短暂的交流后，郁欢手中的相机滑落到地上，镜头摔碎。她却没有去捡，而是捂着自己的嘴，后退了一步，转而小跑着离开。

郁欢满目惊慌，双眼泛红，与立在展台旁边的张笑笑擦肩而过时太过匆忙，以至于没有发现，这个小女孩与自己有着如此相似的面容，就此失之交臂。

几乎不经思考，张笑笑也随后追了出去。见到郁欢匆忙坐上黑色轿车离去，张笑笑兀自立在飘雪的展厅门口，直到阿图喘着气追上来。随后而来的是那个与郁欢有过交谈的年轻男子。

男子询问她是谁，她没有回答，只是转过头看他，重新打量这个男子。他高大、儒雅，衣着讲究，气质不凡，与大多数庸庸碌碌的人有着明显的区别。

"你们真像……"男子不由得轻声感叹。

张笑笑愣了愣，随后在脸上展露些许微笑，走过去朝年轻男子伸手，将那摔坏的相机接过，同时歪了歪头。

"你好，我是她妹妹，张笑笑。"

"你好，我是你姐姐的同学，林辰年。"

当夜，张笑笑轻易地登录了张蕊的信用卡查询系统，通过消费记录看到了郁欢所订下的航班和酒店信息。郁欢迫及不待地明天一早就要飞往中国。

张笑笑坐在电脑前沉默许久，似乎是着了魔一样。她那窥探郁欢过往的欲望如潮水一样淹没了她所有的理智，不受控制地动了手指，以张蕊的卡为自己也订了相同的航班和酒店。

一天后,张笑笑坐在飞往中国的航班上,前几排的另一侧是郁欢。她可以看到郁欢的侧颜在机窗上勾勒出的轮廓,却又不会轻易被她发现。

之后,她们落地北京,然后是云南,最后是上海,郁欢像一台联动的机器,一刻不停地转换着地方,只为追寻一个真相。当在上海外滩的咖啡厅里,郁欢听到所想得知的真相后,她笑着带泪离去,飞奔至外滩,在凛冽的寒风中拥抱空气,泣不成声。

郁欢太过悲伤,以至于没有发现,就在几米之外有另一个小身影。张笑笑似乎意识到了那个离去的人,对于郁欢是多么重要的存在,同时也意识到了也许自己当年撒过的谎造成了现在这一切的发生。她感觉到当年的邪恶之花正在酝酿成一枚恶果,变成一枚炸弹。

郁欢在寒风中昏倒,她奔过去紧紧抓住她的手,向周围寥寥无几的陌生人求助,求他们救救郁欢。

在医院检查了郁欢的身体后,医生约见了张笑笑,一边写着诊断书一边紧皱眉头地告诉张笑笑,她面前躺着的这个人,其实就是完整皮相包裹下的一个陶瓷娃娃,任何一次生病都有可能击倒她。郁欢的身体内分泌系统紊乱,还有严重的营养不良,又承受着痛苦的折磨,这种情况下还能长途奔波前来中国,并在多地辗转,只能叹服她的顽强意志。

"她需要马上进行一次手术。"

"多等两天,等我妈妈过来,可以吗?"

"来不及了,那样她彻底失明的风险就会增加,她眼内的病变体需要马上进行清理。你通知家人考虑一下吧。"

张笑笑在医院楼道尽头的窗户前立了几分钟,拨打张蕊的电话,却收到对方关机的提示。她打回家中,苏菲接起电话告诉她,琳达今天带着孩子到家里来找张蕊了。随后张蕊叫了警察来将人赶走,之后她什么都没有带就离开了家,暂时不知所终。如果到二十四小时后,张蕊依旧没音信,她就要选择报警找人了。

真是一波未平,一波又起,一时间张笑笑慌乱到止不住地颤抖,却又不敢有半分逃避和软弱的念头。

最后,张笑笑站在高烧到昏睡的郁欢面前停立了半分钟,以同胞妹妹的身份签署了手术同意书,缴清费用后坐到手术室外的等候区。在听到护士们聊起郁欢有可能需要输血时,她站起来伸出胳膊,表示可以抽自己的血。

"我是她妹妹,一定合适的。"

"不用。"护士摸摸她的头微笑安慰。

第四章

拥抱火焰的冰人

张蕊在郁欢术后的第二天凌晨才匆匆赶来，她在病房外看到已经守在这里两天的张笑笑，甚至没有多去询问一下，就直接小心地推开病房去看里面的郁欢。

之后与医生见面，她们交接好郁欢的一切手续事宜。张蕊带着张笑笑在医院附近的酒店餐厅吃东西，叫随行的助理安排张笑笑去酒店休息，告诉她医院的事情她不用再关心了。

"感谢你做的一切，但是你要保守秘密，当作从未出现过。"

"感谢？"张笑笑咀嚼着这个词反问，之后哂笑道，"妈妈，你第一次对我说这个词，却是为了她。可见，你是真的将她视为最重要的一切。"

张笑笑的手指在杯沿上摩挲数遍，脑海中一遍遍地纠缠一个问题，想问却又不敢问。张蕊抬腕看了看表，面露些许焦虑。她担心躺在医院里的郁欢随时可能醒来，于是站起身交代助理接下来处理好张笑笑的事务。

"回去后你可以提要求当作奖励，我都满足你，任何的。"像是给予表现优秀者的奖励，张蕊许下承诺，转身离开。

"妈妈。"张笑笑站起身来，轻声唤住已经离开的人。

张蕊回头看向张笑笑，等她问下去。

"那就回答我一个问题吧。"

"好，问吧。"

"如果，这时候我和她都需要你，如果我们都躺在医院里，你会选谁？"

"这不可能，不要做无谓的假设。想些别的要求吧，等回去了再提。"

张蕊再次转身要离去，张笑笑追了上去，执着地挡住了她的去路。

"不，如果真的发生了呢？如果上天要你选择，你只可以拥有一个女儿，你……怎么选？"

对于张蕊的安排，张笑笑是从不反对，也鲜少有对抗的，这次却格外固执，一定求个明白。张蕊从她仰望自己的眼神里读懂了她心中的质疑与坚持，动了动唇，却没有回答，最后只是伸手推开她拦着自己的手臂，匆匆离去。

"你不该问这些的。"

张笑笑的手臂垂下，在空气中来回地摆动两下，愣愣地站在那里，半响都不知该如何反应。张蕊没有回答她，却也用沉默给了最明确的回答。

她会选郁欢。

张笑笑木然地离开，助理提起她的背包跟在后面，远远随行至门外，告诉她在此稍等，她先去取车。

张笑笑站在酒店门口,看着张蕊远去的背影,伴随着一道车子的急刹声,她在路边的花坛一侧缓缓倒下。一阵天旋地转后她陷入黑暗,像是深深坠入幽暗星河。在最后的记忆里,她看到有个穿着黑色西装的男子自台阶上下来,翻倒的天地里,头朝下、脚朝上,天在下、地在上,一切都错了位。

这是张笑笑第一次遇到凌锦呈,那时她14岁,他28岁,他所经历的时光是她的双倍。他正值风光无限的大好年纪,她尚年幼,连花季之门都尚未叩开。匆匆相逢于颠倒的世界里,之后便是混沌一片地深坠于不可抗拒的幽深未知之中。

梦,冗长又繁杂,那变幻无常、魑魅魍魉的梦,似真亦假,似假亦真。

张笑笑醒来时,医生站在旁边,她的手臂上扎着输液针。医生告诉她只是因为营养不良导致的贫血,注意饮食即可。男子站在旁边,腕上搭着一件外套,挺拔而沉静地看着她、眼神如一口古井。

"我饿了。"张笑笑开口,之后惊觉自己这样的开场白真是糟糕透顶。她甚至没有先问候一句对方,或是表达谢意,只是那么愚蠢直接地表达自己的感受,像是不经大脑。

"稍等。"男子放下外套,转身离开。

片刻之后,他带着牛奶和一些洗净切好的水果回来,挽起袖口将盒子打开,让张笑笑自己喝些牛奶。在意识到她不方便动手吃食物后,他甚至细心地帮她端起盒子递到面前,与他看起来冰冷的外表毫不一致。

"我联系你的家人来接你。"男子开口。

"不,我不想见她们。"张笑笑停下吃食物的动作。

男子只是有片刻的迟疑,意外地并没有追问原因,略略点了点头,算是同意了她的选择。

输液后,张笑笑被男子带离医院,前往城市中心一所高档公寓。张笑笑知道年轻的男子当时只是驱车经过自己旁边,并未对她造成任何碰撞。他出于善意将她送往医院,却没有理由去照顾她接下来的一切。

"喂,你为什么帮我?"张笑笑站在公寓里环顾四周后发问。

"我叫凌锦呈,你可以叫我的名字。"男子放下外套,从冰箱里取了水递给张笑笑,简单地做自我介绍。

看着这个一脸冰冷的年轻男子,张笑笑忽然来了一种莫名的兴致,想要逗一下他,看看这个冰山脸会不会有裂痕。于是,她从椅子上站起身,双手背到身后,走到他面前伸长了脖子,眨巴着眼睛反问。

"凌锦呈,你为什么帮我?是看我一个小女孩,长得可爱吗?"

凌锦呈停滞了一下,唇角居然有点儿上扬的弧度,转身去桌边翻开一个记事本,取笔在上面写下一串数字后交给张笑笑。

"这是门的密码。"

接下来几天,张笑笑就住在了这所公寓里。她不是没有想到张蕊会担心自己,但是她故意失联。她想要用自己的失踪来惩罚张蕊,要她知道自己也是有脾气的,要她明白自己也是有存在感的,不要以为她可以轻易地将自己丢在任何地方自生自灭,自我成长,就意味着她可以高枕无忧,再不担心。

从前她总是顺从,但这一次,她有了自己的抉择,或者说是反抗。

张笑笑躺在米白色的沙发里吃着冰激凌,一个台一个台地挑着看,做好准备看到自己的照片登上寻找失踪者的新闻。但是,任她翻了许久,最后又去翻看了报纸新闻,也没看到与自己相关的只言片语。

尔后,她不甘心地查询当地的报警电话打电话过去,询问是否有与自己特征相符的人口失踪报案,但最后也没有任何信息相符。

她握着手里的冰激凌,口中的甜味变得寡淡极了,手心也觉得很冷。这根本不是她要的结果,她甚至有点儿后悔自己要做这样一个测试,因为这个测试只让她得出一个更冰冷的结果:张蕊真的不在意自己。

张笑笑丢下冰激凌,去取挂在墙上的背包,拉开门刚要出去,就遇上推门进来的凌锦呈。

凌锦呈平静地看了她一眼,并没有问她要去哪里,只是将一个纸袋子递给她。

"你用得上的,大概都在里面,如果还有缺的就告诉我。"

张笑笑拉着背包带子愣了几秒,原本火急火燎的心不知怎的就平静了。她伸手接过袋子打开看了看,里面是一些新的T恤与长裤,还有一件外套,以及鞋子。

看到这些,张笑笑才想起,自己已经有两天没有好好洗过澡,换干净衣服了。她抬手挠了挠头,有点儿不好意思地提着袋子转身回屋里。

"先去换洗一下,要去哪里,我再送你。"凌锦呈进门,边挂着外套边提醒。

张笑笑抿了抿唇,将肩上的背包取下来放到沙发上,提着那袋衣物去了卧室。

等张笑笑洗漱完,换上干净的衣服出来,凌锦呈在桌上已经摆放好了食物,面包与牛奶、果汁和清水,备好的刀与叉、餐巾。

张笑笑边擦着头发上的水边去厨房,站在门口看到凌锦呈系着围裙,正挥动铲子处理锅里的酱料，旁边的锅里煮着意大利面。

"你是厨师？"张笑笑有些惊讶地问。

"像吗？"凌锦呈回过头，拿着铲子反问。

"不像。"张笑笑撇嘴摇头。

随后，她像是想到了什么，说了句"等一等"后跑开。等回来时，她将毛巾挂在脖子上，手里拿着手机。张笑笑握着凌锦呈的胳膊朝他胸前交叉摆好，一手握着铲子，一手环胸，看起来像是某个美食节目的封面模特形象，之后她再迅速跑回门口，对着他拍下几张照片，满意地点头。

"这样还差不多。"

凌锦呈弯了弯唇角，也不计较自己被摆弄着当了回模特，继续回身去处理锅里的酱料，顺便询问张笑笑吃不吃辣的。

坐到餐桌前等候了几分钟，凌锦呈盛好意大利面出来，一份给张笑笑，一份给自己。张笑笑看到自己的那份明显比较多，就撇嘴将叉子在指间转动，像是故意找碴儿一般。

"我看起来像个大胃王吗？"

"你一天只吃零食，没有吃主食，你在长身体，应该多吃些才健康。"

张笑笑原本只是想开个玩笑，逗一逗这个看起来总是冷冷的冰山男子，看他如何解释。但是没料到对方却关心自己的健康，这让她停下了转动叉子的动作，竟有些局促。

"从来没有人关心我吃得多或少，健康或不健康。"张笑笑低头，用叉子绕了些面，半晌才徐徐开口。

"你的父母不会吗？"

"妈妈很忙，父亲……"张笑笑停顿了一下，将面条送进嘴里咀嚼，咽下后才似有力气与勇气，又表现得若无其事般，边继续绕着面条边随意应了一句，"我没有父亲。"

凌锦呈没有出声，优雅缓慢地吃着意大利面，对此没有发表任何意见。他只是在看到张笑笑将酱汁弄到手背上后，将纸巾盒递过去给她。

"是不是觉得我很可怜，所以要对我好点儿？"张笑笑抽着纸巾笑问。

凌锦呈摇摇头，平静地吃着意大利面，道："我是个孤儿，父母双亡。"

张笑笑脸上的笑容僵住，没料到会是这样的答复，抽着纸巾的手停在空气中不知如何是好，最后还是凌锦呈替她抽了出来递到面前。

"好了，中国有句古语：'食不言，寝不语。'认真用餐吧，有事之后再聊。"

张笑笑一向是叛逆的，但面对这个男子，却总不由自主地有了顺从的意愿，好像他

是有魔力的法师，让她不自觉地对其信服归顺，听其安排。

两个人安安静静地吃完东西，凌锦呈将碟子收回厨房。张笑笑调侃他是不是要开始洗碗碟时，他少有地笑了笑说不爱清洗这些，稍后会有钟点工来做这些。

凌锦呈取了件新的外套给张笑笑，那是一件橘色的羽绒服。张笑笑一向多穿黑、灰色的衣服，对这个颜色还真从未穿过，所以一度有点儿嫌弃地翻看着。

"这个颜色真丑，像是小丑的衣服。"

"你还是小女孩，应该多尝试下鲜艳的颜色。"

"我是小女孩？我的内心可住着比我自己成熟太多的灵魂。"

"但你依旧是个小女孩。"凌锦呈边系着围巾边说，眼神间竟有些亲切与关怀。

张笑笑拿着衣服并不穿上，直到下楼走出大门，她被寒冷包围之后，才发现这座城市已经被寒流侵袭。她立即将衣服套到身上，庆幸自己没有看起来那么倔强。

凌锦呈将一切看在眼中，微微摇头，领着她去车库取了车。在路口的时候他又停了下来，在张笑笑问他要去哪里、为什么又不走了的时候，他则看向了她。

"这个应该问你，你之前是想去哪里？我送你。"

"去……"张笑笑说着，却又停住了。

凌锦呈开着车，直接到了他遇到她时的医院旁边的酒店楼下。张笑笑却没有下车，只是愣愣地望着那栋楼。她知道此时张蕊住在上面，想上去问她为什么不担心失踪的自己，却又没有勇气。

在楼下停了片刻，张笑笑气馁了，连车子都没下，也不知道接下来能去哪里。凌锦呈静静地等她做出选择。

最后还是凌锦呈又将车开走，沿着车水马龙的街道一直朝前开，最终停在了一处彩色大门前。张笑笑摇下车窗朝外看，发现居然是游乐园。

凌锦呈居然带着她来了游乐园！

那是一个知名的主题公园，世界各地都有，是众多孩子想去的梦想之地。它同样也存在于张笑笑的脑海中，但是张蕊却从来没有陪她去过。

"我已经不是小孩子了，你觉得应该带我来这里？大叔，你还真是搞不清楚情况，我已经是个大人了，你……"张笑笑指着大门，一脸嫌弃地皱眉看凌锦呈，喋喋不休。

"不是，是我想来，下去吧。"凌锦呈推开车门下去，随口回应，将张笑笑喉间的话全噎了回去。

"我……"张笑笑语塞，将五指握成拳，在自己胸口重捶两下舒缓被憋回去的郁闷,在凌锦呈拉开车门后又装作若无其事地下去。

买门票的时候,售票员询问是否要买儿童票,张笑笑立即踮起脚撑到台子上,道:"我已经是成人了,不要半票,坚决不要!"

"不要就不要,急什么?"售票员瞥了她一眼,看向凌锦呈。

凌锦呈付款,表示要两张成人票,取了票后道谢离开,那售票员就随口嘀咕了一句。

"你妹妹真是例外,多少人凑着都要买半票,她还非不要。"

"我不是他妹……"张笑笑要辩解,被凌锦呈抓着羽绒服的帽子连拉带拖地带离。

进了游乐园,原本说着自己是大人,这里不适合她的张笑笑就变了卦,先是要吃零食,后又要耳饰,自己买了一个米奇戴在头上,又要让凌锦呈戴一个。看到凌锦呈一脸平静地拒绝,她到底还是不敢太过放肆,默默地放了回去,告诉店家只买一个。

"买两个吧。"凌锦呈在她要放回去之前开口,付款。

张笑笑立即笑了,踮着脚不由分说地把米奇头饰戴到了凌锦呈的头上。任凌锦呈无奈叹息,张笑笑还是做到了。

"不许拍照,听到没有。"这好像是凌锦呈最后妥协的条件。

"保证,我保证不拍。"张笑笑拍着胸脯笑答。

凌锦呈又是摇头叹息,转身先离开。张笑笑立即从衣服里掏出手机,对着灰色大衣的背影悄悄按下快门。

凌锦呈警觉地回头,张笑笑立即抿嘴收起得意的笑,将手机背到身后假装信步走动,四下闲看。

寒冷的冬天里,太阳渐渐自乌云背后出来,将游乐园里的一切都调亮了,鲜艳明丽。张笑笑走在其中,觉得自己身上的那件橘色外衣好像越来越顺眼,甚至开始喜欢起来。它与这里的一切太过和谐,像是她现在的心情一样明朗。

在整点的时候,游乐园里有公主与王子的花车经过,所有人都围观追随。张笑笑也跟随着,她忽然想起自己和阿图一起去唐人街看舞龙的新年夜,也是这样人潮涌动的情景。于是,她生出一种担心,如果她再次走丢怎么办?在不熟悉的城市里,与唯一熟悉的人走丢,比在纽约的唐人街会更麻烦。

当然,这个唯一的熟人,也只是相对的,其实她与凌锦呈相识也不过几天。

"买个气球系在我的手上吧,这样我们如果走散了,你可以靠气球找到我。"张笑笑提出建议。

凌锦呈微动眉头,随后微微摇头,道:"不用。"

后来，张笑笑知道了，她的担心的确有些多余。尽管她在人潮中挤来挤去，但拥有过人身高的凌锦呈总能轻易地看到她的存在。不论何时她回头，也总能看到凌锦呈双手插在大衣兜里注视着她。

后来，张笑笑就放心了，好像得出一个结论，这个男子会一直这样守护自己。他站在涌动的人群中，像一面稳固的墙，安静地屹立在自己身后，保护自己，更不会把自己弄丢。

他们追着游行队伍的花车走了许久，直到最后的盛典开始。在城堡外的广场上，夜幕逐渐降临，城堡上空烟花绽放，音乐、欢笑交融在一起。

张笑笑第一次来到游乐园，也第一次经历这样的快乐，跟着所有人一起大笑欢呼，像是另外一个自己在此时占据了身体，不真实地开怀纵情。

盛典结束后，人群逐渐散去，凌锦呈并不急着带张笑笑随人流一起朝外挤，而是去买了热奶茶给她。两个人坐在椅子上看人流向前，他们则丝毫不着急。

"一生那么长，有那么多的时间，何必急着离开欢乐的时光与地点呢。"凌锦呈说。

"一生很长吗？可是我总听人说时间宝贵，千金难买寸光阴。"张笑笑喝着奶茶反驳。

"那是活得绚烂者的言辞，美好的时光当然是再多也不嫌多的。"

"你不是吗？"

"我？"凌锦呈愣了一下，像是意外于这个小女孩会这样追问。之后他没有回答，仅是抬头仰望夜空，那里没有星星，只有一片黑沉。

"要起风了，回家吧。"

离开游乐园，热闹退却，冷风渐起的街道上没有多少行人，偶尔经过的行人也是匆匆拉紧衣衫跑过。他们走到一条小街口时，四周更是静下来，好像一场欢梦渐行渐远，最终又回归于冷清的真实。

凌锦呈去取车，让张笑笑站在路口稍等。她点头应下，看凌锦呈离去，而后环顾四周，望着一路向前延伸出去的两排路灯，竟有些不真实的恍惚。

好一个灯火阑珊夜，好一座恍惚璀璨城，像是她从未见识过的另一个世界、另一种心情，连那呆立着的路灯都变得优美了。

坐上凌锦呈的车，她趴在窗户上，隔窗看外面的夜景、江、楼、灯、影，一切再平常不过，一切也美如幻象。

凌锦呈故意将车开得慢些，让她看个够，直到最后她看累了，不知不觉地睡去。待她醒来时,她发现自己趴在一个宽阔的背上。

脚步向前,穿过楼道,她睡眼蒙眬,最后被安置到柔软的床上,盖上被子后一切归于安静。一切感知渐行远去,她感觉自己坠入星河,陷入一场美梦,梦里充满欢笑。

第二天醒来后出门,凌锦呈并不在公寓内。钟点工正在打扫房间,客气地与张笑笑打招呼,并提醒她桌上有早餐,是凌锦呈走之前准备的。

"你哥哥对你可真好,当你是小公主一样爱护。"钟点工阿姨笑着调侃。

"他不是我哥。"张笑笑没有情绪地应了一句,坐下来吃早餐。

打开手机,她收到了阿图发来的许多信息,询问她在中国怎么样,为什么一直没有回复他的信息。他很担心,甚至在最后一条信息里提出要来中国找她。

为了阻止阿图真来找自己,她将一切美化回复,告诉他自己一切都好,很快会回去。

"那今年的圣诞节我们一起去看演出吧,我准备了门票。"阿图的信息迅速发来。

"好。"张笑笑信手回复一个字,结束对话。

张笑笑在中午出门,再次去医院,到郁欢的病房前朝里窥探。郁欢已经醒了,眼上蒙着纱布,坐在窗前的椅子上,手上捧着一本册子,看得出有些陈旧,却看不清那是什么。

有脚步声传来,她听到了张蕊的声音,第一反应就是立即躲到旁边一间空病房的门后。

张蕊在接电话,与人沟通着工作上的事宜,逐渐靠近郁欢的病房后,她结束了通话。之后张笑笑发现还有另外一个脚步声,不疾不徐地前来,在门口处有片刻的停顿,才继续缓慢前行,直到停在隔壁的门外。

没有人说话,张笑笑知道,张蕊和另外一个人站在门外隔着玻璃在打量郁欢。四周一片寂静,只有自己的心在一下一下地跳动着,在寂静中格外明显。

"她都知道了。"是一个男子的声音,沉缓平静。

"是我没能保护好她,我以为将她留在美国就能与过往断绝,再不会受伤。"张蕊叹息。

"你做的足够多了,多到倾尽了一切。有些事情是命运,躲不掉,是劫难,也逃不了。"男声很平静地解释。

"我们现在还能做点儿什么呢,她看起来那么悲伤,我却无能为力。"

"有些决定,做了就回不了头,不如朝前看。她会好起来的,你要对她有信心。她

第四章 拥抱火焰的冰人

可是独自一个人撑起了一片天空的女孩。"

"你越是这样说,我越是心疼,我……不应该离开她的,不应该留下她一个人的。"

张蕊又是一声叹息,然后归于安静。张笑笑靠在门后也安静地等待,在长达数分钟之后有脚步挪动的声音,是张蕊之外的另一个人转身离开。

"是因为你觉得欠了她,欠了我们家吧?其实你做的已经足够多了。以后,过自己的生活吧,把她交给我。"是张蕊的声音。

走出两步后,那个人又停住,开口道:"我从未觉得欠了她。欠她的是命运,我也是被欠的那一个。"

空气中有片刻的沉默,也似是一切都有了解释。他做的一切,并非感激,并非弥补,只因他心甘情愿,只因他一腔真心。

"我懂了。"张蕊的声音有些许轻颤,却是释然。

"她远比你想的要坚强,她会好起来的。"男子再度开口。

"我可以相信你吗?"张蕊问。

"不可以。不过,在她需要帮助的时候,我会穷尽我的一切。"

张蕊的脚步也挪动了几下,鞋跟在地板上发出轻响。从声音判断,她是走到男子面前,张笑笑猜测张蕊应该是伸出手去。

"谢谢你,谢谢你为我们家所做的一切。"

男子一直没有说话,张笑笑不知道他有没有抬手与张蕊交握,然后是皮鞋离开的声音。这个男子先行离去。

张笑笑小心地站起身子,从门上的玻璃后朝外望去,正好看到男子离去的侧影一闪而过。

他身着灰色大衣,是个挺拔高大的男子,面上没太多表情,头发朝后打理得得体优雅。张笑笑下意识地抬手握拳抵到了自己的唇上,好制止住自己发出惊呼。

是他!为什么会是他!

随后张蕊推开了郁欢所在病房的门进去。

在听到轻轻的关门声后,张笑笑才木然地拉开房门,自里面走出,微垂着头立在楼道中间。半响,侧过头去看,见到玻璃房门内,张蕊正小心地为郁欢披上外衣,向她询问什么,脸上是对她从未有过的温柔与怜惜,那是自己从未享有过的。

张笑笑安静地离开,走出医院在街上游走。大风刮起来,乌云聚集,天变得阴沉。

随着时间的推移，夜晚不知不觉来临，路上的灯接连亮起来。

她伸手在灯下挥了挥，五指的影子在地上晃动，然后就是一滴雨水落下，随即"哗哗"的声音自四周渐行袭来，下雨了。

冬天的雨，细密缠绵，随风扬洒，无处可躲。一层雨过，沾湿了张笑笑的衣，也让她更清醒了一分，脑海中的那些欢乐退却殆尽，一切像是回到了原点。

凌锦呈来接她，撑着伞在她所坐的长椅旁边坐下，看她冻得发抖，就将自己身上的大衣外套脱下给她披上。

"我今天去了医院，我听到了你和我妈妈的谈话。"张笑笑边打着冷战边开口。

"我想到了。"停顿一下，凌锦呈又说道，"希望你对此不会太过生气。"

"生气？我能生什么气，我又有什么资格生气？你收留了我，给我买东西，带我去游乐园，给我做早餐，对我比亲人都要好。作为一个陌生人，你慷慨大方，又善良仁义，我又有什么资格和理由生气？"

凌锦呈对此没有过多解释，他向来不去浪费精力与唇舌对事实做无谓的解释。只是握着张笑笑一侧的胳膊将她拉起来带上车安顿好，自己再绕过车头回到驾驶座。

张笑笑在车上沉默了几秒，便像是懂了一切，之后又先开口。

"你怎么知道我在这儿？"

"是你母亲告诉我的。"

张笑笑疑惑，抬头望向凌锦呈，不明白他说什么。

"你的手机里有她让人装的GPS（卫星定位系统）。"

"所以，她一开始就知道我在哪里，是她让你收留我的。"张笑笑不由得哂笑。

"不全是，不过你人安全，过得开心，是大家都希望的结果。"凌锦呈发动车子。

"你是谁？到底是谁？我妈妈的朋友，还是她的？"

凌锦呈搭在方向盘上的手动了动，转过一个街口。似乎于他而言，吐出那个人的名字也需要一些勇气与准备。

然而，在他做足准备说出来之前，张笑笑已经懂了，是郁欢。

那是一个即使只是被想到，也会不自觉地改变眼神，一个冰冷如铁的人会变得小心而柔软，由内而外都变得柔情似水，却始终没有勇气吐出的名字。张笑笑虽然年纪小，但也懂那是一种怎样的感情，那样的感情又只会对那样的人而产生的。

"是她，还是她。"张笑笑念叨了一句，笑了笑。

她侧过头，像往常一样把脸别过去看窗外的城市，阴雨绵绵，街道湿漉漉的，偶尔有撑着伞的行人经过，一切鲜艳的色彩都被笼罩上了阴影。她心中忽然如明镜一般清

醒，知道了那照顾，那呵护，那早餐，那同行的游乐，不过都是看在郁欢的分儿上对她的怜悯，爱乌及屋的施舍。

一切像是大梦初醒，他所做的一切只是为郁欢，而非为她张笑笑。

"我和她很像，是吗？"

凌锦呈习惯性地沉默没有回答，这次张笑笑有点儿固执，扭过头重复追问一遍，要求个答案。

凌锦呈将车在路边停下，侧过头来看她，目光复杂，道："是。"

其实张笑笑早就知道，但还是想要从他口中听到，再次印证，然后又不知道自己能再说什么，就拉了拉身上的大衣，闭上眼睛不再说话。

凌锦呈再次发动车子，继续穿越雨幕回家，无人再开口说话。

那欢愉的一天，是她第一次体验到作为一个少女该有的快乐，体会同龄者应享的人生，人生原来可以如此多彩、欢喜。但也仅是一天而已，发现原来那不过是她从郁欢那里借来、讨来的，只不过她是郁欢的妹妹，与她有一张相似的脸。

第二天张笑笑回医院，凌锦呈送她过去，张蕊在那里等候着。她像是交接一道任务般客气地对凌锦呈称谢，然后让助理带张笑笑离开，尽快给她办理回美国的手续。

凌锦呈没有太多话，客气地作别离去。张笑笑叫住了他，问他有没有什么想说的，毕竟自此一别后大家也许不会再见面，但无论如何她还是欠了他一个人情。

其实张笑笑是想听他说些安慰的话，告诉她以后他们会再见，或者如所有临别者的俗套叮嘱，要她自己多加小心，照顾自己，等等。

但是，凌锦呈开口之后，她就后悔了，自己不应该侥幸地去想要些什么的。

"那就替我保守秘密吧，不要让她知道我来过。"凌锦呈说。

张笑笑抿嘴，脸上露出笑容，微微歪头显得有些调皮，道："要知道，她并不知道我的存在，你担心的事不会发生，所以你浪费了我给你的机会。"

凌锦呈弯唇，伸手在她的肩上轻拍，之后先行离去，背影一路向前，最终消失在拐角处。而后，张笑笑由助理提醒，已经订好了她回纽约的机票，他们现在就起程回国。

张蕊叮嘱了助理几句，然后朝郁欢病房的方向走去，张笑笑出声叫住了她。

"妈妈……"

张蕊止步回头，张笑笑又没有立即说下去。

于是，张蕊对张笑笑开口："好了，你先回去吧，有事等我回家再谈。"

之后她冲助理使了个眼色，转身快步走向郁欢的房间，轻轻推门进去。在助理的轻声提醒下，张笑笑转身离去，那未说完的半句话，也消散于咽喉间。

坐在飞往纽约的机舱内，张笑笑安静地闭眼，助理也松一口气睡去。但，张笑笑却始终没能真正睡去，脑中一遍遍回想这些日子踏上这个国度之后发生的一切。

从惊讶，到后悔，到担忧，到失望，到突如其来的欢乐，到一切如镜般破碎后的背后真相，像是一场荒诞大梦。

张蕊对郁欢和对自己的态度有云泥之别，她早已心中有数。但是凌锦呈对郁欢也是那样倾尽真心，让她不由得怨恨命运的不公。同为姐妹，凭什么上天对她如此偏爱，对自己如此苛刻？

第四章 拥抱火焰的冰人

第五章

大海上的纸帆

回到纽约,张笑笑一走出机场就看到了阿图。他背着双肩包,戴着有些滑稽的耳护,小跑着过来拥抱张笑笑。

"天啊,你终于回来了。"

艾米丽也随后跑过来,将手里拿着的热咖啡递给她,同时抱怨阿图看到张笑笑就丢下自己一个人先跑了。张笑笑尽量在脸上露出轻松的表情接过咖啡。在历经一次精疲力竭的长途飞行后,喝上一口热咖啡,这是她唯一觉得好受的事。

张笑笑疑惑于阿图和艾米丽何时走得这么近了,正想着是否要问时,一个人的到来完美解释了她心中的疑惑。那就是之前在球场见过的那个奶油小生,刘莱。

刘莱的腿脚似乎已经好了,还是老样子,穿着得体的衬衫,头发抹着发胶,手上拿着一束花,但为了不弄乱自己的服装与发型,隔着很远打招呼,没有跑过来,只是快步走来。站定后,他先用手将衬衣捋平,然后才将花递出来。

不过,在他开口向张笑笑说些什么之前,艾米丽已经先伸手将花接了过去,惊呼着花的新鲜与漂亮。

"这是送给笑笑的,不是给你的。"刘莱皱眉,将花取回来重新递到张笑笑面前。

艾米丽面露失望,尴尬地看着花。之后还是阿图先做出了反应,打出一个喷嚏,捂着鼻子说自己对花粉过敏,要刘莱赶紧把花拿开些。

这事不了了之,因为阿图的花粉过敏,花束在张笑笑的建议下随手送给了路过的一位空乘人员,几个人在助理引导下离开机场,返回市区。

"中国好玩吗?你去旅游有什么有趣的事情吗?"在车上,艾米丽询问。

张笑笑皱眉,随后看向阿图。阿图动了动眉头后摊手表示无奈,张笑笑只能随口以一句还可以应付过去。

"我们一直在等你,一起去逛圣诞市场。"艾米丽边翻着张笑笑的背包边说。

"圣诞节后我姐姐会在家里办一个派对,我会让她邀请大家来参加的。"刘莱也接话。

"那我要买新的礼服了。"艾米丽一边随手掏出一只米奇头饰戴上,一边回应。

看到那只米奇头饰,张笑笑赶紧自艾米丽手中接过背包,又从她的头上取下头饰,小心地放回去。

"一个头饰而已,这么紧张?"艾米丽撇嘴。

"那是笑笑的东西,你不应该随便翻她的包,这不礼貌。"刘莱跳出来接话。

兴许是因为说话者是刘莱,所以一向有些开朗的艾米丽也没有争辩,只是有些委屈地抿了抿嘴，不再说话。看出张笑笑的尴尬，阿图就找了话题，询问大家想要什么样的圣诞礼物，这才将此事带过不提。

张笑笑默默收好自中国带回的东西，系好背包放到身后，不让大家发现异样。

后来阿图告诉张笑笑，在张笑笑忽然离开后，刘莱找到了自己，要自己介绍他们认识，以感谢她的"救命之恩"。而艾米丽则追着刘莱一路找上他，最后他不得不含糊地说张笑笑是去中国旅游了。

"你在那边，一切顺利吗？"傍晚，阿图站在张笑笑的公寓楼下，双手插在兜里边走边问。

"不太坏。"张笑笑含糊应过。

"你姐姐呢？"

听到这个疑问，张笑笑停下脚步，转过身来看向阿图，之后在脸上化出一抹不甚友善的笑，将耳朵上戴着的、他给的护耳取下来丢还给他，一言不发地转身上楼。

回到公寓，用人已经将一切打理好，她的行李已经由张蕊的助理先行送过来。用人客气礼貌地打了招呼，然后收拾自己的东西离开，表示明天会一早过来给她做早餐。

张笑笑一言不发地坐进沙发，盯着旁边的台灯发呆，直到门铃被按响。

张笑笑以为是用人落了东西回来取，就走过去通过对讲机看向门外，但是见到的却是个陌生男士。

男人着正装，腕上搭着黑色大衣和灰色围巾，鬓角微微染白，看起来却并不显老，只觉得儒雅从容。

"先生，你应该按错铃了。"张笑笑出声。

男人抬起头，看向对讲机的镜头。他并没有迅速做出应答，只是看着镜头，像刻意想让张笑笑在屏幕的这一头看清他的脸。

张笑笑停滞了两秒，面对这个陌生的面孔，她搜索不到任何的信息。但是看着那副注视镜头的神情，忽然灵光自脑中闪过，她明白了他是谁。

她伸出手，在对讲机前轻颤，在开门与切断之间不知如何抉择。时间一分一秒地流逝，直到机器所限定的时间到了，屏幕自动切断了连接，归于黑屏。

之后，张笑笑转身走回沙发，刚要坐下又似蓦然惊醒，顾不得穿件外套，立即冲向门口，飞奔下楼，拉开公寓的大门跑出去。张笑笑并没有见到方才的男士，看到的不过是夜深人静后，格外冷清宽旷的街道。

夜风沉沉，夹着些许雪花在细细飞舞。张笑笑走下台阶，沿着街道向前快步走动，

四下寻看，最终在前面拐角的街道口看到一个背影。她迅速地小跑过去拉过那个人的衣袖，叫了一声"喂"。

可是，当那个人回头，发现是一个陌生的白人之后，张笑笑知道自己叫错了人，仓促地说了抱歉。在对方奇怪的眼神中，她停在原地站立了一会儿，抬手环起自己的双臂。

在她打算转身离开时，一件外套披上她的肩，然后是一条围巾绕上脖子。阿图不知道从哪里冒了出来，一边给她做着保暖措施，一边自己跳脚保暖。

"我就知道你关心我，这么冷的天出来找我，我会担心的。"阿图笑着说。

"谁要来找你，少自作多情。"张笑笑瞥了一个白眼。

"哎呀，你就是嘴硬心软，不出来找我，你还能来找谁？"阿图乐呵呵地把围巾绕好，没心没肺地笑着。

张笑笑语塞，竟无话可说。这让阿图像是印证了自己的想法，又热情地给了张笑笑一个拥抱。

"不管怎么样，我惹你生气，我道歉。让你在这么冷的晚上出来找我，我更应该道歉了。"

"谁要你道歉了？我出门不是因为你。"

张笑笑还要解释，但阿图是个乐天派，向来只听得进自己想听到的答案。他笑着勾住张笑笑的肩，将她拉进隔壁的甜品店，点上一杯热热的牛奶，再来一份甜品，声称是自己的道歉礼，请她务必收下。

张笑笑被按到座位上，身上的寒气逐渐散尽。阿图去等待饮品和食物，张笑笑随意地四顾，随后目光定格在了店另一侧的玻璃窗户外。一个穿着黑色大衣的高大身影立在窗外，透过玻璃正看着自己。

男士在看到张笑笑发现自己后并没有立即离开，而是微笑颔首回应她，但也并没有推门进来，就那么定定地立着，在店内有些泛黄的暖色灯光下注视她，像是雕塑。

"需要双份糖吗？"阿图在柜台处发来询问。

张笑笑侧头含糊地回了一句并不怎么过大脑的话，再回头去看窗外时，发现那个人已经离去。

阿图拿着饮品回来，张笑笑接过来尝了一口，浓浓的涩味立即占据味蕾。她强行咽下之后表情扭曲。阿图则是一脸委屈，说刚才明明是她说不要加糖的，他只是照做了。

张笑笑摆摆手，拿着饮品起身去请人再加些糖，同时不死心地再次朝窗外看，那里依旧只有空荡荡的街道。

圣诞节的前一天，张笑笑起床后得知自己有一份快递。用人边将早餐送上桌，边指向放在旁边桌上的快递箱。

张笑笑走过去打开外面的纸箱，看到的是一个红色礼品盒，上面放着一张印着埃菲尔铁塔的明信片，写着简单的圣诞祝福，落款处没有留名，仅写了一个"怂"。

双人在心头，张笑笑庆幸自己的中文理解不错，瞬间明白了这个字的意思。

阿图来找张笑笑，刘莱随后，自然也少不了艾米丽。声称刚刚拿到驾照的刘莱开着家里的敞篷车，载着他们两个在楼下按喇叭。

张笑笑趴到阳台上向下看，挥了挥手表示听见了，但又摇了摇头表示不想出门。阿图就又按起了喇叭，招着手要她一定下来。

四周的阳台上伸出了许多头来，指责楼下的一众年轻人扰民，威胁如果再按喇叭就要报警。张笑笑可不想他们在圣诞节前夕被送进警察局，只能应下。

她也没来得及去接着拆开桌上的礼物盒，匆匆穿了衣服，戴了手套与帽子下楼。坐上刘莱的车后，一行人在四周邻居的不满中离去。

几个人去了一处知名的圣诞购物街，那里的圣诞树和各色圣诞主题装饰品已经全部摆放出来了，一片热闹与喜气。街上也时不时会遇到载着圣诞树经过的车，或者采购圣诞物品的人。

艾米丽寻找着自己心仪的礼服，陆续地试了好几家店。同行的刘莱有些不耐烦了，催促她快一些做决定，不要那么挑剔。同时，他也鼓动张笑笑挑一套。张笑笑摇头拒绝，她并不喜欢裙装。

艾米丽挑了一圈后，觉得还是第一家店里的那条蓝色裙子最漂亮，于是要回去买。但四个人一起回去太浪费时间，同时张笑笑也意识到那并非艾米丽本意，就找了个借口称要去旁边买些东西，让刘莱和阿图担起护花使者的重任。

阿图何等聪明，马上扯出要去洗手间的借口，让刘莱辛苦一下陪艾米丽回去。刘莱虽然与艾米丽没那么亲近，甚至在有些事情上不认同艾米丽，但这种情况下拒绝也不是他自认的绅士风格。于是，他默默应下，拉开车门让艾米丽先上，自己在后面摇头跟上。

张笑笑走出礼服店，见隔壁是家书店，就走了进去，随意地走动翻看，最后视线定格在一本再版的《飘》上。才翻看了几页，她就被几声猫叫打断。她低头，在书架一角发现一只通身雪白的蓝眼猫咪。它正眼巴巴地望着自己，张笑笑蹲下将其抱起。那猫也不怕生，在她怀里乖巧地摇动尾巴。

阿图随后进来，伸手逗那只小猫，之后拿起手机自拍下两张抱猫的照片。张笑笑也没在意，抱着小猫走了一圈，直到主人过来将其接走。主人说，这只猫才来三天，很怕生，也不敢近人，能被张笑笑这样抱着不吵不闹，一定是与她特别有缘分。如果她愿意的话，欢迎她经常过来看书或看猫。

张笑笑不是个能与陌生人健谈的人，仅是客气地应了店主的话，就离开了书店。

原本是他们约定好在书店外等刘莱和艾米丽回来的。但阿图却提出去另外一个地方等的建议，并笑着调侃张笑笑。

"我觉得，艾米丽可不是个在这种天气出来逛书店和挑圣诞装饰物的人，她对这些不感兴趣。大家分开行动，留下他们在一起，她也许会比较乐意，你觉得呢？"

张笑笑自然知道，艾米丽是追着刘莱而来的，也明白阿图成人之美的意思，就同意了阿图的提议。两个人去了别处闲逛。

阿图说春节要去中国，去看他的奶奶，所以要挑一些礼物送亲戚朋友。张笑笑没有给予任何意见，他就自己挑了一些小物件和巧克力，七七八八地提了几个袋子。最后还是张笑笑看不下去了，伸手接了一半过来帮忙提着。

逛到差不多时，下雪了，张笑笑提出打车回家，阿图却拒绝了，说要看雪。

"这可是圣诞前的雪，如果能一直下，明天晚上就可以度过一个大雪封城的圣诞夜。这样圣诞老人出来送礼物的时候，鹿车能跑得更快些，大家收到的礼物更多些，这是大人讲的。"阿图解释。

张笑笑翻了个白眼，不敢相信阿图居然还相信圣诞老人的传说。

"你没收到更多礼物不是因为没有大雪封城，而是因为你爸爸妈妈没给你准备更多的礼物，又不想直接告诉你而已。"

"不是，我直到去年才知道，其实是我姐姐把我的礼物盒上的名字全改成了她的。"

张笑笑咋舌，竟无言以对。

"今年我要把她的名字全改成我的。"阿图像是下了决心一样抿唇，握拳。

张笑笑连连摇头，真不敢相信这个平时看着挺正常的人，在这件事情上这么幼稚。

逛到街尾，有街头艺人在表演，两个人听了一首颇有年代的老爵士乐。因为太冷，两个人都不想待在街上了，就去了这条街另一侧的一个小剧院，也不看场次与剧目，随意地买了两张票，只求能赶紧坐进室内。

当天是一个艺术院校的学生话剧团在表演，演的是莎士比亚的《哈姆雷特》，场内的观众寥寥无几。他们是在快要开场时进来，赶紧找到位置坐下。但是，随后就又听到了熟悉的声音，是艾米丽在抱怨里面太黑看不清路。刘莱提着大包小包跟在后面，抱怨着阿图他们没有按约定在书店外等候。

张笑笑和阿图扭头，看到艾米丽和刘莱也自门口进来，不约而同地低下头尽量伏低身子。等他们从旁边经过到前排坐下后，两个人互递一个眼色，悄然起身朝后面的门口而去。

但是，才走几步，随着灯光全熄，舞台剧正式开始，而出口也正式关闭。阿图耸耸肩，摊手表示无奈。两个人只能回头看向舞台，看来是不得不看完这场演出了。

最终，阿图带着张笑笑在最后排的角落里看完了全场演出，可那里靠近出风口，附近也没有暖气口，所以根本没有达到原计划待在室内取暖的效果，甚至比起在街上可以通过走动保暖，就这么静坐着的两个人处境更是痛苦。但是在后方的门已经关闭的情况下，又不能穿越整个大厅前往另一个出口，只能忍受着寒冷，各自紧抱着双臂瑟瑟发抖。

"这一定是我这辈子看过的最糟糕的《哈姆雷特》。"阿图牙齿一边打战一边开口。

"我没看过，但我也能肯定，一定是最糟糕的一场。"张笑笑也颤抖着声音回答。

两个小时的表演，坐在最后排角落的两个人感觉像是经历了一个世纪那样漫长。在灯光亮起后，为数不多的观众陆续离开，前面的刘莱与艾米丽也起身离去。直到所有人走后，张笑笑和阿图才赶紧逃也似的小跑着离开后排角落。

"我再也不想来这个剧院了，再也不想来了。"阿图出门后摇头感叹。

张笑笑附和着一起点头，之后互看对方被冻得牙齿还在打战、脸色发白的模样，不由得笑了起来，说对方看起来真可怜。

但事实上，数年之后，阿图养成了每个月要来这个剧院看一场演出的习惯，一直到这个剧院改建。他看完了这里的最后一场演出，见证了这里的关门歇业，坐在门口忽然落泪。

那时，他才知道，原来那年那日的那场演出，是最糟糕的，也是最好的。

当天最后，张笑笑他们还是与艾米丽两个人再遇了。艾米丽为买到了心仪的裙子而欢喜不已，刘莱有些失望地表示因为走散了，所以好多地方没能一起同去，只和艾米丽去吃了东西，一起逛了商店。他还说起看到的演出，觉得那个女主角将来应该会大红。

几个人一起在餐厅吃了晚餐，闲聊着。夜色落下，计划晚上由刘莱驱车载几个人回家。但由于方向不同，张笑笑就说自己打车回去即可，不用绕路去送。

刘莱坚持说不安全，要开车去送。阿图就接过话说他要去亲戚家，正好与张笑笑同路，让刘莱送艾米丽回去即可。刘莱只得讪讪应下，之后一再强调要张笑笑来参加他姐姐的聚会，因为会上他姐姐会宣布与男友订婚。

刘莱与艾米丽上车离去，阿图叫了出租车与张笑笑一起上车。看刘莱的车走远后，张笑笑就下了车，因为她看出阿图不过是在说谎。阿图也赶紧下车，拦了要独自离开的张笑笑，说先送她回去，一再强调自己是真的顺路，才让张笑笑相信。

"真的顺路，真的！"

将张笑笑送到公寓楼下，阿图与之挥手作别，然后告诉司机掉头去另一个方向。张笑笑才明白原来自己到底还是被骗了，便嗔怪他是个小骗子。

"我不是小骗子，是你总相信我说的。"阿图得意地趴在车窗上挑眉。

"又不顺路，何必这么麻烦？"

"送你嘛，就算绕遍整个纽约城也是顺路的。"阿图将食指和中指并齐，在额头划过，做了一个帅气的作别手势，之后请司机离开。

张笑笑目送那车子远去，转身打算上台阶，却不想回头之际看到路灯下站着一个人。灰色的大衣，脖子上搭着围巾，双鬓斑白的中年男士，儒雅又沉静，看着自己的眼神里有些许激动，唇角似有上扬。

张笑笑在原地滞留着，并非她不想理会这个人，而是她不知道该如何做。她想着，自己应该走上前去打招呼或说些什么。但又觉得，用与平常所遇的陌生人的招呼方式来对待这个人，应该不太合适吧。

最后还是男士缓步走上前来，停在与张笑笑一米距离外。他自大衣兜里抽出手来，取下手套冲她伸过来。

张笑笑手提着一个购物袋，里面原本只装了几双袜子，此时却变得无比沉重，重到让她似乎没有力气去放下它们，而腾出手来与对方交握。

男士坦然地放下手，重新插回大衣口袋里，冲她微笑，似乎是在宽慰她的紧张与局促，告诉她不握手也没关系，不用担心。

"嗨，你好吗？"

这是张笑笑与张义之首次实际的对话，一次迟到了近十五年的对话。她想过无数种可能，独独没有料到，最终却是如此平庸简单的一句话，像个陌生人，用最简单的开场白认识对方。他们又像是最熟悉的人，用最熟悉的语气，在久别重逢后轻语寒暄。

"嗨，还可以。"仿若经过了一个漫长的冬季，张笑笑才从唇齿间挤出几个字。

然后，空气陷入一阵沉默寂静。宽旷的街道上，路灯下一高一低两个人，不论心中如何情绪万千，但都像暂时想不出合适的话语了。

最后，直到一片雪花落下，两片，三片，絮絮如雨，漫天扬洒。

"饿吗？"张义之问。

张笑笑摇摇头，张义之微笑，好像并不在意她的回答，伸手指向街道另一侧的一家散发着昏黄光线的店，说那里的甜品很不错。

张义之带张笑笑沿街走过去，店内稀疏地坐了三两个人。他们推门进去后，店内系着围裙的老板立即认出了男士。那是一个留着胡子的法国男士，笑起来眼角有皱纹，洋溢着热情，他用法语打招呼，之后开起了玩笑。

"如果多一些你这样的客人，每天准时来光顾我的店，那我就不会为生意发愁了。"

张义之笑了笑，与老板握手，说还是老样子要一杯拿铁，之后又替张笑笑点了牛奶与甜品。

"你经常来这里？"张笑笑发问，有些意外。

在张义之回答这个问题前，拿着甜品走过来的老板接过了话，热情地回应。

"是的，你爸爸可是我的老主顾。这半个月，他每天晚上都会来这里喝一杯咖啡，坐在靠近窗户的位置。你们是新搬来附近的吧？"

老板指了指一个窗户边的位置，张笑笑透过窗户看到了自己公寓的窗户就在街道对面，她几乎可以想到，坐在那里，能清楚地看到自己卧室阳台上的灯光。

"爸爸？"张笑笑皱眉。

"当然，他一直说为你感到骄傲，你看那幅画，画的可不就是你。"

张笑笑顺着老板的手看过去，见到店内有一个摆放着书架与钢琴的区域。那旁边也同样摆放着画架与一些纸笔颜料，旁边的提示牌写明这些是免费提供给店内顾客的，可以让走进这家店的任何人，表达与记录当时的心情。

那里的确有一幅画，尚未完成上色，但也能够从上面的轮廓看出自己的模样。

"坐下吧，今天可以画完了。"张义之微笑示意。

张笑笑被领到临近画架的区域坐下，之后张义之脱下外套与围巾搭在椅子上，去了画架区开始调色板。他调好色，笔蘸上颜料，但又停在画板上迟迟没有落笔。直到笔上的颜料有些凝固不能再用了，他才放下胳膊，有些叹息地摇头，唇角兀自扬起了微笑。

"怎么了？"张笑笑问。

"没什么，就是觉得有些不真实罢了。从前只能凭着记忆与想象来画你，现在你坐在这里了，我竟有些不知如何下笔。"

最后张义之放下笔，如同放弃一般收起画笔，清洗颜料，提醒张笑笑吃些甜品，不要在意自己。

张笑笑虽然跟着他前来坐下，但也不知道要与他聊些什么。上了甜品后，她就有一下没一下地吃着，偶尔喝些牛奶，直到张义之收拾好画具在对面坐下。

"这些年，你很辛苦吧。"张义之问。

"还好。"张笑笑随口回应，并未抬头。

"是我疏忽大意了，直到几年前我才知道你的存在，我很抱歉。"

"嗯。"张笑笑简单地发出一个音节。

在过去的近十五年里，张义之错过了张笑笑的整个人生，错过了她的牙牙学语，错过了她的蹒跚学步，错过了她的哭闹懂事，错过了她的校园生活。他有许多的歉意与愧疚，却不知道该如何说起。更不知道他说出之后又有几分分量，是能让人去谅解的。

但在说出来之后，张笑笑却轻易地应允了，那么云淡风轻。一时间他如释重负，又更加愧疚。她的成熟懂事，不过是因为没有人给她足够的包容与宠溺；她的淡定从容，亦不过是无人保护后，自己织就了一身铠甲。

之后张义之介绍了自己，讲述自己的身世、祖籍、家庭、成长历程等。他是一个沿海小城的富家孩子，后来家道中落，父母面临巨债，在童年一直面临家庭带给自己的重重困难与考验后，终于在少年时代，父母抓住了改革开放的机会而再次崛起，不仅还掉了债务，还给予了他在之后成就自己事业的基石。

在他的讲述中，他们一家三口历经磨难，但始终都不曾有人想要放弃与低头，保持着积极与乐观的心态。他相信天道酬勤，人可胜天。而同样地，他也有一对很好的父母，在最艰难的时候也没有疏忽对他的培养与关爱，始终教育他要做一个正直而善良的人。

之后他留学，创业失败，颓废失意，然后东山再起，逐渐经营起自己的生意，在法国定居，成为一个华侨。

讲到这里，他停了下来，似乎他这次的讲述只是想让张笑笑了解他是一个什么样的人，并不想在此时一下子讲完他与张蕊的故事。

张笑笑亦体会到了他的用意，可她偏偏此时心里就生出了一些狡黠的想法，便追问了一句。

"然后呢，为什么不讲了？"

"然后的故事,我希望由你的妈妈讲给你听。"

"你是怕,万一你们讲的故事有出入,倒显得是你在避重就轻地狡辩了,对吗?"

张义之笑了,微微摇头,道:"不,我也相信她不会有任何的隐瞒,或改变事实的真相。我尊重且信任你的妈妈,从前是,现在是,将来也是。"

"在你的心中,她是怎样的一个人?"

张义之几乎不经思虑,回答了一个词。

"堪称完美。"

"不完美的是哪里?"

张义之大笑,审视张笑笑后不禁点头,道:"你与年轻时的我真像,就爱问到底。"

"你还没有回答我的问题。"张笑笑继续追问。

张义之脸上的笑意微敛,似是有些遗憾地低头,拿起桌上的咖啡尝了一口,接道:"不完美,大概就是她不爱我吧。"

停顿之后,张义之放下杯子,微微前倾身子,道:"我很抱歉向你说这些,我不想用美丽的谎言去掩饰这一点。但是,请你务必相信我,不论我与你妈妈之间如何,我们对你的爱绝不会少半分。"

张笑笑没有说话,只是将碟子里的最后一块蛋糕送进嘴里,然后放下碟与叉,客气又礼貌地站起身,拿起自己的东西与对面的人作别。

"非常感谢您的招待,张先生。"

张笑笑在脸上露出一些礼貌笑意,之后转身离开。她推开玻璃门走进寒风中,外面雪花漫天扬洒,她微微低头向前。

张义之随后追出来在街边唤住她,他只穿了简单的衬衫与马甲,外套大衣都留在店内,呼出来的气在空气中化成团团白雾散去。在张笑笑停下脚步后,他像是整理了几秒思绪,才又开口说话。

"我此次来并非要你原谅,即使你一生都不原谅我,我也不为自己辩解。如果你恨我,我也觉得是应该的。我清楚无法弥补过去的任何事,但我想在未来做些什么。如果你有一丁点儿需要的话,请你记得我会帮助你。我希望你能知道,你的父亲是怎样一个人,你的奶奶、爷爷,你的血脉里流着的血,是怎样而来的。无论如何,这是你的家人,它很温暖,我希望你明白这一点。"

张笑笑停下脚步,静静地听着,却一直没有回头。她明白张义之此行的目的,她亦理解,但是她有点儿不甘。

这样的家庭在张笑笑看来，无异于是理想的、互爱、尊重、温暖而亲密。同时张笑笑亦觉得讽刺，自己原本也是有机会拥有这样的家庭的，但偏偏老天吝啬地收回了。而且，即使此时张义之出现了，却改变不了什么，她的童年回不去了，她所独自度过的成长时光也不能修改。那些已经在她身上、心底留下的光阴烙印，再不能更迭去除。

时间，是一列单程快车，一路呼啸向前，只能向前，从来容不得回头与后悔。

"笑笑，给我一个机会，也给自己一个机会。如果在纽约不开心，跟我去法国吧，你会喜欢那里的。"

张笑笑停顿片刻，之后再次举步前行，快步走进自己公寓的大门。随着一道关门声响，将张义之和外面的风雪夜都隔绝在外。

回到家，张笑笑丢下背包，走到沙发边坐下后拿起电话，不自觉地拨了张蕊的电话，但是电话一直没有人接听。于是，她又不死心地打家里的电话，接的人是苏菲。她小声地与张笑笑沟通，告诉她郁欢现在在楼上，张蕊还没回来。

挂掉电话后，张笑笑又失落，又庆幸。如果张蕊真的接起了电话，她又能说点儿什么呢。

她拖着沉重的步子倒在床上睡去，一天终于结束了。

第二天起床，用人告诉她有人送来一束花。张笑笑自桌上拿过花束来看，打开上面的信封，看到了一张纽约飞往巴黎的机票，以及一句简单的留言和一个城市广场的地址。

"穿上新衣服，开始新的旅程吧。"

张笑笑想起昨天没有拆封的礼物，她将盒子打开。那是一件大衣，鲜艳的大红色，与今天的圣诞节气氛十分贴合。

用人双眼放着惊艳的光，将大衣拿起来在张笑笑的身上比画，称赞衣服的漂亮。然后她殷勤地把衣服再熨烫打理一遍，以便晚些时候张笑笑穿着它出门参加圣诞活动。

张笑笑等待张蕊和自己一起过圣诞节，可是直到下午也没有等到一通电话。用人有些为难地提出自己要先回家了，因为今天是圣诞夜，她要回家与家人一起准备晚餐。

张笑笑点头，祝她圣诞快乐，然后看她离开。

用人离开后，房间安静下来，张笑笑的目光落到衣架上的红色大衣上，还有那束已经被用人插起来的花。她走过去轻轻地抚摸花朵，抽出一枝在鼻子下轻嗅，走到衣架前注视大衣。

电话响起，张笑笑心中像是燃起了火苗，迅速跑过去接起来。她以为能听到张蕊的声音，事实上传来的却是一个陌生的声音。

"不好意思，打错了，我是想打给我的女儿，催她快些回家的。祝你圣诞快乐。"

张笑笑失望地挂掉电话，看看墙上的钟表，她垂下了手，将指间的花朵放到电话一侧的桌上，开始收拾自己的东西。

半个小时后，张笑笑提着一个小小的皮箱站在客厅里。她取下大衣穿上，换了鞋子，回头望一眼这个房间，出门离去。

张笑笑拦下一辆出租车，告诉司机张义之留给她的地址。司机心情颇佳地应下，并闲聊着说，张笑笑是他今天送的最后一人，送完她后他就要回家和妻女一起过圣诞夜了。

"你也是赶去和亲人过圣诞节吧？"司机问。

张笑笑别过头，将耳机塞进耳朵内，看向窗外，假装没有听见这个问题。因为她也不知道自己要去干什么。她只是觉得，也许张义之是对的。如果在纽约不开心，也许她可以去别的地方。

第六章

无所畏惧的畏惧

在广场的边缘处停下，张笑笑一眼看到了广场长椅上坐着的中年男人。他的身边也放着一个箱子，手上拿着一份报纸在阅读，似乎在沉思。前面广场上，灰白两色的鸽子在随意走动。张笑笑下车，才走出一步，身边的鸽子就都扑棱棱地飞了起来，让长椅上的人察觉到她。

张义之抬头，脸上露出欣喜的笑容，站起身来。

"我以为你不会来了。"张义之开口，声音竟有些轻颤和激动。

"巴黎不会这么冷吧？"张笑笑努力让自己的表情平静，以掩饰自己内心的慌乱不安。

"也会冷，但比这里好。"

张义之将脖子上的围巾取下来给张笑笑系上，在发现她的双手冰冷并轻轻颤抖时，告诉她在此稍等，他去旁边的店里给她买些热饮。

张笑笑点点头，将自己的箱子与张义之的靠在一起，在长椅上坐下。她抬头望向灰蒙蒙的天空，阴云密布，冷风阵阵，好像才停了的雪又要继续下了。

这就是冬天的纽约，总是多风多雪，阴冷潮湿，让人的心情也不自觉地跟着低落。张笑笑在心里埋怨着天气，心想一定是因为这天气的原因，所以自己才会心烦不安。

她取出手机，打开屏幕来看，依旧空无一条信息。张蕊还是没有联系她，似乎在这个圣诞节将她遗忘了。她忘记自己还有这么一个女儿独居在别处，她应该在圣诞节与自己共同庆祝的。

张笑笑收起手机，环顾广场上的行人，最后目光落在长椅上的那份报纸上。她信手拿起来翻开，就看到了张蕊的照片。上面一则新闻写着琳达与张蕊关于遗产争夺战的时间线。

这样的新闻张笑笑已经见惯不怪了，像是一个无趣的泡沫连续剧，每当没有更多的新闻时，皮特、琳达、张蕊这场三角恋故事就会被八卦版面翻出来添油加醋地回顾一番。加上琳达自己的推波助澜，这算得上是一场周期性复发式的顽疾了。

但是，看到最后一段，张笑笑不禁愣住。上面的文字大意为琳达针对张蕊提出了人身伤害的起诉，并且提供了验伤的证据以及录音，如果伤害案一旦成立，张蕊将面临刑事责任。

上面写出了张蕊被传唤的日期，就是今天，她要先前往警局录口供，然后依照琳达所提供的证据，警方再判定她是否会被拘留。

张笑笑拿着报纸，原本茫然的心一下子更是乱如麻，五指收拢将报纸握皱，心跳不禁加快。原来，这就是张蕊不联系自己的真正原因，因为她身陷囹圄了。

张义之拿着两杯饮品回来，看到低头握着报纸神情慌乱的张笑笑，不用问也知道发生了什么。停顿两秒后，他在张笑笑的旁边坐下，将她手中的报纸取出来放到一边，将热饮放进她的手心。

"看来，你是不会跟我走了吧？"张义之笑着叹息。

"我……我不知道。"张笑笑自唇间挤出几个字。

"你知道的，你心里已经有答案了，孩子。"张义之伸手，在张笑笑的头上摸了摸，言语中有失望，但也有尊重与宠溺。

张笑笑没有说话，心中不是没有愧疚的。她知道自己来到这里再反悔，这对张义之其实也是一种打击，但又说不出抱歉，所以只是微微地低下头。

"我应该把它藏起来的，只要把你带上飞机，我就能赢了。"张义之像是有点儿生气般地将旁边的报纸拿起来扬了扬，又重重地丢到椅子上，却没有真的愤怒，而是想以这样的方式去缓和张笑笑紧张的情绪。

果然，张笑笑的脸上露出了笑意，之后缓缓地站起身来。

"她算不上一个合格的妈妈，甚至我对她有着诸多的怨恨、不解，但是，我不想在这个时候离开她，我……"

张笑笑磕磕绊绊地试图解释，给张义之一个理由。但张义之似乎对她想要表达的一切已了然于心，微笑着抬手示意她止住，随后也起身站在她面前。

"孩子，你不用向我解释任何事情，只要遵从你内心的选择即可。无论如何，我都会无条件地尊重你的选择。"

张义之抬手，替张笑笑将脖子上的围巾与衣襟整理紧实，拍拍她的肩膀。然后他提起她的箱子去路边拦下一辆出租车，将她送上车，然后将一个信封递给她。

"无论如何，记得我在巴黎等你。这里有一张不限时兑换的机票，只要改变主意了，随时可以来找我。那里有家，有亲人，你会喜欢巴黎的。"

张笑笑点头，握着手里的信封竟不知道说什么好，最后也只是问了一句，道："你早就知道我会反悔吗？"

"也许吧，毕竟我可比你老了许多，凡事会有些准备的。"张义之笑着揉了揉张笑笑的头，之后替她关上车门，隔着窗户挥手作别。

司机驱车离开，张笑笑回头朝后望去。张义之一身黑色大衣立在广场边沿一直注视着她离开，直到最后她的车淹没在车流中。张义之的身影也渐渐消失，再也寻不到。

张笑笑打电话回家，向苏菲询问张蕊的情况。苏菲本想说不知道的，却被张笑笑揭

穿，让她不要再隐瞒自己。她已经在报纸上看到了新闻，知道张蕊出事了。

"太太不想让你被这件事情影响的。"苏菲有些为难。

"你告诉我，或者我现在回去见见我那位亲爱的姐姐，让她告诉我。苏菲你觉得哪一个更好？"

苏菲无奈，只得告诉了张笑笑今天张蕊被传唤出席的地址。然后张笑笑让司机前往。

由于张蕊律师的申请，今天的传唤受审地址是不被公开的，所以张笑笑并未在大楼外见到太多闲杂人等。但同样，她也无法进入，只能在大楼外等候。

张笑笑拖着自己的行李箱，在大楼外的长椅上坐下。她没能等来张蕊，却见到了另一个熟悉的身影，琳达。

琳达穿着一身看起来价格不菲的皮草从车上下来。尽管是阴天，她却戴着黑色的墨镜，唇角上扬，显得有些傲慢，旁边跟着一个看起来像是保镖的男人。原本张笑笑是不想多生事与她有交集的，但偏偏琳达认出了她，一摇一扭地走到了她面前。她先是上下打量张笑笑一遍，然后露出讽刺的笑。

"哟，这不是张蕊的二女儿吗？怎么，在这里等着看你妈妈戴手铐的样子？啧啧……可真是个好女儿，连她的行李都备好啦！"

张笑笑瞥了琳达一眼，不屑与之对话。这让琳达不禁冷哼一声，移动步子走到张笑笑面前。

"果然是母女，一个鬼样子，不知道你们有什么好傲慢的。这个时候，你应该多求求我，否则让你妈妈把牢底坐穿。"

张笑笑知道对方不会就此罢休，也不再退让，抬头望向面前的女人，随后"噌"地一下站起身来。由于她的速度太快，面前的琳达猝不及防地受到惊吓后退，脚下的高跟鞋有些摇晃而身形不稳。要不是身边的保镖及时扶住她，她就要摔倒在地。

"大妈，听好了。我不知道我妈妈为什么要动手揍你，但是我可以肯定一点，一定是你自找的，是你自己犯贱。我觉得我妈妈还是太善良了，否则也不会让你到现在还在这里撒泼。我劝你现在还是有多远滚多远，否则，我可没有我妈妈那么好的自制力。我动起手来，就不一定能让你再站起来了。"

"你……你……你威胁我？好大胆子，你威胁我……"琳达气得指着张笑笑轻颤。

张笑笑握拳，冲琳达虚虚地挥动一下，笑道："对呀，还不快滚？"

琳达被气得不轻，有几秒没说话，但随后像是理智占了上风，随即冷笑起来。

"我可是听说，你妈妈一直不喜欢你。皮特说你妈妈对你就像个陌生人，她根本不爱你，你还这样为她出头，也不知道值不值得。"

"值不值和你这种人是说不清的，你呢，也就是个洗脚妹。哦，不对，是洗脚大妈，不管你现在装得再人模狗样，也改变不了这一切。阴险、狡诈、龌龊且低贱，这些都是你的标签，会一直带到坟墓的。你与我妈妈斗，就像是蚍蜉撼大树，不自量力。可笑可悲的小丑一个。"

琳达听着，气得脸色涨红，扬手想要去打张笑笑。好在旁边的保镖及时伸手抓住了她的手腕劝住她，提醒她现在是在政府机构门外，如果一旦动手，事情会变得更复杂，不要中了张笑笑的激将法。

琳达愤愤地攥紧双手，随后右手松开扶了下墨镜，冷笑道："嘀，真是可怜，你在这里为你妈妈抱不平的时候，你可知道她是为了你姐姐才与我动手的？她为了你姐姐，把你赶出家门，不惜动手犯法，为你做过什么？小姑娘，想想吧，你妈妈真的爱你吗，真的对你好吗？"

张笑笑不怕琳达用任何恶毒的语言来刺激她，甚至不害怕她动手打自己，但是她却在琳达提及郁欢时被抓住了软肋，瞬间失去了底气。尽管她面不改色，但心里为张蕊战斗的热情却瞬间被浇灭。

张蕊是那么温和讲理的一个人，却为了郁欢而失去理智，动手打了琳达，不惜惹上官司。"关心则乱"，张笑笑想到了这样一个词，张蕊是真的很关心郁欢呀，可以让她一个那么理智的人，在关于郁欢的事情上做出失去理智的事。

看到戳中张笑笑的软肋，琳达再次燃起了斗志，弯腰将墨镜拉下一点儿去看她，嘴里发出啧啧声，道："你这是难过伤心了？可怜呀，你在你妈妈心中，连你姐姐的一个手指头都及不上。"

张笑笑如同最后被点燃的炸弹，微微低下头后，再猛地一个起身，用自己的头将弯腰俯视自己的琳达顶翻出去。她那纤细的高跟鞋无法支撑平衡，也等不及旁边保镖前来搀扶，她如同一个由皮草包裹的球仰翻着摔倒，沿台阶一路向下翻滚，一直滚到底层撞上平地后停止。

见到这一幕发生，张笑笑惊住了。她只是想让琳达受一些惩罚，却没有料到会有如此严重的结局。旁边的保镖也愣了一秒，随后怒上心头，反手就抓住了呆愣着的张笑笑，拎起她的衣襟。

一个成年男子在愤怒情绪之下的力量之大，是张笑笑如何都抵挡不了的。她连连后退，在台阶上踩滑，仰翻出去。

张笑笑随后如前半分钟摔下去的琳达一样，自台阶上一路朝下滚去。

第六章 无所畏惧的畏惧

同时，张笑笑也听到了一个声音在惊呼自己的名字，是由律师陪着出来的张蕊，正好看到了保镖推张笑笑的一幕。

张笑笑以为自己会昏过去，但直到停在平台底下，她能感觉到自己胳膊的疼痛、全身的难受，却神志清醒。她看着张蕊跑过来将她抱进怀里，唤她的名字，叫律师赶紧让司机开车过来。

张笑笑抬起被划破流着血的手抓住张蕊的手腕，边喘着粗气，边说了一句话。

"圣诞快乐，妈妈。"

"没事的，我们现在去医院，没事的……"张蕊伸手捧起张笑笑的脸，轻声道。

张笑笑微笑，感觉一切像是幻觉。张蕊从未对自己这样温柔过，以至于她不禁感谢这样一个事故，让她感受到这一切。

张笑笑一直觉得自己算不上幸运，但事实是这一次她真的是幸运的。当她被急急忙忙送往医院，做完全身检查后，得出的结果是仅有一些皮外擦伤，没其他损伤。

圣诞夜，阿图和艾米丽都闻讯赶来。艾米丽一见脸上缠着纱布的张笑笑就开始哭，说着她要是毁容了怎么办，女孩子的脸可是最重要的。

张笑笑抚额，告诉她别乌鸦嘴，将纱布揭下来给她看，告诉她只是一点儿擦伤，缠点儿纱布只是为了让擦上去的药不被蹭掉。

阿图给张笑笑买了一堆创可贴，各种花样，卡通的、花纹的……他说这样看起来不像医用的那么呆板。张笑笑嫌弃地翻白眼，告诉他这样看起来更俗不可耐，自己又不是三岁小孩。

毕竟是圣诞夜，家人团聚的大日子，阿图和艾米丽不能一直留在医院。他们停留了一会儿后，不得不离开，回家去陪家人，约好了明天再去看她。

张笑笑也在处理完伤口后，回到公寓。张蕊与她一起共进晚餐，没有圣诞树，没有圣诞礼物，甚至没有用人做晚餐。她们吃的还是从超市买来的速冻饺子，由张蕊烧水煮好，再调了一点儿酱料。母女两个人蘸着吃了一些，就当过了圣诞节，一切匆匆忙忙。

"是我大意了，竟然忘记今天是圣诞节。"张蕊边调着酱料边开口，不是道歉。

"没事，饺子也很好。"

张蕊将饺子与酱料放桌上，两个人在桌子旁面对面坐下，就开始了圣诞晚餐。

也许是因为已经一天没有吃东西了，张笑笑觉得这一盘速冻饺子真是美味极了。她低头认真地吃着，对面的张蕊却没多吃，只是看着对面的人若有所思。

"你见过他了，是吗？"张蕊问。

张笑笑的筷子停下，抬头望了下对面的人，点点头后继续吃自己的饺子。

"为什么收拾了行李，又没有跟他走？"张蕊平静地询问。

"没什么，就是忽然对巴黎没兴趣了。"

"其实……你应该考虑跟他走的，也许那样对你好些。"张蕊叹息道。

张笑笑朝嘴里送饺子的筷子停下，再次抬头望向张蕊，有些不敢置信。

"你知道他来找我，却从不说任何话，是真的希望让我跟他走吗？"

张蕊并没有回答这个问题，而是站起身来，去桌边倒水，道："他毕竟是你的父亲，如果他能够给你更好的生活，你应该考虑一下的。"

张笑笑再无心吃余下的食物，甚至觉得现在还在口中的一切都味同嚼蜡，强行咽下后，让自己一度极为难受。

张蕊的手机响了，她接起来听了片刻，然后便一边听着电话，一边开始收拾自己的手提包准备离去。

张蕊取下大衣，收起电话换上高跟鞋，回身望向还坐在桌边的张笑笑，告诉她在家好好休息，明天有时间会再来看她，并且也会让用人明天一早就过来照顾她。

"圣诞快乐，笑笑。"张蕊戴上手套，露出一些笑意，之后拉开门离去。

门被关上，一切归于安静。张笑笑还呆坐在餐桌前，直到门铃再次被按响。她以为是张蕊去而复返，迅速地跑过去将门拉开，却不料看到的是穿着厚大衣、头上戴着帽子的阿图。他怀里还抱着一只小小的泰迪，伸着舌头不停地在他胳膊上舔来舔去。

"Surprise（惊喜）！"阿图将小泰迪举高，配合着逗趣的夸张表情，"圣诞快乐，张笑笑同学！"

阿图露出一个大大的笑脸，从身后掏出一只包装好的礼品盒递到张笑笑面前。张笑笑愣了一秒，没有去接，而是转身朝着卫生间奔去。她推开门，迅速地趴到马桶上开始呕吐，将方才吃下的晚餐全部从胃里吐了出来。

阿图不知道发生了什么事，愣在门外几秒。之后他赶紧进门将礼物和狗丢到沙发上，去查看张笑笑的情况。张笑笑吐完后感觉胸没那么闷了，告诉阿图是因为自己今天在医院空腹打针，对药物反应有些大而已。

阿图擦着虚汗龇牙，说还以为是自己把张笑笑吓吐了。他再次拿了礼物给张笑笑，告诉她，自己不能在这里停留太久，因为家人只当他是去门外遛狗了。

"又不是什么重要的事，晚一些也没什么。"

"自然是重要的事，圣诞礼物就是要在圣诞夜打开。只是可惜了，今年的圣诞夜又

没有下雪，只能等明年了。"

阿图将礼物放到张笑笑的手上，将帽子重新戴好，抱起在沙发上爬来爬去的小泰迪，匆匆忙忙地又迅速离去。出门后他再推开门，冲着她调皮地眨眼。

"张笑笑，2014年圣诞快乐！"

然后也不等张笑笑回应，阿图就飞也似的又关上门跑掉。

第二天清晨，张笑笑如往常一样起床。用人在收拾她的大衣，有些心疼这样好的大衣上面有了擦损，希望干洗店能将它修复好。

张笑笑吃着早餐，拆开阿图送的圣诞礼物，是一本《飘》。打开后她看到里面夹着一张照片，是那天在书店她抱着猫，低头翻看书页的抓拍，当时她翻的正是这本《飘》。

拿着书，张笑笑拨打了家里的电话。苏菲说张蕊昨晚不在，问及郁欢，苏菲有些支支吾吾的。张笑笑知道苏菲是个不善撒谎的人，便立即追问，得知原来郁欢再度入院。

"已经一周了，就是琳达那个疯子来过后，她就昏倒了。这也是你妈妈动手的原因。"

张笑笑将书放到架子上，挑了一个带花纹的创可贴粘到脸颊的擦伤处，更换衣服与鞋子，然后出门去医院。

她去找琳达，当张笑笑推开病房的门，床上吊着腿的人眼内露出惊恐。她声音微颤，叫着护士。张笑笑却没理会她，把门关上并锁住。

"你要干什么？"琳达惊慌地发问。

"告诉我，你做了什么？"

琳达愣了一下，之后脸上露出了嘲讽的笑意，道："你怎么不去问你妈妈，来问我这个外人？"

"我问你，你就说，不然……现在这里可就只有你我两个人。"张笑笑故意露出凶相。

"好，我告诉你。我什么都没做，是你妈妈言而无信，明明是她约了我谈和解的事，结果又故意爽约。我就上门去找她，结果遇上了你姐姐在割腕，流了一地的血。她就那么蜷缩着躺在血泊中，我好心去查看她，你妈妈却好心当成驴肝肺，一进门就扑上来打我，把我推倒在地，毁了我一件皮草不说，还弄得我一身伤。"琳达一脸愤慨地说着，同时抬手去捂自己的脸颊，好像那一巴掌让她现在仍有余痛。

"我不信，一定是你使坏。"

"信不信由你，你那个姐姐就是不想活了，不信去问你妈妈。"琳达翻了一个白眼。

张笑笑咬牙，做出凶相，上前伸手握住琳达因为骨折而架起来的腿。琳达惊慌地瞪大眼睛，但好在张笑笑也只是吓吓她，脸上浮现出些许嘲讽的笑后，垂下手出门离去。

"吓吓你而已，你也真够胆小的。"

张笑笑打电话给张蕊，直接提出想要去看郁欢的事情，并非请求，也并非要求，只是语气平淡地说想去看看。按照张蕊以往的心性，她是会拒绝的。但是这一次她却没有，听完后"嗯"了一声，说要让司机去接张笑笑。张笑笑说没事，她可以自己打车过去。

张笑笑来到一家私人疗养院，远远地看到郁欢坐在轮椅上，停在花园的草坪上。并不是阳光普照的好日子，但好在也不是特别阴冷，她身上又盖着毯子，所以应该不会太冷。

张蕊着一身灰色系风衣，戴了黑色皮制手套的手上挎着一个手袋，鼻梁上架着墨镜。与张笑笑并立站了一阵后，她让张笑笑走过去和郁欢打个招呼。

"什么？"张笑笑不敢相信自己的耳朵。她没料到张蕊会忽然如此大度，不仅让她过来看郁欢，还允许她靠近并和她打招呼。

"去吧。"张蕊再次重复，以便让张笑笑确定。

张笑笑迈步，踏上草坪一步步朝郁欢走去。当来到郁欢面前时，她明白了张蕊的用意。郁欢的眼睛再次蒙上了纱布，坐在那里一动不动，仿若定住一般。身上的毯子已经滑落至膝盖下，都没能引起她的注意。或者说这对她来讲，都无关紧要了，冷或不冷，她并不在意。

"你一直在看我，有什么事吗？"终于，郁欢开口，可能是看不见，所以依旧平视前方，并未回头。

"没……没有……"张笑笑局促地回应。

"你也生病了，还是来看亲人朋友？"郁欢柔声询问。

"我来看亲人，我的姐姐。"

"哦，她怎么了？"

"她……她有一点儿不舒服。"

"放心吧，这里的医生都是最好的，你姐姐会没事的。"

"嗯，我也这样认为。"

郁欢微微弯唇，似有欣喜地点点头，道："那就好。"

"你怎么了？"张笑笑抿抿唇，鼓起勇气发问。

"我？我……我也不知道。"郁欢微微低头，像是有些无奈。

张笑笑走上前两步，伸手将滑下的毯子拉上来搭在郁欢的肩上。在目光所及之处，她看到了郁欢腕上的一道纱布，心脏不由得漏跳了一拍，然后又当作不曾发现一样用毯子覆盖好。

"谢谢。你身上的味道有些熟悉，我们之前见过吗？"郁欢侧头询问。

"也许吧，纽约很大，每天都会遇到很多人。"张笑笑含糊带过。

"是呀，这是个又大又陌生的城市，每天都能遇到很多人，但又好像……"郁欢说着，语气越来越低沉，最后像是变成了自语，"但又好像，和谁都没关系。"

张笑笑不知道再继续说些什么，她想过很多次要与郁欢对话，但是真得到这个机会后，她却又不知道能说些什么。只是看着那张与自己九分相似的脸，她沉默着，最后提出告别。

"再见，姐姐。"

"再见，小妹妹。"郁欢客气地回应，尽管精神不佳，但脸上还是挂着笑。

张笑笑退出草坪，有些心事重重地走着。她想要去找张蕊，走了一圈后在一棵树下看到了张蕊。她的对面站着另外一个男子，男子身姿挺拔修长，着正装西服，腕上搭了一件大衣外套。

张笑笑是无意偷听的，但许是他们并没有将谈话内容视为秘密，所以尽管张笑笑站在数米外，也能依稀听见所谈内容。

男子建议张蕊考虑他之前的建议，将郁欢安排回中国休养。毕竟在熟悉的国度，或许能够让她感到安心一些。同时男子也提出，自己会安排心理医生的一些事宜。

"是的，也许你是对的，那就着手去做这件事情吧。"张蕊嗓音有些沙哑地应下。

"琳达的事，据我了解是有人在暗中策划。如果有需要，我可以联系一些人处理，让她不再打扰你们。"

"不用了，她的事情是我与她之间的事，不想外人插手。至于幕后策划者，我也知晓一些，让他们再折腾一阵子，适当的时候我会解决。"

男子没有出声，站在树后的张笑笑猜测他应该是点了头的，之后他就离开了。张笑笑自树后走出，看到男子踏上草坪朝郁欢的方向绕过去，但又没有走近郁欢，隔着远远的距离停留了几秒，然后毅然离去。

见到从树后走出的张笑笑，张蕊也不意外，朝她招了招手，示意她陪自己走一走。

她们沿着草坪周围的石板路缓慢行走。

"你听到了,我打算送你姐姐回中国了。也许我错了吧,总想着将她留在身边就能照顾好她,凡事可以弥补,却不想适得其反。如果不是一切发现得及时,后果不堪设想。"

"她会没事的。"张笑笑说。

"我知道,但我也不知道呀,身体可以靠医生,但心理只能靠她自己,身要医,心更要医。"张蕊望了望草坪上的人,停下步子看向张笑笑。

"你不是一直想面对她吗?为什么不直接告诉她你是谁?"

张笑笑其实也不知道答案,她也想问自己这个问题,最后摇摇头,道:"可能是我还没准备好吧!不过迟早有一天,我会告诉她,即使你不同意。"

"你这是在对我宣战吗?"张蕊不怒反笑。

"当然不是,你是我的妈妈,我永远不会与你对战。我……只是开始懂得,也开始想得回一些本该属于我的东西。"

"那我也许只能说,祝你好运吧。"

"谢谢妈妈。"张笑笑转身,冲张蕊伸出了手,像是一个大人一样。

张蕊愣了愣,望向那只伸在空气中的手,没有去握,而是从自己的包里取出一个包装好的礼品盒递到她的手中。

"有些迟了,但希望不太晚,你的圣诞礼物。"

张笑笑握住礼品盒,张蕊就将原本挎着的手袋改成提到手中,重新戴上墨镜,告诉张笑笑司机会在外面等她,送她回家。

张笑笑被司机送回公寓,下车后看到刘莱捧着一束花坐在公寓前的台阶上,旁边坐着艾米丽。阿图则双手环胸地靠在旁边墙上,显得有些尴尬、无奈。

后来张笑笑知道,刘莱是在埋怨艾米丽没有告诉他张笑笑圣诞夜出事的事情。今天他特意买了花来探望,艾米丽赶紧跟着一起过来,而阿图则是碰巧在楼下遇上的。

张笑笑解释自己没事,刘莱感叹了一通之后拍着胸脯保证,以后他一定保护张笑笑。张笑笑心里想着这个奶油小生能把自己照顾好就不错了,哪有他自己想的那么强大。

艾米丽不想破坏他的圣诞夜,也是出于好意,所以此时她心中亦是委屈。为了缓和这个局面,阿图提出大家一起去吃些甜品,街角那家店就成了首选。

一行人进入店内坐下,询问了张笑笑的伤情后,便闲聊各家圣诞夜的趣事、收到的

礼物,等等。阿图原本计划将姐姐的礼物盒上的名字全改成自己的,然后坐拥一切,但因为张笑笑的意外,他的这一计划搁浅,打算明年再实施。

艾米丽眼尖,发现店内的画架上那幅未完成的画像是张笑笑,惊呼着走过去端详。之后老板也过来询问张笑笑,她爸爸为什么最近没有来。

"你爸爸?"艾米丽提高嗓音。

"一位叔叔而已。"张笑笑敷衍带过,让艾米丽将画放下。

阿图则迅速问起刘莱关于他姐姐订婚的事宜,成功地吸引了艾米丽的注意,这件事被带过不提。说起刘莱姐姐的订婚宴,张笑笑也不好再度拒绝他的邀请,而且艾米丽也热切地想去,又需要她作为好友的支持,就松口应下。

为了这个晚宴,艾米丽精心打扮了数个小时。用她的话来讲,这是她第一次面对刘莱的家人,她不能太失礼,要表现得既高贵又端庄,既优雅又可爱。

"要知道,将来我可是想要嫁给刘莱的。"艾米丽一边拉着裙子一边说。

张笑笑被她逗笑,提醒她现在不过十五岁,说这样严肃的话题太早了。等她上了大学见到更多的优秀男生,就会发现自己现在的念头有多幼稚。

"有些事呢,无关年龄,无关早晚,看到一个人就像看到一生的尽头,不管发生什么或遇到什么,这些都不会改变的。不过这种人要非常幸运才会遇上,一旦遇上呢也会特别倒霉。笑笑你不是那种幸运的人,也不是那种倒霉的人,你不懂的。"

听着艾米丽的絮絮叨叨,张笑笑就想到了郁欢。她与那个已故的男生,应该就是这种感情吧,无关时间与空间,甚至超越了生死。他们的相遇既是幸运,亦是不幸。

刘莱在傍晚开车来接她们到上东区的一栋别墅。那里已经云集了许多衣着华丽的人士,有一些是报纸上常见的面孔,还有几位知名的好莱坞明星。刘莱告诉众人,这是他姐姐的房产,平时住得不多,多是用来聚会的。

刘莱的姐姐刘妍,是一个与他有几分相像的亚裔女子,有些微胖,算不上高挑。尽管她化了精致细腻的妆,身着知名品牌的礼服,却还是在众多现场女宾的对比下,显得有些逊色。

不过,刘妍却是现场看起来最开心幸福的人,满面洋溢的笑是其他女宾怎么也无法比肩的。看得出来,她与未婚夫是真心相爱的。

刘莱向刘妍介绍同行的众人。刘妍一一招呼,最后将目光落到张笑笑的脸上,微微蹙眉,道:"我们是不是见过?你看起来有些面熟。"

"我?"张笑笑意外地指向自己,随后努力在脑中搜索,发现对面前的女子毫无印象。于是她便摇摇头，也许是刘妍记错了。

刘妍也举了举手中的杯子，笑道也许是自己忙昏头了。她叫了晚宴的负责人过来特意提醒给张笑笑等人准备一些果汁，作为未成年人，他们还不适合饮酒。

他们跟着刘莱在别墅内闲逛，艾米丽还是如从前一样，执着于与刘莱交流。张笑笑毫无目的地随行，只想快点儿离开这种与自己格格不入的交际场合。阿图则对别墅里的先进电子系统更感兴趣，一边参观着，一边告诉张笑笑，他最近开始和朋友在做一些新技术研发。

音乐响起，艾米丽成功地将刘莱拉进舞池。阿图与张笑笑则到了人群外坐下，有一口没一口地喝果汁应付时间。

随着勺子轻击酒杯的声音，刘妍站在台阶上吸引了众人的目光。她向众人隆重地介绍了自己的未婚夫，一位来自中国的年轻男子。他和自己曾经上同一所大学，一起前往美国留学，然后恋爱，再决定订婚。一切都像是完美童话里青梅竹马的恋人，从少年到青年，并可以预见以后还会相携步入中年、老年，直至一生。

刘妍讲起过往时满面幸福，眼角眉梢都是甜蜜。众人也无比期待正式认识这位被刘妍倾心的青年才俊是什么样的人物。

当刘妍的未婚夫走出来时，全场都鼓掌，女士们夸赞这位未婚夫果然一表人才，英俊不凡。男士们则感叹，这样的才貌，又追得刘妍这样的名门之女，前途不可限量。

而在场，唯一没有鼓掌的人就是张笑笑。她站在那里，看着刘妍那个冲众人挥手微笑的未婚夫。她一眼便认出，他就是那个在展览厅与郁欢有过对话，之后令郁欢不顾一切迅速回中国的人，林辰年。

命运真是有趣，张笑笑不由得在心中感叹。她以为郁欢被送回中国休养，她的生活就会恢复原样，与郁欢不会再有瓜葛。但是没料到，即使是来参加一个朋友的聚会，也会遇到与郁欢有关的人。

郁欢像是一道影子、一条线、一根针、一颗痣，烙印在张笑笑的生命里，挥之不去。

在完成作为订婚宴主角例行与众人寒暄、打招呼的任务后，林辰年走到了张笑笑面前，礼貌地邀请她在旁边休息区小坐。

"我很意外你是刘莱的朋友，这个世界真是妙不可言。"林辰年笑言感叹。

"其实，你可以装作与我从未见过的，毕竟你认识的是我姐姐，而她根本不知晓我的存在。你们是一个世界的，我是另外一个世界的。你大可以同她一样，当我不

存在。"

"别这样说,你姐姐会希望你进入她的世界的,你们也终有一天会在一个世界。而我才是你们那个世界之外的人。"

"你很了解她?"张笑笑问,问完之后又笑了,自己说道,"自然,你自然了解她,任何人都比我了解她。"

"不,我并不了解她。最了解她的人,一个已经不在了,一个……"林辰年话至一半,又停了下来,不再说下去。他招手示意最近的服务生,请他再给张笑笑一杯果汁。

服务生离开后,林辰年微微侧身靠近了张笑笑一些,道:"有一件事情,我希望你能帮我。你也看到了,我刚订婚,为避免一些麻烦,我希望你能不对别人提及我与你姐姐是旧识的事。"

"为什么?"张笑笑皱眉。

"人都有往事,有好的,也有不那么好的,往事不想再提而已。就像过时了的旧衣服,再用不上了,没必要为了一点儿好奇心而大张旗鼓地将所有整理好的衣服全搞乱,只为去满足好奇心,看一看它的旧模样。"

"你把你未婚妻比成一件新衣?"

"不,我是把生活里大大小小的事比成新衣。人们总是不停地购置新衣,去装点升级自己。人生也是一样,总不停地发生新事件,累积充实,成就自己。有些旧衣服不会抛弃,但也不想再拿出来穿上身了,因为过时了,就是过时了。"

张笑笑不懂,自己原本也没有打算去对任何人讲林辰年与郁欢相识的事,反倒是林辰年自己,此时犹如惊弓之鸟,迫不及待地想要获得张笑笑保密的承诺。

"或者,我可以答应你的一些要求作为交换,如果你需要的话。"林辰年补充。

林辰年是在微笑的,但他的笑容里显露出了不安与局促,这让张笑笑更是不解与好奇。她没有答应,也没有拒绝,而是问了另一个问题。

"你为什么会觉得,我答应了,就一定会真的保密?万一我言而无信呢?"

"你和你姐姐有一样的眼睛,我相信有这样眼睛的主人,是不会言而无信的。只是,你们都不会轻易承诺罢了。"

服务生去而复返,端着一杯鲜榨果汁过来。林辰年站起身,拿出订婚宴主角应有的姿态。

"希望你今晚玩得开心。"

言罢,林辰年离开,走到正在与他人交谈的刘妍身边,成功切入话题,谈笑风生。

服务生将果汁送到张笑笑面前。张笑笑看了看,没有去接,只是将自己手中的空杯子也放上托盘，转身离开。

借口有些累了，张笑笑向刘莱先行作别。刘莱提出相送，张笑笑自然是拒绝了，并让他照顾好艾米丽。

从别墅出来，阿图就从后面一路小跑着追出来，说自己也累了，正好一起走。从别墅区走出去打车，张笑笑的肚子"咕咕"响起，才想起今天并没认真吃饭。

阿图就笑了，说自己也好饿。两个人在街上找餐厅，进了一家还在营业的速食快餐店，叫了薯条和主食，在去拿吸管的时候，张笑笑的肩膀被人重重拍了下。

"张笑笑，好久不见，我果然没认错。"

张笑笑回头，看到一个高壮的女生，身后跟着三五个同行者，鼻子上打着钉，化着浓艳的妆。其中一个人手中提着猫咪的尾巴，那猫咪虚弱地发出声音。

这个就是以前与她在学校有过冲突的女同学。在她升学后，她们再无交集，却不料这个时候在这里遇上。

"这次没有学校，没有家长，大家可以好好算下账了。"

张笑笑并不想生事，没有理她，转身拿了自己所需的吸管离开。任背后的人怎么挑衅，她都没回头。

打包离开后，她拿出手机，以虐待动物为由，对还在店内的人进行了举报，平静离去。

她和阿图坐在路边，一边吃着汉堡，一边望着对面餐厅门口前来处理举报的动物保护组织人员。她感觉自己好像变了，不再像从前那样直来直去，不再风风火火，不假思索地以行动去表达自己的情绪。

阿图问她在看什么、想什么，她摇摇头，说这家的汉堡很好吃，然后起身挥手拦下一辆出租车，与他作别。

"我累了，先回家了，再见。"

第六章 无所畏惧的畏惧

第七章

战火中的玫瑰

新学期开始，张笑笑重回校园，脸上的擦伤退去，不仔细看看不出任何痕迹。琳达与张蕊的官司仍在继续，在一场博弈般的谈判后，张蕊支付了一笔不菲的赔偿金。琳达撤诉，并承诺不再追究张蕊打自己的事。

而对于张笑笑和琳达的事情，为了保全自己的保镖，琳达同意做了互不追究的协议，这让张笑笑有点儿意外。没料到琳达对自己的保镖竟然这么有情有义。又或者说，这个时刻跟在琳达身边的保镖并非只是普通的保镖。

学校要举行一场测试，决定今年的奖学金申请资格，同时获奖者也有机会代表学校前往华盛顿的某所著名学府交流访问。

张笑笑不出意外地名列前茅，成为十人访问交流团成员之一。但在成绩公布后的第二天，她被请进了老师办公室，同时也请来了张蕊。

校方拿出一张缩印单，上面写着各类学习摘要，字迹是张笑笑的。她自己也在看到的第一眼就认了出来。

"你承认这是出自你的手吗？"老师问。

张笑笑点头，确认那是自己利用课余时间所做的笔记。之后，老师让张笑笑暂时到外面稍坐，留下张蕊沟通。

张笑笑觉得自己并没有做错什么，坦然离开，在办公室门外的椅子上等候。艾米丽不久后赶来，陪她一起坐在椅子上，局促不安地绞动着自己的裙摆，欲言又止。

张笑笑了解艾米丽，她是个藏不住秘密的人，有什么事全写在脸上。张笑笑也不去追问什么，只是淡淡地道了一句让她说实话。艾米丽就一五一十地告诉她外面都在传，张笑笑在考试中作弊的事。

"一定是她们胡说，是她们嫉妒你罢了，你别理会。"

"当然是胡说。"张笑笑不以为意。她心里明白自己没做过，这也许只是个误会。

艾米丽陪张笑笑在门外等了约半个小时，办公室的门打开，老师走了出来示意张笑笑进去。张笑笑进门，看到张蕊坐在椅子上，神情平静。她看向老师，等待她说下去。

"张笑笑同学，基于公平、公正的原则，我们决定暂时取消你前往华盛顿交流的资格，同时你此次的考试成绩也会暂时封存，不计入你的个人考核成绩。"

"什么？"张笑笑以为自己听错了。

"你自己也确认了这些出自你的手，它在测试之后在你的桌子下被发现。尽管我个人相信你，但是我们作为校方，需要给所有同学一个公平的机会和一个解释。"老师摊手。

"我没有作弊！"张笑笑愤然出声，感觉自己受到了侮辱。

"张笑笑同学，我们已经看到了最直接的证据，不是吗？请你理性一点儿，如果你真是无辜的,我们会还你公道的。"

"怎么还?如果我做了,我会承认。可是我没有,我就是没有!"

张笑笑情绪激动地争辩,老师面露烦躁之意。她也不想有失风度地当着学生母亲的面与学生争执,就抿着唇尽量维持自己的态度。

"同学,我们接到举报,对方也拿得出证据。"

"是谁?"

"我们需要对其身份保密。"

"叫他出来……"

"笑笑。"张蕊出声,冲张笑笑微微摇头,示意她不要再争下去,一切都是徒劳无功的。

随后,张蕊站起身来,走到老师面前,冲其伸出手来,道:"校方的意思我已经明白了,我相信校方会给出公平公正的结果。如果真是笑笑犯错了,我作为妈妈也有责任,会自我反思,同时加强对她的教育。但是,如果她是被冤枉的,我也不会就此让她白受委屈的。"

张蕊说话时面上带笑,语气也不紧不慢,像是闲聊,但是一字一句间拿捏得极为到位,让那个老师面露尴尬与紧张。最后,她不自然地笑着应付了张蕊,看张蕊带张笑笑离开办公室。

走在校园里,张笑笑脸上的不甘和愤怒还是很明显。张蕊若有所思,告诉张笑笑先完成今天的课程,一切回家再说。

"不能改变结果,就不要做无谓的争执,反而更显难堪,不如静待时机。"

张蕊离开后,艾米丽小跑过来,拉住张笑笑的手,似乎是想安慰她,但又不知道如何做。张笑笑摆摆手,知道言语的安慰于事无补,也不想让艾米丽心里不舒服。

有石子落到张笑笑的背上。她回过头,见到了一个不怎么想见的人,那个高高壮壮的身躯,像一堵墙倚靠在几米开外的栏杆上。

同时艾米丽也在她耳边小声提醒,道:"这是新转来的学生,叫凯丽。"

"你举报我们虐待动物,现在自己被人举报的感觉怎么样?"

张笑笑对自己被污蔑的事好像有了大概的了解,不禁握紧了拳头,想用武力发泄自己心中的怒气。但是她又想到了张蕊的话,最后还是忍住,转身离开。

旁边的艾米丽发出一声惊呼,抬手捂住自己的脑袋。张笑笑看过去,见到凯丽手中不停地上下抛起一块石子,就明白是她刚才又用石头砸了艾米丽。

"听着,以后我就是这里的老大,别让我看到你们。"

张笑笑不想生事,但也不怕事,特别是凯丽欺负艾米丽这一举动,让张笑笑怒上心头。她走上前,微微低头,用自己的头将倚在栏杆上的人顶翻出去。之后是一片混乱,两方拉扯,艾米丽混乱中又开始哭起来,周围的人上前来拉架……

两个人都未有大伤,仅是指甲挠抓的些许皮损,但两个人的行为却被校方视为情节恶劣,特别是在凯丽一口咬定自己是无辜的,是张笑笑先动手后,老师的脸色更是沉下几分。

不热衷于交际,与大多数同学感情疏远的张笑笑,在众人眼中一直行为怪异。此时,她出了事情,众人反而像是等到了一个预期的效果,认为她本该就是这样的人,终于露出了真面目。

好像作弊与乖戾,就是她这种不合群的学生应该有的特质。她一向成绩优异、安静顺从是不合时宜的,是令所有人都不喜欢的。虽然她不曾做错任何事,不曾伤害任何人,但人们就是因为她与自己不同,莫名地不喜欢她。

凯丽的母亲是个家庭主妇,有足够的时间。在接到凯丽的哭诉电话后,她第一时间赶到了学校,然后大吵大闹,冲到张笑笑的面前抓住她的衣襟,一副要她偿命的模样。

张笑笑被摇得脑袋生疼,但为了不给自己多添麻烦,没有反抗。周围的人没有上来帮张笑笑,只是在四周以言语劝着那个疯狂的女人别做违法的事。但她真做了,也没人会冒险阻止。

张笑笑也想通知张蕊,但是接电话的秘书告诉她,张蕊正与一位心理医生会面。她交代过在此期间,不接听任何电话,不接待任何人。

又是为了郁欢,好像只要与郁欢沾边的事情,张蕊就能把全世界都丢在一边,不管不问。张笑笑甩手推开那个女人,换来了一巴掌落到脸上。之后,艾米丽尖叫着冲上来,将张笑笑挡到身后,厉声斥责对方,并告诉对方她再上前一步就马上报警,才让那个疯狂的女人停下手。但她嘴里疯言疯语的咒骂却没有停下。

张笑笑被艾米丽揽在一侧,冷眼看着那个女人,不语不动,直到校内的保安人员赶来,将女人带离。

司机在放学后来接张笑笑回别墅,苏菲在家里准备了晚餐,笑着说欢迎她回家。张蕊换了居家的衣服自楼上下来,告诉她郁欢已于上周回国了,她可以搬回家里来住。

张笑笑没有立即回应,只是去洗了手坐到餐桌前。她记起上一次坐在这里吃饭,好像已经是很久之前的事情了。回到家的感觉很熟悉,又好像很陌生。

"学校来电话了,暂时停课评估,所以有什么打算吗?"张蕊发问,没有太多情绪,像是在说一件小事。

"没有。"张笑笑回答得干脆利落。

张蕊点点头,两个人再没说什么,各自用餐。

饭后,苏菲告诉张笑笑,她的卧室已经恢复原样了,她今晚就可以回来住。张笑笑说了声"谢谢",然后请她告诉司机准备一下车,她想回公寓去。

"不想回来住吗?"张蕊问。

"以前想,现在已经习惯一个人了。"

"好,那我安排司机送你回去。"

张笑笑拿起书包和外套离开,走到门外,回头望向这个应该被称作家的地方。最后,她重新推门进去,开门声让正准备上楼的张蕊停下脚步。

"我没有作弊,我没有撒谎,我是被冤枉的。我会去撞凯丽,是因为她先欺负人,我不过是自卫而已。"张笑笑抬头,望着张蕊大声说道。

"所以呢?"张蕊反问。

"所以,也许你应该像其他人的妈妈一样,为自己的孩子去争取、去辩论,而不是这样冰冷地、若无其事地对待这件事,像是与你没有半点儿关系。我是你的女儿,亲生女儿,你应该爱我的,你应该为我而战,像其他母亲那样站出来为我做些什么。如果你不爱我,为什么要生下我?既然选择生下我,为什么不肯爱我?我想过也许我只是你收养的一个陌生人,可是这张脸骗不了我,我们长得一模一样,要我如何甘心?如何再坦然面对这一切?她是你的女儿,我也是,你将所有的爱与关心都给了她。那我呢,那我呢……"

张笑笑将自己长久以来憋在心里的话全部吐了出来,胸口微微起伏,像是用尽了所有的力量和勇气。她并不想哭,但眼角有泪悄然溢出。她迅速抬手拭掉,不让其滚落。

张蕊站在楼梯上,平静地面对着张笑笑的指责,眨动那双妙目,扶在楼梯栏杆上的手轻轻扬起,最后重新落回去,再抬首时她微笑着面对张笑笑。

"所以,我说过的,如果在纽约不开心,你其实应该去巴黎的。"

这一句话,轻描淡写,不动声色,但在张笑笑听来却如有雷霆万钧,振聋发聩。她张着嘴,好像有许多声音要从咽喉间喷薄出来,带着她的惊诧与愤怒。

是的,愤怒!她第一次对张蕊的所作所为有了愤怒。从前她会对张蕊的行为有失望、失落、不甘,但是从未有过愤怒。她是尊敬她的,但这一次那些尊敬像是被从底层抽掉了木块的积木,一切轰然崩塌。

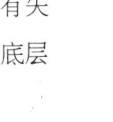

第七章 战火中的玫瑰

"怎么可以？你怎么可以……"张笑笑摇头，重复着道。

"从我这里，你得不到想要的那种爱，我以为你早就明白的。"

"那你对我还有什么，我于你而言，又还有什么？妈妈。"

张蕊停顿了一秒，之后给出了一个词。

"责任，责任吧，毕竟我生下了你。"

张笑笑望着张蕊，再说不出什么。张蕊也似乎不想再说什么，转身继续上楼，留下张笑笑停在门口，兀自望着已经空荡荡的楼梯。

从别墅离开，司机将她送回到公寓楼下，看司机给张蕊报了平安后离开。她却没有上楼，而是拦下一辆出租车，告诉对方一个地址。

张笑笑去林辰年举办过订婚宴的那栋别墅。按响门铃后，用人模样的女人开门。张笑笑将自己的电话写下来留给她，告诉她如果林辰年回来，请她转达。

林辰年是在第二天打给张笑笑的，约她在城市广场旁边的一家咖啡店见面。本来，林辰年是有意寒暄些什么的，但张笑笑很直接地说明了来意。

"我可以同意帮你保守秘密，但是我需要你帮我找到一个地址。"

"什么地址？"

"她在中国的地址。"

"我与她没有联系，不一定……"

林辰年想拒绝，但是张笑笑打断了他。

"我知道，你是不想我去打扰她，甚至可以理解为你也想保护她。但是，现在你得做出选择，你的未婚妻和她，现在你得二选一。"

林辰年有片刻的沉默，之后他甚至没有等那杯还没送上来的咖啡，留下埋单的钱后就站起身，边系西装的扣子，边审视面前的人，最后像是做出了妥协。

"我会试试。"

林辰年离开，张笑笑稍坐了片刻，之后也起身离开。等服务员送上两杯咖啡时，发现桌上只有现金却没有了客人。

张笑笑回到家，打开电脑，用张蕊的信用卡为自己购买了机票。恰巧阿图打来电话，邀请她去看球，张笑笑借口累了推辞掉。

收拾好行李后，张笑笑给家里打去电话。苏菲说张蕊去了外地，张笑笑就挂掉了电话，不再说什么。

清晨赶往机场，坐上飞往东南亚的航班，因为那里正值温暖时节。张笑笑希望暖和一些的地方能让她感觉不那么孤独,能驱散胸口的那团冷气。

飞机在T国转机,那里正下着小雨,灰蒙蒙的天气,像是给这个欧亚大陆的中间城市蒙上一层薄纱。张笑笑坐在候机区,看到对面坐着一家人,两位老人、一对夫妻带一对孩子,共六人。从话语中得知,他们全家刚刚结束在欧洲的旅行,现在要回家。

那家的女儿吃着一包零食,一直盯着对面的张笑笑在看。似乎是看她始终一个人坐着,就走了过来将自己的零食袋子送到她面前,奶声奶气地邀请张笑笑一起吃。

张笑笑礼貌地拒绝了,小女孩却没有离开,而是挤到张笑笑的旁边坐下来,有一下没一下地踢动自己的脚。

"姐姐一个人吗?你的爸爸妈妈呢?"

"嗯,我一个人,他们……他们应该在忙吧。"张笑笑到底还是不愿对一个孩子太冷淡,尽量露出些温和的微笑回答。

"妈妈说,女孩不可以一个人出门的,会有大灰狼,会有坏人,你不怕吗?"孩子一边咀嚼着食物一边含糊地问。

"怕呀,但是,但是也不能怕呀……"张笑笑的舌头有点儿打结,不知道怎么回答,才能既不打破孩子的天真,又不撒谎。

对面孩子的妈妈走过来,微笑地与张笑笑招呼,解释这个孩子平时就爱与人聊天,希望张笑笑不要介意,之后温柔地抱起孩子回到一家人中间。

"姐姐还是应该和爸爸妈妈一起的,不然真的会有大灰狼哦!"小女孩趴在妈妈的肩膀上,一边继续吃着零食一边认真地提醒。

张笑笑被逗笑了,冲孩子挥挥手,点头应下,以后会和爸爸妈妈一起出门。但是心里却莫名地有点儿心酸,会有这样一天吗?应该永远不会有吧。

外面传来雷声,之后是哗哗的大雨声。透过落地玻璃窗看过去,从外面的绿植在拼命摇曳的幅度可以判断出,此时外面的风力极大,飞机行程应该会被影响。

果然,不到五分钟,值班处传来了通知,张笑笑所在的航班不能按时起飞,具体起飞时间待定,请各位乘客随时关注通知。

人群中有些许声音响起,但大家也看到了外面的天气情况,所以也都表示了理解。在预估要等待一些时间后,有些人就起身暂时离开候机区,前去机场内别的区域用餐或是喝咖啡。

张笑笑也拿起背包离开,去了一家人较少的咖啡店,买了些食物和饮品在最角落的位置坐下。她才落座不久,一个中年男人就来到了她面前,未经她的同意就拉开了对面

的位子坐下。之后，他大大咧咧地将自己的一个背包丢到餐桌上，险些将张笑笑的咖啡杯打翻。

张笑笑皱眉，打量面前这个人。欧罗巴式的轮廓，戴一顶黑色帽子，留着浓密的胡子，皮肤黝黑，臂上有文身，脖子与手腕上有明显的暴晒痕迹，手腕上又有一条明显的未被晒到的白色环痕。胸前的衣襟上系了一块防风沙的面巾，看起来像是一个背包旅行者。

那个人发现张笑笑在打量自己，露出并不太友善的笑意，用带着口音的英文询问张笑笑来自哪里。张笑笑回答中国，那个人就笑了。他拿出一串东西在张笑笑面前摆动，说这个城市卖的大多数东西都来自中国，有一天他也想去中国生活。

随后中年男人毫不客气地拿起了桌上的食物开始食用，并招手示意服务生给他上一杯水，言语之间没有半点儿客气，甚至很粗鲁。

服务生送了水过来，上下打量两个人，询问张笑笑是否与这个中年人同行。还未等张笑笑回答，那个中年人就呵斥了服务生，让她赶紧离开，不要多管闲事，甚至声称是张笑笑的叔叔。

被陌生人如此强硬地套近乎，张笑笑就想拿起背包离开，却发现对方的脚踩在了她放在桌下背包的带子上。明明她已经在拉动背包，但对方并没有挪开脚的意思。

张笑笑开始感觉到不安，情急之下，她装作不经意地伸手，打翻了桌上的咖啡杯。那个人果然下意识地站起身来，以防咖啡溅到自己的衣服上。张笑笑抓住机会，立即提起自己的背包离开桌子。

而那个中年男人随后也面露不悦地拿起包，跟随张笑笑快步而来。就在咖啡店的门口，张笑笑在考虑着是不是应该大声尖叫以引起周围人注意时，另一个尖叫之声先她一步自身后咖啡厅内响了起来。

那是数个女人的尖叫声，伴随着碟子杯子打碎的声响，一连串枪声几乎同时响起。张笑笑回头，看到刚才那个坐在她对面的中年男人，已经用胸前的面巾将自己的脸遮去大半，帽檐压低，只留出一双泛着凶光的眼睛，对着店内盲目地扫射。

张笑笑的心跳瞬间加速，耳内是被枪声所震引发的耳鸣。一切发生得太快，她甚至不知道该如何做出反应。众人开始尖叫着四下逃窜保命。她的背包被人撞到，力度过大，以至于连带着将她也拖倒在地上。

中年男人叫着张笑笑听不懂的口号，自咖啡厅内走出。她缩靠在门外的墙角处，紧紧闭上眼睛。死亡的阴影瞬间笼罩下来，就在这样一个平静的午后，毫无预兆，猝不及防。

她忽然后悔自己在走之前没有与朋友们告别，阿图、艾米丽，甚至刘莱。她为数不多的朋友，甚至她已经想到，希望在他们得知自己客死异乡后能不要太悲伤。

在张笑笑绝望之际，一双大手忽然揽住了她的肩，抓起她的背包，低声在她耳边叫出了她的名字。

"笑笑。"

张笑笑睁开眼睛，她不敢相信，也不敢相信自己的耳朵，从来没有这么欣喜于听到一个人唤自己的名字，像是从最远处的希望之地而来。

他蹲在自己面前，目光直视自己，脸上的坚定与从容让张笑笑感觉到像是不真实的幻觉。怎么会有人在这个时候出现在自己身边？又怎么会是——凌锦呈。

"别害怕，走。"

凌锦呈不再多说，抓起张笑笑的背包，用手臂揽住她，将她的身体压低纳进自己的保护圈，带着她一路小跑，朝咖啡厅另一侧的通道而去。然后在看到一个像杂物间的门口时，他迅速地伸手拉开了门。

屋内立刻响起一声尖叫，但随后又被人捂住嘴制止住。原来小小的杂物间已经藏满了男女老少，所有人相拥在一起，噤若寒蝉，望着拉开门的凌锦呈或愤怒或惊慌或厌恶。

"快些把门关上。"

"这里已经没有位置了，把门关上。"一个男人冲出来，伸手去推门，试图将凌锦呈与张笑笑赶走。

凌锦呈被推后，大手一撑，立即将门重新推开，随后目光看向身后的张笑笑，询问她的意思，是找下一个安全点，还是想留在这里。如果她想留下，一定就会留下。

张笑笑身处惶恐之中，背后枪声还在继续，人群慌乱四散。她已经精疲力尽，如果能找到一个安全的地方寄身，自然是最好最明智的选择。但是，看看屋里那些蜷缩在一起的人，眼神间的畏惧，她还是打消了挤进去的想法，冲凌锦呈摇了摇头。

"算了，我们走吧。"

凌锦呈同意了张笑笑的决定，松开顶住门的手，拉起张笑笑的胳膊左右分辨了下方向后，朝下一层的楼梯而去。

显然，更多的人是想马上逃离机场的，所以都争相地朝机场外跑去。张笑笑有话哽在咽喉间，想问凌锦呈是不是应该也和大家一起朝外逃才对，但又觉得自己应该相信凌锦呈，就收回了要说的话，顺从地跟着他。

事实证明，张笑笑与凌锦呈的决定是相对明智又安全的。就在发生枪击事件的十几分钟后，机场的大门口发生了爆炸，随后一群高呼着口号的人冲了进来，开始对朝外逃跑的人群进行扫射。

上述的这一切，是张笑笑躲在机场底层的机房里，通过凌锦呈的手机看到的。

第七章 战火中的玫瑰

此时,在这个国家里,你不知道谁是你的朋友,也不知道谁是你的敌人。一切皆有可能,谁都不能完全相信,大家都陷入了惶恐与不安。

在机房等了两个小时,凌锦呈将自己的西装外套脱下来披到张笑笑的身上,然后出去了几分钟,确定安全后,再带着张笑笑出来。他们小心地挪到一处可以通往地铁车道的通道上,又在那里找了一间母婴室躲进去。刚关上门就听到了孩子的哭声,张笑笑回头才发现,在洗手台下面躲着一位抱着孩子的母亲,她的身后还躲着一个小女孩。

此时,那位受惊的母亲正紧紧地捂着怀里孩子的嘴不让她哭出声。身后的小女孩眼泪涟涟,却咬紧着自己的拳头不敢出声。

凌锦呈弯下腰身,用英文与那位母亲交流,告诉她不要害怕,自己不是坏人。在发现对方听不懂自己的语言后,他皱眉,示意那位母亲说句话。然后他就听到她用法语说了几句话。

凌锦呈点头,用法语与之交流,同张笑笑一起小心地将母子三个人从台子下拉出来。张笑笑看到那个小女孩的膝盖在流血,应该是摔伤的。

那个母亲与凌锦呈做了简单的交流。之后凌锦呈告诉张笑笑,她是一位来机场接丈夫的妻子,五年前他们结婚定居在这里。

张笑笑用自己所知的法语说了几个词,告诉她不要害怕,从自己的背包里取出了备用的药物和一条质地柔软的围巾,将小女孩的腿包扎起来。她发现包里还有一些面包就拿出来分给她们,也递了一些给凌锦呈。

凌锦呈摆摆手,提醒张笑笑自己多吃些,因为还不知道要在这里困到什么时候。

"我们要一直等下去吗?"张笑笑啃着面包问。

凌锦呈抬腕看了下手表,说现在是白天,在不知道外面的情况时,最好不要冒险出去,先等到晚上再说。同时,他也尝试联系了下大使馆,相信他们会前来给予帮助。

Huange You Zai Yi
Wei Xun III

第八章

将秘密盛进瓶子

在母婴室等了两个小时，吃了些东西的母亲抱着两个孩子靠在墙角睡了过去。凌锦呈找来一些东西铺在地上，与张笑笑靠近，坐在另一边的墙角。他建议张笑笑也睡一会儿，因为今晚也许要撤离，她需要精力。但是张笑笑却无法安心入睡。

望着对面的那家人，张笑笑问了凌锦呈一个问题。

"人生真的是无常吧，她肯定没想到来接丈夫会遇到这样的事情。我也没想到，就是一次普通的出行，就遇到一个坏人坐到我的对面，和我相隔一米，还吃掉我的食物。我和死亡与魔鬼那么近距离地接触了。"

"这就是真正的人生，没有彩排，没有预料，突发性是人生最大的特质。"凌锦呈回答。

"但是，也不尽是坏的，比如又突发性地在最危险的时候遇到你，你来救我。所以，人生还是不能太过绝望，谁知道下一秒会不会重燃希望呢。"张笑笑侧头，有些笑意。

"希望？我从来不是谁的希望，我带去的……只是各种绝望吧。"

"但你在我眼里就是希望，第一次见到你，你送我去了医院。这一次见到，你带我逃离一场恐怖袭击，怎么能说不是希望呢？而且，在我看来，你是我截至目前，最好的希望。"

凌锦呈侧头，打量了张笑笑两秒，幽深平静的眼神内有片刻的情绪闪过，温柔又小心，像是从沉沉古匣打开的一点儿缝隙里透露出的明珠之光，但随后匣缝闭合，那光也消失，重归淡漠平静。

"你对我一无所知，不要太相信我，否则你会失望。"

凌锦呈起身，走到门口拉开门朝外探望，随后走了出去。张笑笑坐在墙角，手里握着没吃完的面包出神。刚才那双眼里透出的温柔让她惊叹，同时她也于瞬间的欣喜与激动之后明白，他在那一瞬间错将自己当成了郁欢。他从自己的脸上看到了郁欢的某些影子，才为之变得温柔。

这一次，凌锦呈去了很久，久到过去了六个小时都没有返回。张笑笑从最初的安心到后来的担心，再到最后的焦灼不安，她的手机也发出了电量不足即将关机的提醒。

手机是目前她唯一可与外界取得联系的工具，一旦它停止工作，就意味着张笑笑与整个世界失联。在不能确定凌锦呈什么时候能回来前，她决定放弃现在暂时的安定，收拾好背包，拿上凌锦呈的西装外套，作别那一家母女后离开了母婴房。

每走一步，她都小心翼翼，也怀揣惊恐。她离开地下一层返回到楼上，手机显示有了信号，随后一些信息涌进来，居然是阿图。

从一天前，到几个小时前，他一直在联系自己，询问自己的情况。最后一条是定位信息，居然与自己同在一个机场。

"我来找你了。"

显然，是在阿图登上飞机后，这个国家才爆发暴乱。他在未知的情况下落地，在落地后开机发出的信息，意味着他也可能就在这个机场的某个地方。

张笑笑第一反应是立即回复他的信息，"快走"两个字还没打完，手机的屏幕就暗了下去，电量耗尽了。张笑笑只能在心中祈祷，希望阿图所在的那架飞机在落地后，发现这里所遭遇的麻烦，立即返航或者去了别的地方，这样至少是安全的。

张笑笑心中着急，四下环顾满地狼藉的大厅。外面天已经黑了，这个大厅内只有几个应急灯开着。看准了前面一处环形服务台的位置，她弯低腰身一路小跑过去，蹲身藏进台子底下，然后掏出充电器与插头给手机充电。

张笑笑焦急地等待几分钟后，打开手机，居然又收到了一条阿图的信息，询问她的位置，并告诉她自己现在在机场的三楼。

果然，大多数时候事情总朝着人们不愿意看到的方向发展。张笑笑现在想提醒阿图已经太晚了，她只能回复了自己的位置，告诉他以保障自己的安全为先，一切等出去后再说。

随后，张笑笑发现手机的页面不能再刷新，信号消失。尽管手机有电了，却没有了信号，再无用处。

身外的大厅内传来细微的声响，像是脚步声在靠近。张笑笑赶紧关掉手机屏幕，紧紧抱住自己的背包，屏住呼吸，双臂微微颤抖。最后那个人的脚步声还是来到了自己面前，一只手搭上她的肩，吓得她想要尖叫，又迅速被人捂住嘴。

"是我。"

阿图的脸上带着点儿调皮的坏笑，单眨一侧眼睛冲张笑笑露出一口白牙。随后换来张笑笑扬手就在他胳膊上一阵拍打。

"你要吓死我吗？你要吓死我了……"张笑笑压低声音一阵怒吼。

阿图打着噤声的手势，也弯腰躲进服务台下面，放下背包，从里面掏出水和面包给张笑笑，告诉她先吃些东西，才有力气再打自己。

"刚在楼上听到的，军方的人把通信切断了。普通人暂时都失去了通信能力，我们只能等大使馆的人来发现我们了。"

"你也真是的，为什么总像个跟屁虫？看吧，这下跟出麻烦来了吧？"张笑笑咬着

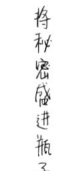

第八章　将秘密藏进瓶子

面包喝着矿泉水,甩给阿图一个白眼。

阿图即使在这种时候也还是笑得灿烂,假装一声叹息,扶在膝盖上的五指轻轻敲击,道:"本来还想跟着你蹭吃蹭喝的,结果却遭遇了一场枪战。要知道会是这样,我打死也不来的。啧啧啧,张笑笑,我可是肠子都悔青了。"

"后悔也来不及了,希望我们俩的人品足够好,早点儿逃出去吧。"

阿图笑着附和,收起张笑笑递回的水,从包里掏出相机,伸出头去左右看看确认无人后,伸出相机镜头对凌乱的大厅按下快门。

收回相机后,阿图低头认真地翻看着照片,眉头微皱,似乎是在向张笑笑感叹,也像是自言自语,道:"这最真实的样子应该被记录下来,提醒所有人和平的珍贵。"

张笑笑一直觉得阿图是个油嘴滑舌、不正经的人,很少会如此认真。他这样的侧脸竟让她有些陌生和欣赏。不知不觉间,他那张娃娃脸的轮廓,已经有些棱角了,有了一丝少年老成的感觉。

"看什么呢?是不是看我来找你,感动得稀里哗啦了?是不是觉得我堪比老式电影里的那种英雄人物?是不是觉得以后要把我当偶像了?"阿图边收起相机,边得意扬扬地抬着下巴笑说,似乎很欣赏自己目前的状态。

不过,最终换来的也只是张笑笑的一个白眼。手机已经失去了价值,经过思考之后,张笑笑提出返回楼下的母婴室,因为凌锦呈会回来找她,也许他会有办法离开。

"你对他很信任,非常信任,为什么?明明你们并不熟悉,不是吗?"

在潜回楼下的途中,阿图这样询问。

"有些事,道理是讲不清的,但就是知道结果。"张笑笑边说着,边拉开母婴室的门,冲还待在里面的母女几个人做手势示意不要害怕。她把阿图拉进来,小心地关上门。

回到母婴室,两个人抵不住困意,在凌晨时睡去。之后也不知道过了多久,天依旧是黑的,他们被一阵玻璃破碎的声响和由远及近的轰隆隆声音惊醒。

阿图告诉张笑笑先不要动,自己出去看一下情况。几分钟后,阿图推门进来,迅速地开始收拾地上的东西,从脸上的表情和粗重的呼吸来看,外面是发生了情况。

"外面打起来了,有人在组织撤离,我们该走了。"

那一家母女并不知道发生了什么,但是她似乎也受够了困在这里等待命运判决的煎熬,抱起孩子,招呼自己的女儿随自己一起出去,加入向外面逃跑的队伍。

张笑笑思考了片刻,她松开提着的背包,告诉阿图自己不走。她要在这里等凌锦呈,让他和那一家母女先逃出去,他们在外面会合。

"你疯了吗? 张笑笑,你疯了吗?"阿图第一次对张笑笑爆发出怒吼,双手扣住她的双肩,不敢置信地反问。

"不,我觉得他会回来找我,我留在这里更安全。"

"你不是觉得留在这里更安全,你是觉得他能让你安全。你信任他,没有理由没有任何凭证地信任。张笑笑,你真的疯了,对一个只有两面之缘的人报以这样的信任,拿自己的命开玩笑!"

"阿图,你走吧,快走。"

"你到底在坚持什么? 他到底是谁?"阿图追问,显露出了从未有过的愤怒。

张笑笑是不会骗阿图的,但是她也不能回答这个问题,因为她也不知道凌锦呈是谁。她与凌锦呈唯一的联系不过是郁欢,而郁欢至今并不知晓她的存在。一切太过荒唐,也太过讽刺。

张笑笑的沉默让阿图明白了一切,那个张笑笑永远的阴影与软肋,那个一旦触及就能使她的生活地动山摇的名字——姐姐。

"他与你姐姐有关,是吗? 又是你姐姐,又是那个把你的人生都笼罩在阴影下的姐姐。你不是应该逃得离她越远越好吗? 为什么还要一而再、再而三地拼命钻进她的阴影之下? 你的人生呢? 你的理想呢? 你这样只是在浪费自己的生命。"

"够了!"张笑笑打断了阿图,推开他的双手退后一步。

"阿图,你是我的朋友,但也只是朋友。你没有资格对我的家庭指手画脚,更没有资格对我的人生说三道四。我疯了也好,傻了也好,都是我的事情,与你无关。"

张笑笑也提高了音量进行反击,两个人随后都陷入了沉默,眼睛对视着,互不相让,像两只竖起了尖刺的刺猬。

最后,是阿图先做出反应,他狠狠将提在手中的背包丢回地上,道:"好,你要等,我陪你等。我倒要看看,那个叫凌锦呈的人到底有什么好,是神还是鬼,让你这么迷了心窍地护着他,当成信仰。"

"我不要你陪我等,你现在走,马上!"张笑笑拉开门,伸手指向外面。

"不走! 我说不走就不走了,要等一起等,要走一起走。"阿图伸手,将张笑笑拉开的门关回去,同时走到洗手台一侧,撑着台面跃起坐了上去,将腿跷起来,双手环胸给了一个别再与我说话、生人勿近的姿态。

张笑笑无奈,总不能把面前这个人打包丢出去。她也生气得很,同样双手环胸走到房间的另一边,侧过头去靠在墙上,再不说话。

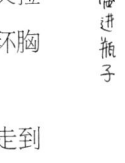

室内安静下来,门外还有人在四下逃跑,头顶时不时传来枪声,这一切煎熬着两个等待的人。

大约半个小时后,一切声音渐渐平息下去。阿图从台子上跳下来,小心地拉开门朝外看,除了一地狼藉的行李,看不到其他东西。

"我上去看看,你在这里等着。"阿图有些生气地交代完,背起自己的背包出门,在关门之前重新伸头进来补充一句。

"不用一直等,如果我一个小时没回来,就说明我自己先跑了,你就不要等了。"随后,阿图也不等张笑笑回答,关上门离开。

这一次,阿图离开后便再没有返回。张笑笑靠在门后焦灼地等待。约半个小时后,她依稀听到了脚步声,特别凌乱嘈杂的声音再度响起,之后又是一阵东西破碎的声音和头顶天花板隐隐震动发出的声音,她猜测应该是有车辆自头顶上方的地板上驶过。声音越来越响,她慌了,抓起背包,推开门四下环顾,只看到许多人从楼上正朝下跑,从对面楼道正朝自己所在的方向跑来,伴随着尖叫与哭喊。

张笑笑一手抓着背包,一手抓着凌锦呈的西装,冲跑来的人群大声呼喊阿图的名字,并迅速搜索他的身影,却一无所获。之后她被跑过来的人群不停地撞到,有好心人提醒她,是坦克开进来了,快先逃命。

张笑笑不肯随人流一起逃命,依旧固执地大声喊阿图的名字。但是人流越来越多,四周越来越乱,远处隔着玻璃看到有数辆坦克正冲开玻璃,碾碎一切,朝这一层内部开来。

一只手忽然从背后抓住了她,她以为是阿图,兴奋地回头,看到的却是凌锦呈。顾不得多解释,凌锦呈拖起她的胳膊靠到墙边暂时避开人流,让她跟自己走。但张笑笑却倔强地摇头,说要等一个人。

"听着,我不管要等谁,朋友、亲人,还是任何人,现在都见鬼去吧。你跟我走,马上,立刻!"

凌锦呈显露出了与平时儒雅姿态截然不同的态度,双目依旧平静,但那里面却透着不容置疑和反对的光。他紧扣着张笑笑的胳膊,让她不能挣扎。

张笑笑知道自己拒绝无用,最后扯下自己系在脖子上的红围巾系到房间的门把手上,希望阿图回来,能够明白她的意思,她已经先行离开。当然,她更希望他不要回来,希望他找到了逃离这一切的办法,已经安全地待在大使馆里。

系好围巾后,由不得张笑笑再多迟疑,凌锦呈大力地拖起她随自己一同朝地铁的方向跑去,沿着漆黑的道路磕磕碰碰地一路朝前。

"我好累，跑不动了。"也不知道在那条黑色的通道里跑了多久，张笑笑只感觉力气越来越不足，最后不得不撑着腰靠到旁边的墙壁上停下喘粗气。

"现在不能停下来。"

凌锦呈于黑暗中发出肯定的命令。但面对已经精疲力尽的张笑笑，他也不想太过粗鲁，微微思考之后，蹲下身子要张笑笑趴到自己背上，将她背了起来。

凌锦呈提醒张笑笑抓紧自己，又一刻不停地开始朝前走。

"你知道吗？从小到大，从来没有人背过我，你是唯一背我走的人，还是两次。"张笑笑出声。

"不过是应急之策，没什么特别的。"

"对我来讲，很特别。从来没有人这样在乎、关心过我，怎么能不觉得特别？"张笑笑辩解。

"你还年轻，未来的人生还很长，你会遇到形形色色的人关心你、爱护你。以后你就会发现，这些事于你而言，不过是些小事。现在觉得特别和珍贵，不过是种错觉而已。"

"为什么你总是这么悲观地看待一切？明明你也只是个年轻人而已，但总像是看透了人生，不带一点儿喜悦和期望。"张笑笑反问。

"不是悲观，是务实，是认清人生的真面目，不对它抱以侥幸。"

"你的意思是，人生注定就是一场悲剧？难道，从来就没有一件事，或是一个人能让你感觉到开心、温暖？"

凌锦呈沉默了，如同面前的黑暗一样静寂下去，再不说话，只是保持着这个速度继续向前走。他们沿着幽暗崎岖的地铁通道向前，一直走，一直走，不回头，不迟疑。

从那条通道走出去用了几个小时，但对张笑笑而言像是走了数个世纪。在见到亮光的那一刻，她感觉像是经历了一场重生。

紫红色的朝霞弥漫整个天际，像是燃烧的一团火，美极，艳极。但是，他们来不及停留歇息，或是欣赏这一切。凌锦呈带着张笑笑迅速离开车道，迎着即将升起的朝阳朝一处停车场走去。

在那里，凌锦呈找到一辆车，用英文交流了几句，拿出证件给对方看，像是表明身份。之后那个人点头示意两个人上车，开车离开。

司机载着两个人在车辆稀少的道路上前行，尽量避开主干道。他们能走小道尽量走小道，每一条路都尽可能地小心穿越。司机时不时地在口中祈祷，希望一切顺利。

途中的前四个小时司机一刻也不敢停地前行，并且提醒车上的两个人少饮水，车上有一些面包，可以在饿的时候吃些，但最好不要一次吃完。因为他不确定在前面的路上会有什么情况，不知道能不能再买到食物和水。

张笑笑也无心吃东西，蜷缩着身子，抱着自己的背包紧握手机，上面是发给阿图的信息，始终未能发送成功。这样的通信中断让除了自己方圆几米之外的世界都变成了盲点，像是回到了古代。

凌锦呈全程沉默着，目光落在车窗玻璃上，看着外面后移的公路沿线的景物出神，像是进入另一个世界。张笑笑循着他的目光看过去，朝霞从天际蔓延再渐渐消失，一轮明日逐渐升起，映照在整个大地上。

到了中午，在离开主城市很远之后，在一个小镇上，司机停下了车。他表示车子要加油，他也要暂时休息了，否则会造成疲劳驾驶的危险。

凌锦呈也带张笑笑下车，小心地敲开一家店铺的门，表示想买一些食品。店内的人在将两个人上下打量数遍，确定没有危险后才放他们进去。凌锦呈以高于平常的价格，说服店家做些热食给他们，又请店家卖一些可以带走的面食。

在不安中奔波了一天一夜后，他们终于喝到一碗热汤，吃到一些热的食物。张笑笑感觉像是吃到了世间最美味的食品，将盘子中的食物一扫而空。再借店家的洗手间做了简单的梳洗后，他们带上一些食物与水重新上车继续前行，之后又是长达六个小时的旅行。

凌锦呈带着张笑笑来到码头，一刻不停地直奔泊船处。在那里的一个柱子下，一个中年华裔男士焦急地打着转。他见到凌锦呈后赶紧跑过来，嘴里念叨着"要快一些，再晚就来不及了，都快要疯了"等话。

在那个中年男士的引导下，他们穿过混乱拥挤的码头，登上一艘已经起锚的轮船，立即起航离开了这个国家。

在船顺利离开码头几米后，船上有人兴奋地叫了起来，随后是其他人的应和声。大家挥着手，跳着欢呼，庆幸自己登上了这艘船，终于离开了这里。

张笑笑望向那些人，各种肤色，来自世界各地，此时都挤在这艘船上，有着同样的狼狈和憔悴，显然在此之前都过得不好。

中年男士费了些工夫在船上餐厅里找到一张桌子，安排凌锦呈和张笑笑在桌边坐下。他又买了些食物回来，告诉他们这条船大概会在两个小时后靠岸，然后他们可以休息一晚再赶去机场。同时，张笑笑也通过介绍，知道他是凌锦呈公司在这个国家的驻点负责人。

船在海上航行得很顺利，张笑笑感觉有些累了，就趴在桌上睡去。凌锦呈把染了灰尘的西装外套披在她身上，环手于胸前坐在对面。最终，他也抵不住一日一夜不休息的疲惫，闭上眼睛睡去。

等张笑笑被船身的一阵震动惊醒时，船已经抵达了目的地码头——罗德岛。所有人匆匆忙忙地下船离去，各奔前程。

张笑笑抬头看对面的凌锦呈，他应该是太累了，这样的震动都未能将他惊醒，依旧维持着原本的姿势靠在椅子上睡着。张笑笑冲中年男士做手势，示意不要急着唤醒他。那中年男士点点头，交代说去处理一些下船的事，稍后再回来找他们。

张笑笑撑着头，看看对面的凌锦呈。他睡得很安详，但似乎正陷入一场梦境，所以眉头轻蹙在一起。眉心之间有一条浅浅的川字纹，窗外映进来的光将他的脸上打出一层绯黄色的光芒，如同镀了一层金光。

张笑笑取出手机，对着面前的人轻按下快门，将一幅画面定格下来。随后，收起手机侧过头看向窗外。正值夕阳西下，天边是金黄璀璨的晚霞，映在水面上像是洒上一层金粉，闪耀璀璨到如同梦幻。

"你喜欢夕阳。"凌锦呈不知何时醒了，徐徐开口，嗓音有一些沙哑。

"是的，灿烂华丽，每天都是独一无二的一幅画作。"

"的确，每一天都是独一无二，不得复制和重返的。"凌锦呈若有所思地认可。

张笑笑凝视着夕阳几秒，像是明白了什么，有些俏皮地侧歪着头，道："你刚才做了什么梦？"

"小孩子不要太好奇。"凌锦呈收回视线，露出些许浅笑。

"快说快说，你越是不说我越是好奇。快点儿说，否则我会一直追问。"

张笑笑伸出手去，抓住凌锦呈的胳膊一通摇晃。凌锦呈最终还是抵不过她的纠缠，答应告诉她。

"我梦到了从前，一个清晨。"

"那个清晨有什么？"张笑笑撑起下巴，期望地追问。

"那个清晨，我走进一所旧旧的院子，穿越阳光和一棵老树，进入一扇门，看到一个人转身，一身白裙，捧着书……"

张笑笑听着凌锦呈的描述，像是也到了那个旧时光里，同他一道走进清晨，穿过那道旧门，看见树，看见光，推开门，见到一个白裙捧书的人，转过身……

刹那间，仿若被光与电击中，张笑笑脸上的微笑凝固，撑着的脸颊渐渐离开手心。

她忽然明白了凌锦呈所描绘的那段旧时光里的主角是谁了，是她，是郁欢。

凌锦呈从张笑笑的表情上也轻易地看出，她知道了自己梦见的是谁。但他并不回避或是闪躲，甚至之后给了她一个肯定的答案。

"那是我第一次见到你姐姐。"

张笑笑坐在那里，她不知道自己该以何种心情与表情去面对这一切。她不想嫉妒，因为知道不应该嫉妒，但是她又超级嫉妒，有一个人如此将有关郁欢的记忆视若珍宝，连说起来时，语气都变得温柔。

不多时，中年男士返回来，提醒张笑笑该下船了。凌锦呈起身提起张笑笑的东西打算离开，张笑笑却伸手按住了背包，随后自己拿起来背上。

"我自己可以。"

凌锦呈没有多说什么，随张笑笑去，伸手拿起自己的西装外套跟在后面离开。

当天晚上，他们被安排在罗德岛的一家民宿住下。因为这里为数不多的酒店，已经被各种人住满了。

民宿的主人话不多，仅是收钱办事，提供了食物和水。在这种情况下也由不得人挑剔，在沟通后，安排出一间拥有独立阳台与窗户的两室房间给他们。而中年男士则在当晚离开，赶往另一个城市安排事情，以确定他们能尽快回国。

终于睡在安稳与安全的床上，但张笑笑却失眠了，在床上翻来覆去，最终放弃了，下床穿鞋走进客厅想要找些水喝，却意外地发现窗纱掩映的阳台上，依稀有明明灭灭的光，是有人在抽烟。

张笑笑走过去，隔着窗纱看向外面的人，是凌锦呈穿着白色的棉麻睡衣，坐在白色的藤椅子上，眺望楼下的城市与街道，指尖的烟已经燃了一些，眼看烟灰就快要掉下来。

"别过来，二手烟对你不好。"凌锦呈徐徐出声，依旧保持着原来的姿势。

"嗯。"张笑笑应了一声，左右看了一下，顺手拉了一把椅子，隔着窗纱坐下。

"为什么你那么在乎她？你应该知道，她深爱着另一个人，叫苏卿远，对吗？是这个名字吧？"张笑笑开口，语言间有些挑衅。

"我知道，所以呢？"凌锦呈将手中的烟在烟灰缸中按灭。

"所以，你应该知道她的心不属于你。"

"我知道，所以呢？"

"你做什么也都是一场空，难道你就不嫉妒、不气愤、没不甘吗？"

"会，但也不会。她爱着别人，这一切与我又有什么关系呢？"

"你是傻子吗？这样拼尽一切地为一个不爱你的人，你都不敢堂堂正正地走到她面前，告诉她你为她做了那么多事情，告诉她自己为之付出的努力。甚至，你都不敢告诉她，你爱她。"张笑笑提高音量，夹带一丝冷笑。

"我爱她？"凌锦呈的侧脸微微动了一下，像是听到了从不知道的事情，随后笑了，道，"不，我不爱她，我只是……心疼她吧。"

"你爱她！"张笑笑给了他坚定的答案。

凌锦呈转过头来，他的轮廓被屋外的光线勾勒出一个大概，但是面上的五官与表情却是一团黑暗，没人能知道他此时是何种情绪。

许久，凌锦呈再度转过头去，面对这个小小的城市，放远了视线，往天边望去，重新再点了一支烟。

"我哪里配呢？"

这一句话，如同一根导火索，将张笑笑气得从椅子上站起来，幅度之大以至于椅子都被带翻到地上。她隔着窗纱望向阳台上的人，怒火中烧。

"为什么，为什么你们都将她当成了那么重要的一切，所有人爱她如空气，呵护她如至宝，一个个都愿意为了她甘心奉上一切。妈妈、你，还有那个叫苏卿远的人，还有那些我叫不出名字的人，为什么？她到底有什么好，我又有哪里不好？为什么一切对于我那么不公平？

"你说你不配，你是那么好的人，你年轻、勇敢、温柔，是我见过最好的人之一，是我迄今遇到的最温暖的人。为什么你要说不配爱她，她是谁？她是神吗？她不是！为什么你要将自己低到尘埃里如此去仰望她。明明你是我眼里最好的人，你再次证明了，我与她有着天壤之别，她是众人的宠儿，而我只是一个什么也不是的人。"

"你将我想得太好了，如果你知道我曾经做过什么，就会知道，我有多么可恶。"凌锦呈以食指轻轻弹掉烟灰，语气淡淡的。

"我不信，我不甘心。"张笑笑留下一句话，转身回房，重重关上门。

阳台上，凌锦呈不紧不慢地继续吸了一口烟，随后站起身，走到阳台的边沿眺望远方。天际依稀有鱼肚白，他唇角紧抿，无喜无悲。

接下来，历经了一天周转，又是一夜等待，张笑笑与凌锦呈坐上了从希腊飞往中国香港的飞机。在落地的一刻，全机爆发出了掌声。有人哭着走出机舱，亲吻祖国的大地，高唱起国歌。

那一刻，张笑笑站在人群中央，第一次产生了一种从未体验过的情怀，心潮澎湃。她第一次如此庆幸张蕊当年不惜大费周折，把她的国籍落在了中国。

在机场大厅的撤侨区域休息，手机也恢复了通信，张笑笑第一时间想要打给阿图。但是在她拿出手机拨打之前，已经有一个人跑过来熊抱住自己。

"张笑笑，我终于找到你了，终于找到你了！"

阿图同大多数人一样，T恤与外套上满是灰尘，甚至还有几处破口，看起来颇有几分狼狈。他将背包丢在地上，抱着张笑笑几乎跳了起来。直到张笑笑连连叫停，他才停下。

张笑笑看着对面的人，埋怨他过于激动，但随后又止不住心中的激动，伸手拥抱住这个挚友。毕竟，他们自从在机场分别之后的这几十个小时里，她没有一刻不在祈祷他平安，希望他能顺利搭上飞机离开。现在，终于见到平安的他，要她如何不激动与感激，上天终于有一次顺了她的意，给了她一次幸运。

"我给你介绍，这是……"

张笑笑松开阿图，转身想要介绍凌锦呈，但是在回身后发现旁边已经空无一人。

张笑笑的笑容凝固，她将背包扔下，开始四下寻找凌锦呈。她拨开四周杂乱立着的人，最后看到一个穿着衬衫、挽着西装外套的背影正自人群后离去。

张笑笑不经思索，也不顾阿图的追问，跑着追向凌锦呈。她在机场的拐角处追上后抓住他的胳膊。

"你要丢下我？"张笑笑质问。

凌锦呈回头，神情平静如常，道："不是，你已经不再需要我了，你可以去做自己的事了。"

"我自己的事？你难道就不想知道我接下来要去做什么？"

"不想知道，那是你的人生，由你自己决定。"

张笑笑怒了，她讨厌这样的凌锦呈，这样风平浪静，对一切漠然如冰、概不关心。明明在她面临危难时，他能对自己温柔以待，给予笑容，但此时当一切安稳下来，他又冷如冰山，建起了自己的堡垒，将张笑笑拒之门外。好像他们从来没有过关系，他从来没有关心过她一样。

张笑笑盯着凌锦呈冷漠的双眼，露出一丝冷笑。她忽然伸手抱住他，随后在他耳边讲述了一件往事，那件关于谎言与恶作剧的真相。

凌锦呈冰冷平静的脸，在听到这件事情后终于出现了裂纹。他惊诧地看向张笑笑，看她脸上露出一丝胜利的笑意退后一步。

"你看，她也不是一直胜我、一直赢我的。"

凌锦呈的眼中有许多情绪在一瞬间齐齐掠过，最后他仅是摇摇头，道："你最好永远守住这个秘密，否则你一定会后悔的。"

"我怕什么？大不了大家都别好过，我一无所有，没什么可失去的，不像她有那么大的一个软肋。就像你说的，我还这么年轻，有足够的时间，我会越来越好，最后比她还好。你会看到的，所有人也都会看到的。"

张笑笑抬起下巴，有些得意地微笑。

凌锦呈的脸渐渐恢复了平静，如从前一样，将有些下滑的西装外套重新拉起搭到臂弯上，留下一句叹息后离去。

"你是夕阳下的玫瑰，她是朝阳下的茉莉，即使再像，你们也终归是不同的。"

凌锦呈转身离去，张笑笑站在原地，看着他的背影消失在高大落地玻璃窗下的拐角处，像是一滴水落入湖中，不着痕迹。

第九章

繁华城中的繁华梦

阿图提着两个背包趔趔趄趄地追上来，循着张笑笑的目光看过去，见到凌锦呈最后的背影自墙角下一闪而过。

"他就是那个人？"阿图问。

张笑笑没回答，只是愣愣地站了一阵儿，转身离开。

"我饿了，也渴了。我要吃肉，要喝可乐。"张笑笑边走边大声说。

"可是我没有钱了，钱都丢了。"阿图拖着背包边追边回答。

"不管，先吃，我还没吃过霸王餐呢。"

"好，跟你去吃。"阿图乐呵呵地附和跟上。

之后，张笑笑与阿图去了机场的一家餐厅用餐，吃的喝的点了不少。最后两个人再也吃不下，抚着肚皮满足地仰躺到椅背上。

"好了，你埋单吧，我真没钱了。"阿图说。

"埋单？我也没钱，全丢在路上了。"张笑笑喝着可乐回答。

"什么？"阿图缓缓坐起身，道，"你在开玩笑对不对？快点儿埋单吧，别闹了。"

"我没开玩笑，我真没钱。"张笑笑拉过背包丢给阿图。

阿图接过背包翻看了一通，果然里面一块钱都没有了，才知道张笑笑原来是真的要吃霸王餐。随后他连连拍自己的额头，大呼不好。

"我的小姑奶奶呀，我当你就是随口说说，哪知道你还真想吃霸王餐。"

"怕什么，他会回来帮我的。每次他都会帮我，我就不信他真就这样丢下我不管。"

张笑笑不以为意地拿起一块食物送进嘴里，随后站起来冲服务人员招手，说自己没有钱埋单，她吃了霸王餐，快来找她的麻烦。

阿图坐在对面，只能将头尽量埋低，以手挡住脸，不想让人看到。

而事实证明，这一次张笑笑所期待的事没有再发生。凌锦呈走了，真的走了。他们在店内坐了两个小时，最后因为无法埋单被服务员扣住，叫来机场执勤的警察。

警察例行公事地询问了一下情况，张笑笑也大方地承认了一切。因为张笑笑坚持声称无法支付，警察决定将他们带回警局。张笑笑答应下来，随后四下寻找。店内外都有人在围观这出闹剧，可是偏偏没有自己要找的那个人。

这家店的店长赶来，看到面前的一幕，店长摆了摆手，说这一餐就由他来支付，请警察不要再处理这件事情。

"不过是两个孩子，又刚死里逃生，想吃什么就吃什么吧，叔叔请客。"

警察本来也不想为难两个孩子，有店长这样说，自然顺水推舟地离去。临行时他还不忘提醒二人小心，毕竟他们年纪不大，要早些联系家人才好。

围观的人也在知道两个人是撤侨回来的之后，都表现出了同情与关怀。有路人递过来一些钱给他们，并安慰说丢了的东西不要可惜，人平平安安地回家了就已经是最幸运的了。

对于周围路人突如其来的好意，阿图措手不及，一一表示了感谢，但是他们的钱却是万万不能收，他们会自己想办法解决。

人群散去，店长和店员都去工作了，张笑笑失望地坐回椅子上。阿图则"啧啧"地感叹这里的人情味儿真足，是个温暖的地方。

"我们走吧，想办法先去联系家人。"阿图提出意见。

张笑笑没什么表情地伸手，自衣服的内侧袋子里取出一张纸币放到桌上，然后一言不发地提起包离开。阿图惊诧地看着桌上的钱，再看看离开的张笑笑，随后赶紧追上去。

"你明明有钱，还装作要吃霸王餐，把警察都招来了，又被人施舍捐款。张笑笑你给我站住好好解释一下……"

张笑笑无视阿图的义愤填膺，推开餐厅的门走出去，四下环顾。机场里人来人往，谁都不多停留，谁都与自己没关系。只有后面追上来的阿图，一边接过自己的背包，一边继续喋喋不休地抱怨她的恶作剧。

哪里是恶作剧呢？她不过是不死心，想着也许自己又遇到麻烦，凌锦呈会再次忽然出现，像从前一样。她只是不死心，想要再试试罢了。

在机场外换了手机卡，阿图第一时间给家人报了平安。听着阿图在电话这头一直连连保证自己的平安，轻描淡写地讲着自己的经历，要他的家人放心，最后还如同哄孩子一般哄着电话那头的人不要哭，承诺自己三天后一定回家，这才让家人暂时放心。

张笑笑也拿着手机，找出张蕊的号码拨打过去。先是秘书接起来，之后转给了张蕊。张笑笑说自己到了香港，张蕊"嗯"了一声，表示自己知道。

"玩累了就回来，学校的事情律师会尽快处理好。"张蕊在那头说着，同时又交待身边的人通知下去，五分钟后开会。

"我在途中并不太顺利。"张笑笑补充。

"凌先生有和我通过电话，他夸你很勇敢，这样很好。"

也许是她急于要开始工作会议，张蕊没有太多时间详细地与张笑笑闲聊过多，平静地回答了张笑笑，表示自己已经知晓，甚至给出了评价。

第九章 繁华城中的繁华梦

张笑笑拿着手机，没什么好说的了，讪讪地收起手机。她看阿图还在与自己的家人周旋着，想要争取多一些时间留在中国。

阿图结束通话，看到张笑笑独自站在机场外的马路边仰望着天空。他走过去提醒她该走了，他们应该找一处酒店住下来，最重要的是洗个澡。

在九龙订了一家安全干净的酒店，阿图就回自己的房间去休息，也提醒张笑笑明天要早起。既然来了香港就一定要去逛一逛，他在此之前已经制订了详细的计划。

"计划？"张笑笑皱眉。

"对，在飞机上无聊，我就已经计划好了路线。"阿图从包里掏出一个本子打开，里面一一记着香港的景点名称和地点，以及设计好了的交通路线。

"怎么感觉这些计划似曾相识？"张笑笑抱以怀疑的态度。

阿图拍着胸口保证，这次一定没问题，声称当年春节的计划全盘落空，是因为当时他们太年幼。现在他已经是个大人了，一定没问题。

张笑笑没反驳，但还是给了个不太信任的眼神，道一句"晚安"后回了自己的房间。

翌日，阿图按着张笑笑的门铃，配合着电话的轰炸早早将她叫醒，去酒店吃自助早餐。张笑笑对酒店里的速溶咖啡有些不太适应，尝了一口就放下。阿图则边喝边感叹着，还是太平盛世好，比起刚刚过去的惊险经历，现在的一切真是美好到像是在天堂。

"别乌鸦嘴，人死了才上天堂。"张笑笑白了他一眼。

阿图咧开嘴笑得开心，抬手自顾自摆着帅气造型，将头发捋向脑后，然后以手撑着下巴，冲张笑笑眨眼。

"嗨，张笑笑同学，我向你道歉，在机场不应该冲你发脾气的，不应该置疑你的家庭和你。看在我这张帅气无敌的脸的分儿上，就原谅我吧！等会儿请你喝咖啡，现磨的那种哦！"

张笑笑拿着叉子，以手背撑着下巴做思考状，停顿两秒后撇嘴摇头。阿图就紧张了起来，坐直身子。

"真的，我真的道歉，诚心实意的。"

"怎么着也要再来一份甜品，不是吗？否则得多单调。"

阿图放下心来，长呼一口气，拍拍胸口保证一定满足。张笑笑也被他夸张滑稽的表情逗笑，将自己碟子里的一只鸡蛋拿起来放到他面前，说是打赏。

"嗨，阿图，我也向你道歉，不应该发脾气的。更抱歉的是，我先走了。"

"我接受你的道歉,这个鸡蛋就是赔礼了。"阿图低头在桌上敲着鸡蛋爽快答应,之后又接着道,"还好你先走了,因为我在外面被人拉出去,就被安排到了大使馆。我也没机会再回去找你,你要真傻傻地待在那里等,现在还不知道会怎么样呢。还好还好,大家运气都超好的!"

阿图笑得没心没肺,吃着鸡蛋说着话,结果蛋黄把自己噎得眼泪都冒了出来,吓得张笑笑赶紧跑去给他倒来一杯水,喝下才平息过去。

用完早餐,简单地收拾后,阿图带着张笑笑开始了自己的计划之旅。他们沿着标好的路线去坐中环巴士,去当地知名的街上喝奶茶,再去一些传统的旧店走走看看。

阿图背着相机一路拍摄,拍一些建筑、行人、老旧的设施等。他说这些都是真正解读一个城市的细节,比起纽约他更喜欢这种有一些旧痕迹的地方。

吃了许多,也看了许多,最后去港口吹晚来的风,站在栏杆前看日落。阿图更是对这样的景色赞不绝口,称要将照片寄给地理杂志,让所有人都知道香港的日落有多美。

张笑笑吸着奶昔,靠在栏杆上,将目光放远到极限。她明白每天的日出日落都是不一样的,每一片色彩与云朵,也都是不可重复的,像是流逝的时间。

第二天,阿图带张笑笑去了太平山。因为阿图想拍照,所以拒绝了坐缆车。张笑笑只得跟着一起绕着山道向上走。待到两个人终于登上观光台,阿图就直接坐到了地上,直呼后悔,应该坐巴士或缆车的,太累了。但是看相机里的照片,他又觉得值得辛苦一趟。

他们去那家知名的山顶餐厅用餐,夜色下的香港灯火辉煌,山下的不夜城美得如同画作。阿图又是一通取景拍照,张笑笑坐在那里,看着山下的城市出神。

好一个繁华盛世国,好一所琉璃不夜城。

阿图去露台外拍景的时候,张笑笑去了洗手间。在进门的时候险些被从里面走出来的女士撞到,她急忙后退,而那女士也连连说着抱歉。待两个人定下神抬头看清对方,那女士不禁意外地惊呼。

"是你呀,你叫……张笑笑吧。"

张笑笑认出了对面的人,正是刘妍。她穿着一身黑色修身裙,配一双高跟鞋,妆容得体,只是眼中略带红意,像是刚刚哭过一般。

"是我。"

"真是巧,能在这里遇到你。刘莱要是知道,一定极后悔没跟我一道回家。"

张笑笑露出微笑，尽量表现得自然，看她眼角似乎有泪痕，就从自己的包里取出了纸巾递给她。

刘妍意识到自己的失态，含糊地说了一句"谢谢"，接过纸巾侧过头去擦拭眼角。

"让你见笑了，刚才有东西进了眼睛里。"

"嗯，小心些。"

张笑笑看出她在撒谎，但并没有揭穿，顺她的意思带过。之后刘妍简单地介绍自己是来香港探亲的，林辰年也来了。原本他们定好一起来吃晚餐，但因为林辰年临时有急事，现在变成了她一个人。

"还是和你很有缘分的，不如和我一起坐吧，否则已经预订的食物也浪费了。"

张笑笑委婉地推辞。她与林辰年有约在先，要保守他的秘密，所以她觉得应该与刘妍保持一定的距离比较好，便以自己有同伴的理由推托，但刘妍却显得很坚持，随后伸手就去挽张笑笑的胳膊，拉着她去露台上找阿图。

阿图见到刘妍，自然也是惊喜万分。一阵寒暄之后，刘妍提出一起用餐的邀请。阿图生性爽快，也心无城府，随口就应下了，然后道谢，并开玩笑说香港是自己的福地，自从到了这里就一路交好运。

刘妍的母亲是香港人，她听到阿图这样说自然高兴，眼里的红意褪去，转移了注意力不再去想那些不开心的事。她兴致勃勃地向两个人讲起了香港的历史与发展，介绍这里的特色及趣事。

阿图听得出神，也分享起自己在香港的经历，还拿出相机与刘妍分享一路见闻。在听到他们转机时经历的惊险，刘妍惊得捂嘴，之后数次祈祷感谢上苍，感叹他们的幸运。

吃了一顿丰盛的晚餐，刘妍提出带阿图去山的另一侧一处不热闹的山道平台处拍摄夜景，那里的夜景更美。阿图自然有兴趣，欣然同意。刘妍就招呼着张笑笑一起去，也当是餐后的消食散步。

阿图拿着相机自去寻找角度，刘妍挽着张笑笑的胳膊，隔了一段距离走在后面。因为山路不好走，她将高跟鞋脱了提在手中。刘妍个子不高，脱鞋后立即与张笑笑的身高差距就不明显了。

张笑笑感觉到有些微妙，张蕊总都是远远地疏离在远处，从来没人这样挽过她的胳膊同行。她像是一位姐姐，又像是朋友，竟让她生出点儿亲情的错觉。

刘妍闲聊着自己的一些事情，比如自己在美国的服装设计公司最近在准备新品，预计秋季去法国参加时装展；又比如她打算下周去苏州，寻访一位苏州刺绣文化传承者，还要亲自去考察几家丝绸制作坊。她想在接下来的几年里，筹备一场中国丝绸服装秀。

她希望能用自己的力量,将中国的文化精粹发扬出去,让世界上更多的人见识到中国服饰的魅力与神奇。

张笑笑不知道刘家的具体情况,但从上次的订婚宴可以看出,她绝对拥有雄厚的资金实力。刘妍能不被自己的出身附带的光环覆盖,拥有自己独立的思想与人格,追求理想并为之付诸行动,让张笑笑对这个原本无感觉的女性生出钦佩。

"但是,我父亲总想我能安安静静地待在家里,或者是回香港继承家业,接替母亲管理公司。他总觉得时装呀、设计呀,这些东西都是虚无缥缈的。还有理想,是他认为最为不齿、华而不实的东西。"

张笑笑没料到刘妍会同自己讲这些,讲完之后刘妍也惊觉于自己会对张笑笑敞开心扉,道歉不应该说这些沉重的东西。她又笑说可能是觉得张笑笑亲切,不自觉地就产生了信任,愿意说出压在心底的事情。

"我一直想有个妹妹,也觉得自己应该有个妹妹的。看到你,我就感觉像是找到了自己想要的那个妹妹。"

"妹妹?"张笑笑诧异。

"对呀,你要是愿意,以后就叫我姐姐吧,我会很高兴的。"刘妍笑着挽紧了张笑笑的胳膊,侧头冲她微笑,眉眼上扬,透着真实与善意。

"姐姐?"张笑笑低喃。她怎么也没有想到,自己会在这样的情况下,被一个并不太熟悉的人邀请唤她一声姐姐。这是她一直以来想唤的一个称呼,却又始终不能叫的。

"嗯,姐姐在这里。"刘妍将她的自言自语当成了接受与承认,伸手揽住张笑笑的肩膀,笑得无比开心。

"以后我也有妹妹了,回头我带你去见见家里其他人,我妈妈一定会喜欢你的。"

刘妍兴致高昂,揽着张笑笑的肩朝前走。同时,她掏出手机拨打了视频电话,在对方接起后兴奋地打招呼。

"妈,这是我新认的妹妹,你看是不是很漂亮?"

电话那头的女人戴起眼镜,冲这头的两个人打招呼,之后夸刘妍有眼光。她又说张笑笑合自己的眼缘,一定要让刘妍带她回家品尝自己的手艺。

"我妈可是不轻易下厨的,说明她真的喜欢你。"刘妍提醒张笑笑。

张笑笑对这忽然发生的一切有点儿不适应,尽量在脸上挤出些笑,感谢对方的邀请,又回答了几个对方简单的问题后,挥手与刘妍的妈妈结束通话。

走到观景地后,刘妍一路在笑着,揽着张笑笑的肩拍照。她也让阿图给她们留下合影,并一再提醒他要记得发给自己,她要将照片印出来放在相框里。

在刘妍的带领下，几个人看到了极美的夜景，直至凌晨才下山离去。刘妍开车将两个人送回酒店，然后刘妍邀请两个人隔天去家中做客，以尽地主之谊。

阿图自然是乐意的，张笑笑含糊地点头，只说会在第二天给出准确答复。

"你可是我妈邀请的客人，不能不来的。"刘妍故作严厉地提醒，之后驱车离去。

刘妍走后，阿图叉起腰仰天长长地呼吸了一下，说自己真是太爱香港了。然后询问张笑笑，按照这里的习俗，是不是应该在去别人家作客之前，备些礼物才会显得比较得体。

张笑笑没有听阿图在说什么，所以也没有回复，只是愣愣地望着街角的路灯，有点儿走神。那里有一个人正走过去，穿着白色衬衫，挽着西装外套。

随后，张笑笑追上去，抓住那人的胳膊转身，见到是一个戴着眼镜的斯文男士，满面疲惫，像是刚刚结束工作。

"做什么？"那人疑惑。

张笑笑失望地看着他，没有回答。阿图跑过来连连说着抱歉，将张笑笑拉到自己身后。

男士转身离开，阿图看了一眼张笑笑，像是有些生气，抱怨的话到了嘴边又理智地咽了回去。他叹息一声后，将她背上的背包取下来提着，推动她的肩膀催促她回酒店休息。

"是因为你姐姐吗？因为他和你姐姐的关系，所以你也相信他会像对你姐姐一样对你。但是，笑笑，你要知道你不是你姐姐，对他来说你事实上只是一个见过几次的陌生人。你不知道他的工作、生活、性格。我承认，人的第六感是很神奇、很重要的一种东西。但是，笑笑，你不能凭着这种感觉，就将自己陷在里面。他，于你而言，终究不是亲人，只能说是个熟人而已。"

阿图在电梯里语重心长地说着。张笑笑盯着电梯上映出的自己的模糊影子，没有太多情绪，只是长长地打了个哈欠。

"嗯，知道了。"

然后，张笑笑接过背包，率先走出电梯，头也不回地挥了挥手说"晚安"，回了自己的房间。

深夜，张笑笑收到了一条短信，来自一个陌生号码。首先映入眼帘的是一张社交网络平台上截取的照片，照片拍摄于几个小时前的太平山顶，刘妍揽着她的肩亲昵地靠在一起，下面是刘妍配上的文字：*美好的一天。*

随后一条上海的地址发过来，附带一句话：*信守你的承诺，远离我的未婚妻。*

不用多想也知道这是林辰年发来的了，他看到了刘妍的社交平台，以为是张笑笑接近刘妍借此逼他。所以，他再不敢多犹豫，爽快地给了她郁欢在上海的地址。

毕竟，在郁欢与未婚妻之间，他虽然想尽量保全郁欢，但到了临界点时，还是会毫不犹豫地选择未婚妻的。

"看来，也不是所有人都会为你不顾一切，也有例外的了。"

张笑笑哂笑，用信用卡为自己订了一张从香港飞往上海的机票。随后，她开始收拾自己的行李。果然，半个小时不到，她就接到了张蕊的电话。

"为什么要去上海？"

"为什么不可以呢？是上海有什么我不能去的原因吗？"张笑笑反问。

"回纽约来，这是我的命令。"张蕊语气严厉。

张笑笑听到张蕊的语气变化，不由得哂笑，她走到窗前，平静地说道："抱歉，妈妈，我好不容易来到中国，不想就这么轻易地回去。你知道的，如果不是我运气好，在那场混乱中我也许早就丧命了。我总感觉自己幸运了一回，所以我想以后应该更勇敢些，想做什么就做，否则也许不知道哪一天就没机会了。后悔，可是最没用，也最难受的一种事情，妈妈你比我更清楚。"

"你变了，开始反抗我、忤逆我了。"

"人总是要变的，会长大，就像去年的衣服鞋子，今年再穿就太小了，从前的软弱顺从也会渐渐开始消失退去。"

张蕊有片刻的沉默，之后放缓了语气，似乎带着一丝恳求，道："回家来。"

这让张笑笑更不悦了，每次只要遇到与郁欢有关的事，张蕊总能放下原则，为了她变得没有了原则与规则。

"那个家，还是我的家吗？"

"妈妈，我累了，晚安。"张笑笑第一次主动结束并挂断了张蕊的电话。这是她从前未有过的勇敢与果断。

收拾完背包，张笑笑取了酒店房间的留言纸与笔，写下一封给阿图的简信，离开时自他的门下塞进去。同时她也给刘妍发去了短信，感谢她的热情邀约，但是她因为有自己的安排要提前离开香港，祝她与未婚夫幸福长久。

"非常感谢，也非常开心能认识你，再见，刘小姐。"

张笑笑到底还是不想称刘妍姐姐，因为她从心底觉得，这个称谓似乎只有那个人才是，别人到底不是真的姐姐。

几个小时后，起床的阿图打着哈欠弯腰自门口捡到那封简信，他迅速地拉开门去张笑笑所在的房间，看到酒店工作人员已经在清扫更换用品了。

与此同时,张笑笑已经坐在飞往上海的机舱内,望着窗外的云层出神。她刚做了一个梦,梦到自己到了上海,走出机场,就看到郁欢站在那里,满面笑容地张开双臂欢迎她,叫着她妹妹。

她自这极大的欢喜中醒来,只觉得身轻似云,她对这未知的前途既期待,又畏惧。

"姐姐,我们终于要见面了。"

第十章

你好，最熟悉的陌生人

"原来你长得这个样子,和我梦见的不太像。"

张笑笑站在楼梯上,微笑地望着一楼的人。楼下的人表情平静,眼里透着诧异,如此地对望数秒。

果然,梦就是梦,与现实不会一样。郁欢不会满心欢喜地迎接自己,在这里也没有姐妹相逢的大团圆戏码。于她而言,自己只是个贸然闯入她生活的陌生人。

"我回来得急,没有带行李,所以就找了你的旧衣服来穿,没有问题吧?姐姐。"

最后还是张笑笑先迈步下楼,走到她的面前,伸出手来。

"我们终于见面了,我的姐姐。"

郁欢看着对面这个与自己极度相像的人,抬起手与之交握,却不知道该如何反应。

在郁欢所居住的别墅里工作的阿南,后来私下里向郁欢解释,说当看到张笑笑站在门外时她都惊呆了。她们俩太像了,所以张笑笑说自己是郁欢的妹妹时,她没有理由去置疑;张笑笑要住进来,她也没有理由拒绝。

"小姐,真是对不起,我不知道你并不认识她。"

"没事,毕竟她和我有同一个母亲。"

张笑笑坐在阳台的桌子前,一边削着苹果一边听着屋内的对话。苹果皮一不留神就断了,刀尖也划到了她的指尖,血渗了出来。

张笑笑放下苹果与刀,打算起身进屋去找些创可贴。但就在她起身之前,郁欢走了过来,在她对面坐下。

于是,张笑笑继续坐在那里不动,只是将滴血的手垂到一侧,握进拳头里,希望这样能少流一点儿血。

"你好,笑笑。"郁欢在脸上挤出一些微笑,向张笑笑伸手。

张笑笑是想去与她握手的,但是现在满掌的血,她不想让对方看到,就只是愣愣地坐在那里,没有说话。

郁欢有些尴尬,讪讪地收回手垂下,笑道:"在上海还习惯吗?时差倒得怎么样了?"

"习惯,在路上已经倒过时差了。"张笑笑简单回复。

"真是意外你会来,早知道应该去接你的。一个人飞那么远,还遇上了意外,很不容易吧。"

"还好,总能遇到一些好心人。"

郁欢点点头,像是不知道能再聊些什么了,微微低下头。

张笑笑则感觉到自己掌心的血已经淤积了许多,就要自指缝间溢出来了。她不想让郁欢被自己满手是血的样子吓到，就站起身离开。

之后，郁欢与张蕊通了电话。张笑笑在旁边听着。她能感觉得到电话那头的张蕊在极力地向郁欢道歉解释。郁欢则平静地表示了自己的不计较。张笑笑并不喜欢这样的境地，好像自己成了张蕊的一个麻烦，而郁欢则像是大度的人。

张笑笑不懂，自己有什么错？

祁清清是一个与张笑笑年龄相近的少女，长发大眼，穿着蓝色的裙子，一身活力，古灵精怪。从门外进来时，张笑笑觉得这才是一个少女该有的自信与快乐的模样。

阮知秋则稍年长一点儿，一身白衫，好看的眉眼，高挑健康的身姿。进门时，他身后的阳光一同跟随进来，在他周身打出光晕，阳光灿烂。

祁清清与张笑笑的初见绝对算不上友好，似乎是出于对自己领地的本能保护，张笑笑不友善地开了头。祁清清也凭着一股年轻气盛，接了个不友善的尾，最后争吵起来。阮知秋怎么也劝不住，祁清清扯乱了张笑笑的头发与衣服；张笑笑抓破了祁清清的胳膊，直到郁欢出现才让这场闹剧停下。

祁清清唤郁欢姐，让张笑笑心中更生嫉妒。对这个与自己年龄相仿，却比自己开心洒脱的女孩更心生不喜，丢下尴尬的场面转身上楼。

回到房间，张笑笑伸手挠了挠自己的乱发，仰面倒至床上，拿起手机后看到阿图的信息，阿图已经回了纽约，向她报了平安。

张笑笑打开相册，翻到自己与刘妍的合照，想到那天在山顶上她的话。如果有一天郁欢能对自己那么亲密，唤她一声妹妹，那是多好的事情？偏偏，她们此时如此冰冷，她甚至怀疑自己这样固执地来到郁欢的身边到底是为了什么。

报复吗？不不不，她从来没想过要伤害郁欢，一分一毫也没有。

渴望吗？不不不，她自己心里清楚，她与郁欢在这十余年里只是陌生人，不可能忽然有一天她出现，就能拥有如同别的姐妹那样亲密的姐妹情。

窗外传来笑声，张笑笑自床上爬起来走至窗前看出去。见到在外面的花园里，郁欢与祁清清和阮知秋三个人坐在一起闲聊，祁清清说得眉飞色舞，惹笑旁边两个人。

郁欢像是感受到了自己的窥探，她转过脸看向张笑笑。张笑笑忽然觉得有一种羞愧感，像是穷人家的孩子在觊觎富人家的小孩有很多糖果一样，卑微极了。

于是，她退后，伸手迅速拉上窗帘。

隔了一阵儿，花园里的声音消停下去，张笑笑好奇地再度挑开一角窗帘，看到郁欢与祁清清去了湖边散步，阮知秋独自收拾桌子。

第十章 你好，最熟悉的陌生人

忽然，楼下花园里的阮知秋抬起了头看向她所在的窗户，她赶紧迅速放下窗帘。

"嗨，下来吃些点心吧，我们从苏州带回来的。"阮知秋在楼下唤她。

张笑笑不回答，阮知秋就没再出声。她以为事情就这样过去了，但在半分钟之后自己的房门被敲响。

张笑笑拉开门，见到阮知秋站在外面。

"下楼来吃些点心吧，真的很美味，在别的地方吃不到的。"

"不吃。"张笑笑冷冷回复，伸手就要关门。

阮知秋伸手撑住了门，显得有些局促不安，道："抱歉打扰你，我为清清之前的行为道歉。"

"又不是你和我打架，你替她道什么歉？真要道歉就让她自己来。"

阮知秋尴尬地伸手挠了挠头，似乎之前没有人对他是这种态度，竟有些红了脸，道："她有些被宠坏了，还请你多担待，对不起，谢谢。"

在张笑笑的生活里，有阿图那种乐天派，对什么都不上心，嘻嘻哈哈开开心心的人；也有刘莱那种，永远一板一眼，讲究到刻板的人。或许是成长环境的原因，他们都不是害羞的人，有什么就会直接说什么，自信到有时候一意孤行。

相比之下，阮知秋成为一个不一样的特别存在，明明高高大大，也比自己年长，却害羞得像是比自己还要年幼、胆小。忽然间，张笑笑生出一种想法，想要逗一逗这个害羞的男生。

"好吧，我去吃些点心，就算原谅她。但是，我刚扭了脚，不想下楼。你去给我拿上来吧。"张笑笑双手环胸，倚靠在门框上笑言。

"要不要叫医生？"果然，阮知秋立马相信了她，并立即朝她的脚打量。

"不用，休息一下就好了。"

"好，那我现在下楼去给你拿。"

阮知秋点头，转身就要下楼，但是才刚走出几步又被张笑笑唤住。她说她改变了心意，还是想下楼去吃，可偏就不想自己走下去，转着眼珠要阮知秋背自己下楼。

张笑笑原本只是调侃，想看阮知秋尴尬脸红。却不想阮知秋并不多想，居然蹲下身子就答应了，这反让张笑笑自己一下子尴尬了。

她自然不想让人背，甚至她潜意识里不想让任何一个人靠近、接触自己。

"不用了，我自己走吧。"张笑笑脸上的笑意退去，自己从旁边侧身下楼。但脚上的拖鞋因为走得太急踩滑在台阶上，她险些滑倒，好在及时抓住扶手，也被阮知秋一把拉住。

这下，阮知秋更是对张笑笑扭了脚这件事深信不疑，尽管张笑笑一再推托，还是搀扶着她下楼。

就在他们出门的时候，祁清清与郁欢回来了。祁清清的表情变得震惊，之后扬手将一束采来的花丢到了阮知秋的身上，转身跑开。郁欢也对看到的一切皱眉。

那一瞬，张笑笑自心底有一股愤怒，难道她郁欢就觉得自己不应该被人照顾呵护？为何要皱眉？凭什么要用这样的眼神看她？

阮知秋追着祁清清而去，张笑笑自己站直身子。她本想解释这场误会的，但话至嘴边，又不想再解释。既然他们认定自己是坏人，已经打上标签，她何必解释。

张笑笑开始了我行我素，在房间里大声放着音乐，戴着耳机写写画画。而郁欢在一场大雨之后身体变差，厌食症与精神上的折磨让她几乎每天都要经历几次呕吐，无法进食，最后只能依靠注射营养药物来维持身体的机能。

同时，张笑笑也发现，原来凌锦呈就住在这栋别墅对面，临湖的那栋别墅里。看起来，又是一场他为之精心安排的巧合，只为能够离郁欢近一些。

张笑笑在郁欢入睡后偷偷推开门，扶着门把手，并不进入房间内部，只站在门口远远看着躺在床上的人。郁欢像一只失去生机的瓷娃娃，温软的床对她来讲显得如此宽大，她瘦弱地躺在其中，轻蹙眉头。

凌锦呈带着一小束花过来，也停在门外的回廊里。张笑笑关上门回头，打量着那束花，伸手抽了一枝在指间把玩轻嗅。

"你们都那么喜欢她，照顾她，可真让人羡慕。要是我生病了，你也会这样送我花吗？每天一束？"

凌锦呈沉默着，面上风平浪静。张笑笑就笑了，将那枝花重新插回花束中去。

"你可真是厉害，好像真的是和我从来没有见过的陌生人，一言不发，冷眼相看。我都要怀疑，是不是我只是遇到了一个和你长得像的人而已，那个人并不是真的你。"张笑笑仰着头笑说。

"你姐姐现在需要休息，照顾好她吧。"凌锦呈退后一步，转身下楼，将花束放在桌上离去。

张笑笑在二楼看着一切，之后又迅速小跑下楼追出门去，在花园的草坪上唤住了凌锦呈。

"她不爱你，一点儿都不。"

"所以呢？"凌锦呈冷冷反问，不曾回头。

"所以,如果你还有一点儿自尊心,有一点儿廉耻与自爱,你就应该放弃,她不值得你这样做。你这样是在作践自己,把自己变成一个悲哀的笑话。"

凌锦呈安静地听完了张笑笑所有的嘲讽,像是出于对一个在与自己讲话者的最基本尊重,然后在她话音落下后,翩然离去,不疾不徐。

阮知秋再次与祁清清来时,张笑笑看出了他们之间有问题,而那还是因为自己。阮知秋是个性柔和的阳光大男孩,对谁都很善意友好。所以当张笑笑提出自己需要帮助时,他总是伸出援手,这在祁清清看来,是一件极度不悦的事。

但是,似乎是因为谁都不想在郁欢生病的日子里爆发战争,祁清清每次来访时,尽量克制着自己对张笑笑的不满,有时候遇到了也只是走开。

阮知秋对祁清清有一种似乎没有底线的包容,不论她做什么、说什么,尽管他会嘴上说着反话,表现出一些不耐烦,或是不认同,但是只要是祁清清想要的,他总会为她做到。

张笑笑是羡慕这些的,一个从小相伴长大的朋友、哥哥,将来甚至会有更多的可能。这是许多人所向往的,张笑笑更是。她回想自己贫瘠冰冷的成长过程,似乎从来不会有谁这样对自己。

张笑笑在阮知秋去山上写生的时候跟了过去,找了篮子提着水果和自己做的果汁给他。但是她又不想表现得太过殷勤,只说那是阿南做多了放在冰箱里的。

"谢谢。"阮知秋放下画笔,擦擦手接过果汁瓶子拧开后递给张笑笑,自己则再拿一瓶拧开给自己。

"其实清清不是针对你,她只是有些任性,希望你不要太介意。"

"我请你喝果汁,你却和我一开口就聊祁清清,你还真把她当成小公主了?时时刻刻捧在手心上,记在脑子里。"张笑笑调侃。

阮知秋有些脸红地挠头,重新拿起画笔蘸颜料,道:"她和我一起长大,年纪比我小,我应该照顾和保护她的。"

"那是一种什么样的感觉?"张笑笑在旁边的草地上坐下,托着腮询问。

"感觉?没什么感觉,是件顺其自然的事吧!小时候有好吃的就想分给她,有好玩的想带她去,不允许别的小孩欺负她。渐渐长大后,做这些也不过是延续了习惯,没有任何感觉,就像……一切理应是这样的。"

"所以,她现在这样的公主脾气,全都是你宠出来的喽。"张笑笑捡起一块石子用力朝前丢出去。

"呃……也许吧,所以如果你对她有什么不太认同的地方,就算到我头上吧,是我把她带坏了。"

张笑笑听到这种理论,扭头看阮知秋,之后啧啧摇头。她觉得这个人在面对祁清清的问题时,真是到了不可理喻的地步。

这样被一个人宠着、包容着,让张笑笑羡慕,那是一件多么美好的事。

张笑笑在山上坐了一会儿,阮知秋与她闲聊了些在江浙的事,多半是与祁清清有关的。她听了一阵,有些倦怠了,就提起篮子下山。在经过邻居的房子时,她见到凌锦呈在窗后站着,面对着湖面的方向似乎在思考什么。

她去按响门铃,用人开门请她进去。她进屋将篮子放到桌上,拿了果汁一边喝一边看外面的湖,那里正有一对水鸟在嬉戏。

目光掠过桌上,张笑笑看到一个文件夹打开着,上面是一张小女孩的照片,下面是一些文件的复印件,在姓名一栏写着孟心。张笑笑对这个并不认识的女孩不感兴趣,就不再留心。

凌锦呈不说话,张笑笑自己在屋子内闲逛起来。干净整洁、黑白分明的装修设计,墙上的装饰画是抽象风格的。一只猫咪在屋内闲散地游荡着,在张笑笑靠近时它跳上了桌子,警惕地望着这个陌生人。

张笑笑伸手去逗猫,却不料那猫凶得很,伸爪就在她的手背上挠过,立即留下几道痕迹,渗出了血迹。

张笑笑吃痛龇牙,凌锦呈终于回过头来,走过来看张笑笑的手,微皱眉头,随后叫家里的用人取了备用药箱做简单包扎,之后让张笑笑跟自己去医院。

"就是一点儿小伤,哪至于去医院?我不喜欢医院。"张笑笑撇嘴。

"喜欢不喜欢,都得去。"

凌锦呈在张笑笑的脑后轻轻一拍,表示自己的话不容拒绝,随后敦促着她跟自己去车库。

凌锦呈开车载着张笑笑去医院,张笑笑就在车上的抽屉里闲翻,发现都是些无聊的东西,就作罢了。她撑着下巴询问凌锦呈为什么那么严肃,家里布置得跟酒店一样,车里也跟要买的示范车一样,没有一点儿个人装饰物品。

"你的人生,不觉得无趣吗?"

"人生本来就是件无趣的事。"

"才不是,人生应该是丰富多彩的,是你自己太严肃了。"

"也许吧。"

凌锦呈带张笑笑去打疫苗。张笑笑瘪着嘴一脸不乐意,说自己讨厌打针,最后拽着凌锦呈的袖口紧紧闭上眼睛,像是壮士赴死就义一样伸出胳膊。

医生在旁边被她逗乐了,笑着向凌锦呈调侃,道:"你妹妹真可爱。"

针头抽出来,张笑笑长呼出一口气,按住针眼,眼神犀利地望向那个女医生,道:"才不是我可爱,是你想搭讪他而已!不过可惜了,医生阿姨,他有喜欢的人了,你别费心思了。"

"对了,你也别想问他要电话了,你们不合适。"张笑笑站起身,再次补上一句话。

年轻的女医生立即红了脸,尴尬地拿着针无所适从,再不敢看对面的凌锦呈。

凌锦呈对此倒是坦然得很,拉开门示意张笑笑先出去,自己再冲医生道一声"谢谢",然后离开。

"我不是个会说话、讨人喜爱的人,对吗?"在回去的路上,张笑笑询问。

"为什么这样想?"凌锦呈反问。

"因为每次我说完话,大家都不太喜欢。"

"所以,你就得出自己不好的结论?这有什么关系呢,为什么要所有人喜欢自己?你又不是一件物品,要别人去喜欢你,给你评定价值。"

这是张笑笑第一次听见他的理论,以前她总是被教育要听话、要顺从,才会被人喜爱。第一次听到有人告诉她,可以不按照别人的喜好去定义自己。

"我很叛逆,不是吗?我妈妈说的。"

"那又怎么样呢?你不还是你,只有你可以定义你自己,别人也只是别人。"

凌锦呈淡淡地说着,转动方向盘绕过一个路口靠边停下。他从衣服里取出钱夹,抽出一些钱递给张笑笑,要她去旁边的店里给自己买个冰激凌吃。他在旁边有些事情要去处理,大概十五分钟后回来。

"你不会就这样丢下我不管了吧?这可算遗弃。"张笑笑拿着钱在手中边甩动边玩笑着调侃。

凌锦呈唇角微弯,道:"放心吧,小姑娘。"

凌锦呈驱车离开,张笑笑拿着钱去店内点了冰激凌吃。

说好十五分钟回来的凌锦呈,却在五十分钟后都没有回来。张笑笑又点了一个冰激凌,可是又过去了将近一个小时。天色已经开始变暗,路灯亮起来,凌锦呈还是没有返回。

冰激凌店要关门了,店内的工作人员客气地提出请她离开。张笑笑揉揉有些发麻的腿，起身离开。

街上没什么行人，车辆也是匆匆掠过。张笑笑站在路边，对于这个不太熟悉的城市忽然生出一些畏惧。她身上一无所有，甚至连件在入夜后抵御寒气的外套都没有。她试着沿街向前走了一会儿，但是发现面对十字路口更不知所措，所以想了想之后还是退回原来的冰激凌店外等候。她心里想着的是，凌锦呈会像之前在机场一样，也许会晚一些，但一定不会真的忘记自己。

可是，直到街上所有的店铺都关门了，行人也都散去，她也没能等来凌锦呈。她只能坐在路边的台阶上，环抱着自己的胳膊，将头埋在肩内。

半夜，有巡警的车辆经过。她被警察叫醒，询问她的名字与地址，为什么独自一个人待在这里。张笑笑将头抬起来，忽然就掉了眼泪，委屈极了。

警察将她带回派出所，值班的老警察给她找了件外套披上，又取了一杯泡面给她用热水冲上，把她当成了和家人闹不和，离家出走的叛逆学生，还讲起了自己年轻时的事。

"我年轻的时候也叛逆，和父母兄弟闹得不可开交，也离家出走，结果走了一圈害怕了，就回家了。可是又觉得没面子，于是躲在自家房子后面的大树下。"

"然后呢？"张笑笑捧着泡面杯子追问。

"然后呢，饿呀，就在家里人吃过饭后偷偷从后门溜回家，去吃剩饭，吃饱了，再溜出去继续在树下睡觉。那时候是夏天，蚊子多，咬得浑身都是包。可就是不想低头认错，憋在那儿不回家。"老警察说着，从抽屉里又抽出一包榨菜递给张笑笑。

"再然后呢？"张笑笑接过榨菜包再追问。

"再然后，我看家里人该干吗干吗，都不着急，每天还是下地干活，出门摘菜，好像根本没把我的离家出走当回事儿。我就心里委屈呀，觉得他们不在乎我。我就气了，想着要再次出走，而且一定再也不要回来了，于是就又走了，走之前又溜回家去拿了衣服和馒头。刚走到村口，我爸就来了，把我拎起来一顿好打，让我跟着他去下地。"

"最后呢？"

"最后就没有啦，全家人该干吗干吗，好像什么事都没有发生。只是会开玩笑说我好好的床不睡，偏要跑去后面睡树林，也不和大家一起吃热饭热菜，偏要去吃剩下的冷饭菜，大概是想体验生活吧。"

"他们不在乎你吧，你吃了那么多苦，他们都看不到，还当成笑话来讲。"张笑笑打开杯面，一边吃一边说。

"不，他们是在乎的，还非常在乎，所以总把后门为我开着，饭菜呢也总多做一些

放在那儿等我。当然,这些事情我也是后来才明白的。当年的我可是和现在你的想法一模一样,记恨了好些年头,后来只觉得自己真是幼稚了。"老警察说着,走过来接过张笑笑撕不开的榨菜包打开,再递还给她。

"他们应该直接接你回家的,还是他们的错。"张笑笑说。

"那为什么不是我直接回家呢?况且是我自己要出走的,不是吗?"

老警察的反问让张笑笑瞬间哑口,最后只能低下头,重新吃自己手里的面,但嘴里还是叨念了一句不服气。

老警察笑了,伸手拍拍张笑笑的肩,告诉她再过十几年,她会懂的。

不久,外面有人敲门,说家属来接人了。随后郁欢自门外进来,她瘦弱而苍白地立在那里,身上的针织衫像是挂在架子上一样。

"走吧,回家吧。"郁欢冲张笑笑招手,声音略带沙哑,手背上还贴着止血贴,尤为刺眼。

老警察站起身来,与郁欢交流了几句,大意是叮嘱家长注意青春期孩子的叛逆心理,要正确疏导,不要让张笑笑再独自离家出走,毕竟不是每一次都能遇到警察。

郁欢客气地道谢,领着张笑笑离开。

天空已经依稀呈现出鱼肚白的颜色,坐上出租车回家,张笑笑一直不曾说话。

后来,在郁欢问及她为什么会在夜晚独自留在街上时,张笑笑想过要说出真相,是因为凌锦呈带自己出去的。自己与凌锦呈也早就见过面,甚至还一起经历过生死。

她知道,这样讲出来,郁欢就会受到一定程度的刺激,她自己或许会得到一些成就感。但是,看着身边这个苍白瘦弱到像个纸片儿的人,她又心软了,不忍再去伤她。

"是我自己想出来走走,迷了路,没有别的原因。"张笑笑说。

"以后不要再这样了,母亲很担心。"

"她会担心?"张笑笑反问,之后笑了,道,"谢谢你美丽的谎言,但是我知道她不会。"

郁欢对张笑笑这样的语气有些不解,侧过头来看她,道:"你在她身边长大,她是你的妈妈,你是她身边唯一的孩子,不是吗?"

"是,全都是的,但是……并不是所有的妈妈都爱自己的女儿像爱你一样,我的姐姐。"张笑笑有点儿自嘲似的扬起唇角。

"她对你不好吗?"

张笑笑摇头,张蕊并没有对她不好,她给她足够的资金,吃、穿、学习,甚至是一定的娱乐生活机会，她对张笑笑一点儿也不吝啬。但是，她给张笑笑的，也仅仅只是这些。

这样的原因，自然是不被张蕊知晓的。她让张笑笑回到房间内与她通话，要求她马上回纽约，学校的事宜已经处理完毕，她不能再留在上海。

"我喜欢这里，我想留下来，为什么不可以？"

"你有你的家，有你该待着的地方。"

"这里是我姐姐的家，不也是我的家？"

"你要什么，我都满足你，离她远点儿。"张蕊提高了音量。

"妈妈，我能向您再要什么呢？我什么都不要，现在，此时，我只要留在这里。"

张蕊与张笑笑不欢而散。张笑笑离开房间，看到郁欢在一楼看着自己。她将对张蕊的怨恨再次全都归结到了郁欢的身上，由于她，才让妈妈对自己冷若冰霜，是她占据了张蕊所有的爱与关怀，半点儿不肯分给自己。

接下来的几日，张笑笑开始在这所房子里更加肆无忌惮地生活，大声放音乐，改变物品的原本摆放方式。她甚至将衣柜里郁欢的旧衣全部翻出来，一件件地去试穿，对着镜子看自己的模样，猜测应该是与当年郁欢一模一样。

郁欢对此并不介意，她只是客气地向阿南致歉，因为张笑笑给她增加了许多麻烦。阿南受宠若惊地连连摆手，说这些都是自己该做的工作。

张笑笑在吃早餐时，看到了凌锦呈被质疑的新闻，记者偷拍到他在机场行色匆匆的样子。旁边的文章写明是华睿公司的运营出了问题，现在内部怀疑是凌锦呈在与人联手意图做空公司，内部有消息传出将在本周的股东会议上，宣布对凌锦呈停职调查的决定。

张笑笑放下报纸的时候，就看到了凌锦呈。他还穿着一身精致西装，站在窗外的草坪上。张笑笑离开餐桌出门，站定到他面前后询问他为什么把自己忘在了街上。

"原因不重要，重要的是我没有准时出现，抱歉。"

"是因为公司的事？"

"不是。"

"那是为什么？"

"没有为什么。"

"能让你丢下我不管，而去解决的事情，除了我的姐姐和你的公司，还有什么？"张笑笑开始分析，之后意识到凌锦呈有了秘密。

"你有了秘密，是什么？难道是另一个漂亮姐姐？"张笑笑追问，双臂环抱，脸上

露出调侃的笑意。

她本不是恶意的,只是简单地开个玩笑,甚至她在真正见到凌锦呈时,已经原谅了他将自己扔在街头上的事。她对于他无从怨起,相信他必然是有重要的事,才会忘了而已。但是,她却没有见到预料之中的些许笑意或是解释,而是一张冰冷的脸。

凌锦呈打量面前这个少女。那种沉静、冷漠,像是对一个陌生者进行考量的眼神,让张笑笑感觉到一些不安。因为凌锦呈从未用这种眼神打量过自己,即使是初次见面时。

"其实,你根本不了解我,甚至可以说对我一无所知,不是我有了秘密,而是你从未触及过任何有关我的秘密。"

"你为什么忽然这么严肃?我有点儿害怕这样的你。我不问了还不行吗?我……我就是开个玩笑。"张笑笑开始不安,忍不住开始绞动自己的衣服下摆,稍稍后退。

"你不了解我的过往、你姐姐的过往,你只是一个局外人,你不懂的太多了。从前是我错了,让你觉得我对你好、关心你,以至于你会像如今这样放肆。现在,我希望你明白,于你,我只是个路人,我与你没有任何的情分与其他义务。"

"你不应该待在这里的,回美国去吧。"

凌锦呈留下一句话,之后与张笑笑擦肩而过,进入室内。余下张笑笑一个人立在那里,不知所措。

等张笑笑反应过来回家,上楼经过郁欢的房间门口时,她自半开的门口看到郁欢坐在椅子上,抱着一本册子弓起身躯。而凌锦呈则单膝跪蹲在地上,紧紧地揽着郁欢的身体,要她靠在自己肩上,以手轻轻拍着她的背,像哄一个孩子。

张笑笑回到房间。

这个房间在她没来之前是空着的,柜子里放置着郁欢从前的旧物。她疯了一般地打开柜子,将收拾好的旧衣服一件件全部拉出来丢到地上,把郁欢的那些旧物件也都打乱,一起扔到地上。她知道这样发脾气只是无谓地丢人,只是让别人看轻自己,可她就是控制不住。

"我又不是一件垃圾,凭什么你们所有人都想让我在哪儿就把我丢在哪儿,我偏不。"

最后,她在柜子的最深处看到一个盒子,仔细地封系着。直觉告诉她那是一件对郁欢很重要的东西,她跪着从柜子深处将其拉出来打开,见到一条旧了的蓝裙子。

她换上蓝裙子对着镜子看,然后走出去。

郁欢见到这条裙子,如同一潭死水被人倒入酒精点燃了火,她几乎是呵斥着要她脱下裙子,立刻、马上!

"脱下来，马上！"凌锦呈也走上前来，简单的五个字，并不大声，也不声色俱厉，但他惯有的那种冷漠无情的气场，即使是张笑笑都不敢忤逆。

此时的她，毫无疑问成了所有人眼中的敌人、坏小孩，连凌锦呈也不再对她包容。

张笑笑望着面前的两个人，妥协地转身进屋，关上门换下了裙子，然后拿起剪刀，将裙子剪破，自二楼向已经下至一楼的二人扬洒下去，以此来报复郁欢。

所有人都当郁欢是宝，围绕着郁欢，她无法改变任何事，分享半点儿同样的待遇。她只能以此来发泄自己的不满。

那是郁欢第一次在张笑笑面前显露出一种恐惧与愤怒，她不假思索地向那些飞下的破裙布料扑过去，试图接住它们，尽管已经破到不能再穿。

凌锦呈的表情也发生了变化，他随后去搀扶因为接破裙子而撞到桌子险些摔倒的郁欢，也同她一起将地上的那些碎裙布片收集齐，之后告诉她不要担心，裙子会修补好的。

"一条旧裙子，你们这么拼命，至于吗？"

张笑笑对他们的举动不解，直到凌锦呈带着将裙子碎片捧在胸口的郁欢出门离开。张笑笑戴上自己的帽子，换上运动鞋出门。

她去湖边跑步，拼命地跑，大口大口地呼气，最后汗流浃背地坐到一棵树下，对着面前的湖用最后的力气大声地喊，以此来宣泄内心的郁闷与难受。

她不想与郁欢起冲突，但是一次次她又克制不住自己的情绪，每次都被自己的任性占据思维的理性面。

隔着一些距离，张笑笑看到阮知秋和祁清清来看郁欢扑了个空。祁清清将一束花交给开门的阿南后离去，在门外与阮知秋说了些什么。阮知秋就不再与她同行。

阮知秋若有所思地到湖边静坐，张笑笑远远看着，也没出声。直到天上开始下雨，阮知秋赶紧起身朝树下跑，绕过树干才发现张笑笑坐在树下。

"这么巧，你也躲雨？"

"不是巧，我一直在这里。"

阮知秋有些不好意思地咧嘴笑了，拂了拂肩头上的雨渍，道："那是我闯进来，打扰你欣赏风景了。"

"我没有欣赏风景，我只是坐在这里，仅仅是坐着。"

阮知秋有些尴尬了，似乎他从前没有遇到过像张笑笑这样任性的人，尖利，像是只刺猬。但想一想，他又瞬间想到了一个人，跟她真有几分相似。

"你们女孩子生气的时候，我们男孩子说什么都是错的，真是麻烦得很。我还是不

要再说话了吧。"阮知秋笑着摇摇头，有些无奈。

"嗯，那就不要再和我说话了，安静点儿。"张笑笑侧过头看向湖面。

雨水不停落下，那湖面也水雾蒙蒙，激起的细小水珠如同无数透明的水精灵，在水面上肆意跃动。

阮知秋在树下站了片刻，之后冒雨跑了出去。张笑笑从湖面上收回目光看过去，只见到他穿着白衬衫的背影在雨中快速向前跑，衣衫湿透了贴到背上。

几分钟后，阮知秋撑着伞回到树下。他笑了笑，将一把伞靠到树上，也没再说什么，转身撑着伞离开。

"不要让你姐姐担心。"阮知秋的声音在雨里传来，像是最后的叮嘱。

之后，阮知秋举着伞朝前走。一辆黑色的轿车停下来，是之前祁清清所乘坐的那辆。阮知秋将伞撑到车窗上，那车窗就摇了下来。里面的祁清清似乎是说了些什么，神情傲慢中略带怒气，阮知秋就耐着性子解释了一番。最后祁清清远远地看了一眼树下还靠坐着的张笑笑，别过脸去，朝里面挪动位置。阮知秋就拉开车门收伞坐了进去。

祁清清的傲慢与骄傲是写在脸上的，由内而外散发着那种大小姐的脾气，甚至蛮横跋扈。但即使是这样又如何？有人心甘情愿地宠着她，就算她把天给捅出个窟窿，也会有人替她补，还护着她。全世界的人都为难她，还是有人会义无反顾地护着她。

张笑笑忽然明白了一件事，一个人是否被人宠爱，与个性无关，与外表无关，更与你是否懂事成熟无关，只与那个人是否足够幸运有关。

被爱，从来是一件靠运气的事，努力是最无用的徒劳。

第十一章

爱与被爱是一个圈

阮知秋和祁清清的车远去了，张笑笑自树下站起身，拿起伞撑开，也走进雨幕。她暂时不想回家，就信步沿着道路在这片别墅区内闲走。直到最后鞋袜全被水泡透，她也有些累了，才在一处屋檐下止步，站在门口望着大雨发呆。

有人招呼她进屋躲雨，她摆摆手表示不用。与其进屋去和一群陌生人会面，不如就这样站在屋外更安静自然，雨有何惧？惧的是人。

有人也自远处跑来，顶着一个背包，匆匆忙忙，跌跌撞撞，看起来有些滑稽。那个人渐渐近了，也冲到檐下，甚至毫不客气地也躲到张笑笑撑着的伞下，带着满身的雨水，溅到张笑笑身上。

张笑笑皱眉，对这个莽撞的不速之客表现出防备与不喜。但是当他将头上的背包放下，露出一张笑脸时，张笑笑不由得惊讶地微张了嘴。

"怎么是你？"张笑笑不由得惊问。

"嘿，怎么就不能是我了？"阿图咧开嘴，有点儿痞气地歪头，用手将湿发朝后故作帅气地撩过。

"你不在纽约待着，跑来上海干什么，疯了吗？"

"你不在纽约待着，跑来上海干什么，疯了吗？"

阿图一字不落地将张笑笑的质问又笑着反问了一遍，拍着满是雨水的背包，水珠全溅到张笑笑脸上，让她一通闪躲退让，嘴里连连埋怨。

阿图不仅没有停下手，反而将背包抬高了一些，追着张笑笑凑得更近，更大力地拍打，让水珠溅得更多，嘴里也是埋怨指责。

"好你个张笑笑，还留书出走，一言不发就开溜，你真当我没脾气是不是？你真当我不会生气是不是？"

"我又没让你追着我来中国，是你自己要来的。"张笑笑抬手，一边挡水，一边不服气地避让。

"那你就能留书出走吗？你知道我多担心吗？万一你出了事，我就是最后和你接触的人，我会有多大麻烦知道吗？万一你失踪了、被拐卖了，我就是最大的嫌疑人。我会被起诉、被抓、被关。我这么年轻帅气，可就要被你害惨了，知道吗？"

"哪里有那么严重？就你戏多，你该去拿奥斯卡编剧奖了。"张笑笑退到墙边，再无可退，只能拿手挡住脸，将身子缩成一团。

阿图来到她面前，伸手朝墙上一撑，抓住张笑笑挡脸的手腕，故作凶相，但是又忍不住眉梢眼角都是笑意，道："说你错了，以后再也不这样做了。"

"不说。"张笑笑也故作凶相，倔强地抬起下巴。

"好，那我们就耗下去，反正我有时间。"阿图伸手拿过张笑笑手里的伞，在空中划过半个圈后靠到自己肩头，故作一副痞气姿态。

"把伞还我，我要回家了。"

"不还，说你错了，保证再也不留书出走。"

张笑笑吃软不吃硬，尽管知道自己错了，但是绝不会在这种情况下低头服软，她翻着白眼将阿图推开，自己冲进了雨里，大步离开。

看张笑笑走掉，阿图又慌了，连忙拎起地上的背包，撑着伞追上去。

"这么大的雨，你别这样淋着呀，好了好了，我不逗你就是了。"

阿图将伞撑到张笑笑头上，另一只手将背包甩到身后，抹掉额际的雨水，啧啧摇头道："果然是脾气大得很。"

阿图先低头服软，张笑笑那点儿倔强又全都消退下去。站在伞下看面前被雨水淋得狼狈的人，她也叹息一声。

"阿图，对不起，我错了，下次再也不这样做了。"

张笑笑道歉，阿图咧开嘴笑了，伸手在张笑笑肩膀一拍，道："我原谅你了。"

之后他们在一处公交站台下避雨，阿图告诉张笑笑。在她离开香港后，刘妍第二天来酒店接他们，当时一起来的还有她的未婚夫林辰年，之后失望地离开了，而他则马上返回了纽约。

现在，他有一个小假期，所以来找她，想邀请她一起去旅行，然后回纽约。

"我能看出来你不开心，所以跟我回去吧，回纽约。那里有艾米丽和刘莱，也有你熟悉的街道和学校，那里有你的生活。"

张笑笑望着前面被雨水拍打的水泥路面，没有回答。阿图也没有追问，给她足够的时间思考。

雨停后，阿图送张笑笑回家，然后再返回酒店。

临行时，张笑笑问了阿图一个问题。

"为什么你总能找到我？可别告诉我是巧合，或是你聪明这种理由，我不信的。"

阿图狡黠一笑，抽出手机晃了晃，道："我和朋友做了一款账号关联的软件，只要装在手机里，就能关联指定人员。只要对方使用手机，就能查到对方的定位信息。"

"这就是说，你在我的手机里装了东西监视我？"张笑笑蹙眉。

"不能这样说，是关心，关心。"

张笑笑翻了个白眼，道："你什么时候装的？我怎么不知道。说，不许撒谎。"

阿图咧嘴笑，双手插在裤兜里，耸起肩膀滑稽地在地上左右摇晃，小声道："就是

圣诞节，在医院的时候。"

张笑笑一听，立即扬手举高，吓得阿图缩起了脖子。张笑笑自然是没有真的去打阿图，而是抽出手机递出去，要他立即解除关联。

阿图摇头，露出苦脸，道："软件还是试运行，在测试定位的准确性。你就当帮帮我嘛，以后万一这个软件能找到不错的公司卖出去，我请你吃大餐。"

张笑笑递着手机不说话，阿图就垂下眉头，抿嘴做出一脸苦相，双手合十表示恳求，接着又扮起了可怜，道："你是知道的，我们这种年轻人自己搞研发是多么不容易，每次测试失败都好难过的，收集数据不容易，做程序不容易，修改也不容易……"

阿图开启了可怜的模式，絮絮地诉苦起来，极不情愿地抬手去接张笑笑的手机。张笑笑又在最后抽了回去，一脸嫌弃地斜翻着白眼瞟他。

"行了行了，看你可怜的分儿上，我就再借手机给你收集一阵子数据。但是你听着，从现在起主动权在我手上，哪天惹我不高兴了，我说取消就得立即取消，懂吗？"

张笑笑故作凶相地讲自己的规则。阿图立即变了表情，一脸笑容地连连点头。

"好好好，一定听您的。"阿图拿起旁边的伞，一脸殷勤地将雨水抖一抖，再收好双手奉到张笑笑面前。

张笑笑忍不住被他逗笑，伸手接过伞，抬手做了一个手势，然后先行走开。

"嗨，我会在中国旅行一周，然后回纽约。你如果改变主意了，就联系我。"

阿图在背后提醒她，张笑笑头也不回地挥了挥雨伞，当是听到了。

张笑笑心情不错地进门，似乎这是她来上海后许久没有过的愉悦时光。但是当进门之后看见郁欢，她唇角的笑意不自觉地隐藏起来。

郁欢坐在沙发上，凌锦呈正打算离去。两个人在门口擦肩经过，凌锦呈的眼神平静无波。

电话响起，阿南接起来后转给郁欢。郁欢简单地回应了几句后，将听筒递向正准备上楼的张笑笑。张笑笑停滞一下，又从台阶上下来，走过去接起电话。

电话那头的张蕊再次要求张笑笑回美国，告诉她已经订好了机票，也会安排人去接她。这一次，张笑笑没有再强烈地反对，只说了一声"自己累了"，之后结束对话。

隔天，阮知秋和祁清清给郁欢送来一幅装裱好的画。那是出自阮知秋的手，画着郁欢，画上的人安静到悲伤。郁欢说很喜欢那幅画，但张笑笑远远地趴在二楼的栏杆上，感觉到郁欢并非真心喜欢。她在看到那幅画时，眼神在闪躲。

果然，那幅画并没有挂进郁欢的卧室，而是挂在了别的地方。在众人离开房子后，张笑笑独自一个人去房间打量那幅画。

画上的女子眼眸微敛，长睫下垂，迎着窗户收敛心性地沉默着，脸上的表情沉寂，穿一身白色的宽大长裙侧坐在窗前的椅子上，窗前是薄薄的白色窗纱，一只猫咪在窗户外露出头来，正在窥探室内的人，而室内的人却丝毫不曾察觉地沉浸在自己的世界内，有一缕阳光自薄纱间倾泻出来，落在她交叠放置在膝头上的手上。

张笑笑惊异于那幅画的美，又讶异于画上郁欢的孤独，像是一棵树，一棵处于繁华人世间熙熙攘攘的中心、却丝毫没有半点儿烟火气息的树。那种气息，与凌锦呈如出一辙。

"他们可真像呀。"张笑笑忍不住感叹。

那种像，不是容貌上的，不是年龄上的，是气息与灵魂，思想与心境，是从一双眼里透露出来的内心世界的重合。像莱布尼茨所说的"凡物莫不相异"，世界上没有两片完全相同的树叶，每个人也都如同一片树叶，找不到相同的另一片。

可这幅画上的郁欢，让张笑笑觉得，她与凌锦呈就是那不可能相遇的两片树叶，相似到了让她怀疑，那画上人的眼睛，其实就是凌锦呈的眼。

忽然之间，张笑笑懂了凌锦呈曾说过的那些话。他说不爱郁欢，是因为他将郁欢当成了另一个自己。那一模一样的气息与心情，是惜，是怜，是对自己同类的一种相依为命，他大约是将郁欢当成了自己生命的一部分，不可分割。

有脚步声靠近，张笑笑回过头，看到凌锦呈自门口缓步进来。他也在打量那幅画，平静如井的眼中毫无波澜，甚至像是看不到张笑笑的存在，将所有的目光与注意力投在那幅画上。

半晌过后，凌锦呈收回目光，像是有些疲惫一般。他邀请张笑笑同自己一道出去散步，说要讲个故事给她听。

张笑笑顺从地跟在后面，同凌锦呈在湖边行走。之后凌锦呈讲了一个上个世纪末发生在几个家庭之间的故事，洪水、牺牲、英雄与遗孀，孤儿与孤女，每个人在故事里有着自己的无奈和心酸，无力抗拒。每个人又都鲜衣怒马，无所畏惧地与之对抗。

故事里，那个女孩的父亲牺牲于洪水中，母亲因舆论压力而丢下年幼的她远走他国。她与年迈的奶奶相依为命，撑起整个生活的重担，最后在她生活终于有一些起色时，奶奶离她而去，她的爱人也离她而去，她的姐妹同样离她而去。

爱她的与她爱的人，都离开了，最后留她一个人孤勇于世。

命运在她面前，像是一只大手，翻云覆雨，鼓动沉浮。她在这只大手下面上上下下，伶仃如萍，但始终都不甘低头，拼力一战。所有的悲喜怨悔、痴嗔爱恨，如过幕大

第十一章 爱与被爱是一个圈

戏，如穿风之蝶，在大好的年华里纷纷上演，也纷纷落幕，最后归于静寂。

张笑笑听着那故事，如听一出陌生天书。那样的人生路线是与自己截然不同的，她不曾为钱发过愁，不曾为吃穿住行担过心。她不曾遇到过危险，不曾背负过压力。与故事里的人相比，她的人生如一帆平稳的舟，自时间最初点行至如今。

"那条裙子，是她奶奶亲手做的，也是最后留给她的东西。她自己从未舍得穿过。"

凌锦呈平静地告诉了她这个事实。张笑笑脸上没有表现出什么，只将垂在身侧的手攥紧了，心中涌起悔意。

"我……我……"张笑笑想说些什么，关于她剪了郁欢的裙子的事，想说她不知道，或是很抱歉。但是，连她自己都不愿意接受这样的道歉，因为那太单薄无力了，对已发生的事，没有任何改变与补救。

走到湖边的路口处，凌锦呈停下来。远处的司机拎着行李与外套走过来交给他，他冲张笑笑微微点头，之后朝不远处的家走去。

张蕊的到来是意料之外的事。她放下行李后就与张笑笑单独谈话，谈话的结果就是两个人不欢而散。张笑笑跑出去敲开了凌锦呈的家门，告诉他自己现在离家出走了。

凌锦呈接纳了她，安置她在客房住下。随后郁欢来看她，尽管她没有说话，却留下了她可能会用到的一应物品。

第二日清晨，郁欢又来了，与凌锦呈交谈一些事。但是当张笑笑走近时，他们收住了话题。张笑笑再次看到了那个收集了女孩资料的文件夹，这次她记住了那个女孩的名字，叫孟心，文件的标题是一份领养申请。

郁欢邀请张笑笑同自己一道回家，张笑笑拒绝了，声称要以此威胁张蕊让她留下。但事实上，她的内心却已经有些动摇了。

回到房间，张笑笑躺在床上，想着自己来到上海的一切经历。她一再地做出了令自己后悔的事，她很自责。也许正如阿图所说的，她在这里并不开心，所以也许回到自己熟悉的生活里，真是最好的选择。

她打电话给阿图，告诉他，自己会同他一道去旅行，然后一起返回纽约，回到原来的生活中去。

做出了决定，张笑笑心里空落落的。尽管开着音乐，她依旧觉得心里很空，所以当手机的社交圈上跳出一个聚会活动时，她没有再像从前一样拒绝，而是点开了信息。

有附近的人说可以来接她，她没有拒绝，收拾打扮之后坐上一辆顺道来接她的车，然后跟着一群不太熟的人出发。当车子在一处酒吧林立的地方停下后，她忽然后悔做了这个决定。她并不喜欢这里，虽然她特立独行，但她并不喜欢这种生活。

于是，她提出离开，并且不顾劝阻，坚持作别离开，尽管所有人都表示了不悦。她取出手机当场退出那个社交圈，以此昭示自己的决定，告诉所有人不要再烦她。

走到街尾人流不多的地方，张笑笑在花坛边坐下，盯着面前的人流发呆。这时，她才发现，原来孤独与失落，不是到一个热闹的地方，找一群人在自己身边就可以消除的。那些人就像在玻璃罩外游动的鱼，自己站在玻璃里面看着，除了衬得她更孤单，没有任何别的用处。

当郁欢出现在街头时，张笑笑一眼就发现了她。因为她与这里太格格不入了，一身素衣，素颜，瘦弱又安静的人和这条街像是冰与火的对比。

张笑笑并没有立即上前与她打招呼，她不知道应该说什么，也不想和她在此时说些什么。她决定从此刻起，就当她是个陌生人，自己回归自己的生活，她回归她的生活，以后就各归各的路，就像从来没见过一样。

随后，一个醉酒的女人拦住了郁欢，与之纠缠。张笑笑立即站了起来，推开人群走进去，将郁欢护在身后。事件最后以凌锦呈的出现而平息，他将姐妹两个人护在身后，然后平安带离。

后来在送两个人安全到家后，张笑笑告诉凌锦呈，他出现的时候像王子来营救公主一样帅气又迷人。

凌锦呈唇角微微上扬，道："我从来不是王子，只是一个平民，无名无姓的平民。而这里，也没有童话，有的只有乏味的现实。"

"你会担心我吗？"在郁欢的房门外，张笑笑这样发问。

郁欢疲惫地回头，道："你自己好自为之吧，我不确定能够每次都照顾好你。"

郁欢伸手去关自己的房门，关至一半时，她又停下动作，道："今天谢谢你为我挺身而出。"

"也谢谢你去接我回家。"

隔天，张笑笑去车站与阿图会合。他以招牌式的大笑脸迎接张笑笑，兴奋地告诉她自己这几天拍到了许多不错的照片，同时他也将之前拍到的照片发给了《国家地理》杂志。

他们一起去了云南，依旧是阿图做的计划，一张地图上贴着标签，做着笔记，用不同颜色的笔圈出一定要去的地方，和也许要去的地方。但大多数时候又都因为天气或时间的原因，没有按照计划行事。

去最远的香格里拉，在那里遇上大雨，他们穿着雨衣瑟瑟发抖地下车行走，前往住宿点，结果那里停电断水，只能用雨水洗澡，用蜡烛照明，和来自不同地区不同肤色的人挤在一起讲鬼故事。

阿图发起的鬼故事聚会，最后以阿图吓得抓紧了张笑笑的胳膊而结束。在回去的路上，他一直左顾右盼，告诉张笑笑今晚一定不要睡得太死，否则他害怕。

张笑笑翻着白眼直摇头，不知道为什么这样一个人偏又爱四处走，如果没有自己在，他又不知道要怕成什么样子。

之后去木府，去茶马古道，再去藏族同胞聚居区，阿坝……张笑笑第一次如此长时间地远行，见识到与自己自幼生活的城市不一样的风景，感受天地的开阔广袤。站在山顶俯瞰下面的草地与山花，绵延看不到边际的土地，她忽然发现自己真的好渺小，小到微不足道。

她接到郁欢的电话。郁欢询问她在哪里，是否安全，是否一切都好。

"嗯，都好。"她站在山顶用手捂着耳朵，以减轻风的干扰，以便能听清电话那头的声音。

"我不应该冲你大吼的，对不起，笑笑。"郁欢说道。

"我也不应该乱动你的裙子，对不起。"张笑笑回道。

"一切小心，累了就回家来吧。"

张笑笑有片刻的沉默，再以单音节"嗯"回应了一句，之后结束通话。阿图握着一束山花跑来递给她，惊呼出声，问她"为什么哭了"。

张笑笑抬手去抹掉眼泪，笑着说山上的风太大。她将花束举起来，跳着朝空中撒出去，笑着在山顶奔跑。

这一趟旅行，让张笑笑思考了很多。像是一场拉锯，她与郁欢之间的那堵厚墙终于有了一丝裂纹，她似乎可以感受到有光与热自那边传来，虽然微弱，却让她兴奋。

停留几天后，阿图与张笑笑一起返回上海。他们在路边作别，约定一起返回纽约的时间，在机场见。

第二天，张蕊离开上海，张笑笑也与之同行。

郁欢送两个人至门外，她依旧瘦弱苍白。

在机场与阿图会合，他对初次见到的张蕊没有多少局促不安，像是一个大人般问好，伸手与张蕊挥手，告诉她自己是张笑笑的好朋友。

张蕊坐头等舱，张笑笑却选择了经济舱，与阿图坐在一起。阿图兴奋地讲着自己与朋友的研发进展，也说着自己最近拍的照片里那几张他觉得惊艳的作品，还邀请张笑笑在假期与自己一起去大峡谷拍照片。

张笑笑欲言又止,在被追问时,她又只是摇了摇头,说没事。

张笑笑回到了学校,艾米丽高兴得哭了,抱着她又跳又叫。张笑笑将一些小物件送给了她。她立即挂到自己的书包上,像是得到了什么宝贝一样。

凯丽也回到了学校,她在放学的时候将张笑笑拦下来,掏出手机将一些照片展示给她。照片上,艾米丽拿着一本笔记本站在扫描机前正在操作。从那本笔记的封面,张笑笑一眼就认出是自己做了整理的那本。

"你知道吗?你失去了交流学习的资格,你的好朋友艾米丽顶替了你,她会在暑期代替你去华盛顿交流学习。"

凯丽说得得意,等待看张笑笑震惊又愤怒的表情。但张笑笑却只是静静地看着,挑起眼皮儿,打了个哈欠。

"就这些?你想说明什么?"

"你可真蠢,我要让你明白,是你的好朋友出卖了你,印了你的笔记。"

"我做的笔记分享给她了,我愿意分享给我的好友,有什么问题?"张笑笑斜眼看她,抛出反问,然后将书包甩上后背,自旁边离开。

晚上,艾米丽在家里准备了零食与饮料,邀请刘莱和阿图,还有一些关系不错的朋友前来。她搬出一台点唱机,告诉众人,这是她爸爸因她考试成绩突出而奖励她的奖品。今天为了庆祝张笑笑回归,首次拿出来用。

众人鼓掌,吃着零食喝着饮料去唱歌,也有的在打游戏。艾米丽将张笑笑叫到自己房间,神神秘秘地递给她一个盒子,告诉她这是一份欢迎她回归的礼物。

张笑笑打开,发现是一双高跟鞋。随后,艾米丽大笑着也从柜子里拿出另外一模一样的一双,提在胸前比画。

"夏天来了,我们又长了一岁。这个周末,我们尝试穿高跟鞋吧,我特意买了一样的送你。"

张笑笑说着"好",将高跟鞋重新放回盒子里,迟疑之后,目光沉静地看向兴奋地在对着镜子比画鞋子的艾米丽。

"艾米丽,你有没有什么想对我说的?"

"有呀,我想死你了,你不在的这段时间,我都想飞去中国找你了。"艾米丽又取出一条长裙,对着镜子比试着回答。

"只有这些吗?"

张笑笑问得平静,平静到与艾米丽的热情形成鲜明的对比。之后她比试着裙子与鞋子的热情僵在脸上,裙子还挂在脖子上。她渐渐转过身来看张笑笑,随后意识到了什么。

"你……你知道了?"

"对,我知道了,但是我还是希望你能自己告诉我。"

艾米丽将套到脖子上的裙子取下来丢开,鞋子也踢掉,小跑到张笑笑面前抓住她的手,急得泪都流了出来。

"笑笑,你听我说,我偷印了你的笔记。我错了,我真的错了。"

"你别哭,接着说。然后呢,我不信你会做小抄来陷害我。"张笑笑扶住艾米丽的双肩安抚她。

"我只是复印了,然后凯丽把复印件拿去了。我以为她只是想自己用,不知道她是要陷害你。要知道是这样,我一定不会听她的,一定不会让她拿走的。笑笑,对不起,真的对不起。"

"你为什么要听她的?她威胁你了?"张笑笑询问。

艾米丽点点头,之后红了脸,道:"她把我的书包抢去了,拿走了我的日记本,说如果不按照她说的做,就把我的日记本拿去复印几百份后公开。"

"什么笔记?"张笑笑拿过纸巾盒,抽出纸巾递给艾米丽。

"是……是……是我写的日记。"

艾米丽支支吾吾,不肯再说。张笑笑略略一想,忽然明白过来。她大概是在日记里写了些不想让别人知道的秘密,自己再追问也不是好的选择,就不再多问。

"笑笑,对不起,真的对不起,都是我太没用了。"艾米丽又哭了起来,用手背抹起眼泪。张笑笑叹息一声,再次抽纸巾递给她,轻轻拥抱她。

"好啦好啦,我知道你不会对我有什么坏心思的,这件事跟你没关系。"

"真的?你真的相信我吗?我担心了好久,我真的不知道要怎么向你解释。我怕你不相信我,因为真的是我偷印了你的笔记。"

"信你,信你,我还不知道你?就那么点儿胆子,哪还指望你有那心思和胆量去栽赃算计别人,也就只有你被别人算计的份儿。"

"啊?什么意思?"艾米丽茫然反问。

"哎呀,没事了,你去继续试你的裙子吧!那件蓝色的试穿给我看。"

艾米丽还没回过神,张笑笑用纸巾胡乱地在她脸上擦了一下,催促她去试衣服,将此事带过,再不提及。

第二天，张笑笑与艾米丽依旧有说有笑地出现在校园里。凯丽将一切看在眼里，恨得咬紧了牙根。

放学时，凯丽果然再次拦住了张笑笑，挑衅道。

"明明知道那个金发妞背叛了你，还装作不知道，你是有多缺朋友？"

"我说过了，我的笔记我愿意分享给她用。"张笑笑不耐烦地开口。

"你撒谎，你根本不知道。她是偷印的，她告诉我的。"凯丽愤愤还击。

"哦？她为什么告诉你？她与你关系并不好，甚至害怕你，她怎么会告诉你这些事？你又怎么会拍到这些照片的？"

"哈哈，她就是个蠢到爆的金发笨妞，脑袋空空。我三言两语就吓得她让干什么就干什么，你管得着吗？"

"哦，所以是你威胁她做的，你承认了。"张笑笑点点头，似笑非笑地看了凯丽一眼，自旁边淡然离去。

当天晚上，负责处理作弊事件的老师与凯丽的母亲都收到了一份录音，是凯丽自己承认了威胁艾米丽的事。艾米丽也写明了事情的经过，附带着发送过去。通过这些证据，不用再多想也能明白，这场作弊风波里，众人所扮演的角色。

凯丽是始作俑者，艾米丽是被威胁者，张笑笑是受害者。

做完这一切，阿图轻松地滑动椅子后退，得意地冲旁边站着的张笑笑挑眉，道："就是提取一下录音，再查个邮件地址，发个邮件，多简单的事。"

张笑笑把桌上的录音笔重新收起来放进包里，顺手拿起桌上的一个苹果丢给他，道："赏你的报酬。"

"那笔可是我送你的圣诞礼物，看来你用得不错。明年再送你一个升级版的，带定位的。"

"别，别了，我谢谢你全家了。您就少在我身上收集数据了，试着去收收别人的，比如刘莱的、艾米丽的。"

"好主意呀，我是应该试试的。如果用几个人的定位组成线性连接，然后进行分析，说不定还能对人物路线设计形成预见性的规划。这样一来，这款软件就不只是定位那么简单了，还可用于交通设置、计划推荐……"

阿图被张笑笑一句话点醒，之后喃喃自语，陷入了沉思。之后，他又忽然像是想通了一件重要的事，"噌"地一下从椅子上弹跳起来，就朝门外跑。

"喂……喂……阿图你怎么了……"

阿图跑出门，之后又飞也似的跑回来，抓起地上的背包再次匆匆跑离。

"张笑笑同学,你真是我的缪斯!"

阿图扶着门框,用极尽夸张的表情说出一句话,然后习惯性故作帅气地向后撩过头发,单眨左眼,再快步跑下楼离开。

张笑笑不知道发生了什么,但也笑了,甚至笑得收不住。直到看到房间镜子里的自己满脸笑容的样子,她才惊讶,自己何时这么爱笑了,还笑得这么灿烂。

翌日清晨,张笑笑去见老师。她坐到老师对面,看到老师局促不安的表情,就知道她已经收到并看过邮件了。

"我会向学校反馈,恢复你的交流资格,并向你公开道歉。同时对凯丽做出相应处理。"老师交叉的双手一边不停扭动着手指,一边开口。因为这样的错误也许会影响她在校方领导眼中的定位,同时在见识过张蕊用律师处理事务的风格后,她担心如果张蕊追究下去,这件事甚至会引起职业危机。

"老师,你不需要上报,也不需要将这件事情公开,只需要做一件事,这份邮件就永远没有别人会知道。"

"什么事?"老师问。

张笑笑微笑。

一天后,凯丽便以被分配精准学员为由,调离了所在的班级,从张笑笑的班上消失。没有人对这个平时飞扬跋扈的女同学有好感,她的离开只会让班上众人更轻松,所以甚至有人在她离开时鼓掌。

凯丽狠狠地瞪了众人一眼,最后瞪向张笑笑。

张笑笑一脸平静地微笑回应,更显得她像一只斗败了的公鸡,极其狼狈。

之后是平静的生活与学习,直到学期完结。在艾米丽的提点下,张笑笑将由于停课而落下的课程仅用了几天就补了回来,让艾米丽摇头惊呼。然后她捧着张笑笑的头一直晃,说想知道这个脑子里装的是什么,为什么这么聪明。尤其张笑笑对数学的一点即通,让艾米丽真是羡慕极了。

"你们亚洲人在数学上的天赋,简直令我嫉妒。"

阿图一边上着学,一边继续与朋友研发项目。他说希望自己将来能够拥有专利权,将他们的研发成果发表出去。如果毕业后有机会能在硅谷工作,那现在做的一切就是最好的回报。同时,他也会将自己拍得好的照片寄给《国家地理》杂志,似乎他对上刊有着一种执念。

刘莱还是那个样子，走到哪里都一丝不苟地把自己打扮成一副公子哥儿的模样。因为长了个子，又定制了一批西装，去取衣服的时候又开着车带上几个人一起去，一件件地试穿出来让大家看。张笑笑和阿图都一脸无奈地摊手，不知道一个男生对试穿衣服也能有这样浓厚的兴趣。倒是艾米丽，如同见到了同类，一件件地认真点评。只是两个人的审美有些出入，并不太能统一意见。

刘妍也回纽约了，还在家里办了几次宴会，都邀请张笑笑参加了。但张笑笑记得与林辰年的约定，以各种理由推掉了。她不知道刘妍与林辰年之间有什么问题，但是她既然与林辰年有约在先，又不想让刘妍因为一些事情而打破现在的幸福，所以她选择以最好的方式，尽量远离她的生活。

郁欢在国内又做了一次手术，凌锦呈陪在她身边。之后她开始工作，并开始寻找从前自己的一个姐妹。为此，她走过了好多个城市，这些都是从张蕊的只言片语里得到的消息。

夏天结束的时候，在阿图的组织下，他们去了大峡谷。刘莱背着包赶来，艾米丽闻讯也强烈要求一起去，最后四个人出发。

艾米丽化着美美的妆，带了许多衣服前往，一套套地换着，站在山顶拍照。刘莱一边抱怨麻烦，一边还是按她的要求去做。阿图则热衷于拍风景，痴迷于造物主把这个世界的美好慷慨地给了这样的山川与大河。那种雄伟壮丽的美，是他想用一生都去收集与定格的事物。

张笑笑则坐在石头上，欣赏眼前的景色，觉得不论从媒体上看到的照片与影像有多震撼，也不及自己现在看到的一切，真实的感观带给她强烈的震撼。

忽然之间，她在想大洋另一端的郁欢现在如何了。如果她能见到这样的景色，会不会也同自己一样喜爱，她的身体好些了吗？她现在是否能吃得下食物？她的眼睛是否还反复地发病？她与凌锦呈之间现在是否能够有所改善……

她在担忧郁欢，抑制不住地关心。她忽然明白，原来有些事情发生了就是发生了，有些人进入了生命就是进入了，不可能你退回原来的位置就可以真的把一切抹去，当作没有发生过。

郁欢，已经成为她生命里的一个角色，她张笑笑已经不可能再当她不存在。

张笑笑取出手机，拨打了郁欢的电话。手机响了许久才被接起，因为郁欢正在睡觉。张笑笑说着抱歉，她忘记了时差，只是忽然想到了郁欢，想打给她。

"没关系，你好吗？"郁欢在那头询问，带着刚睡醒的鼻音。

"我很好,你好吗?"

"我也很好。"

沉默了片刻,郁欢翻了一个身,像是坐了起来。

"院子里的花开得不错,如果有时间,回来看看吧。"

"好,我会考虑。"

挂断电话,张笑笑将头枕在膝上,闭眼任来自山谷的风轻拂自己的脸。

傍晚,几个人在山顶上铺开毯子就餐,欣赏日落。阿图计划着冬天的假期去非洲大草原,刘莱觉得会有危险,艾米丽想会不会有蚊虫使皮肤过敏。张笑笑没有立即答应,只说会考虑。

在回程分开时,阿图再次说起自己的计划,张笑笑却用一个笑容温柔地打断了他。

"嗨,阿图。"

"什么?"阿图疑惑。

"我要回中国去了。"

"什么时候回来?我也可以一起去,我一直想去沙漠……"

"我是去定居,也许不再回来。"

阿图的话被打断,愣在那里。他拉动肩上的背包,又将手里的相机不断地换着手,之后才挤出笑容,道:"你想好了?"

"嗯,我想好了。"

"你在那里并不开心,不是吗?这样舍下熟悉的朋友与生活,值得吗?"

"可是,那里有我的亲人呀。"

阿图没再说什么,低下头沉默了片刻,再抬头时脸上挂着笑容。

"那……那你会给我打电话的,对吗?"

"当然,我们还是好朋友,会保持联系的。"

阿图转身离去,走出几步,又回过头来故作帅气地指向她,道:"记住,你可是被我定位着的人。只要在地球上,我随时掌控你的行踪。还有,如果今年的圣诞节下雪的话,你就得回来,我们约好要看圣诞夜的雪景的。"

张笑笑并起食指与中指在额际划过,以一个帅气的姿态向他作别。

张笑笑在走之前,给艾米丽写了信件作别,她没有选择电子邮件,而是手写了书信,写好后封入信封。想到从前的前车之鉴,她就去找了一个防水的密封袋装好。在清晨离开经过艾米丽的家时,自门缝下塞进去。

但是,两个小时后,艾米丽还是来到了机场,在候机厅内追上她。她还穿着睡衣,脚上还是拖鞋,没有化妆,没有打扮。这可是注重外表得连出门买包薯片都要打扮的人,从来没有过的先例,更不要说是来机场这种人流众多的公共场合。

"是不是因为你介意交流学习的事情?我不去华盛顿了,我不去交流了。你不要走,好不好?不要走。"艾米丽哭着拉住张笑笑。

"你要去,当然要去!那么好的机会,怎么能浪费?去了好好交流学习。"

艾米丽还是哭,一直摇头,不肯让张笑笑走。张笑笑抱着她安慰了好一阵儿,告诉她一定会保持联系,一定会在假期的时候回来看她。艾米丽才勉强松手,同意她离开前去安检。

张笑笑在安检后回头,看到穿着粉色兔子睡衣的艾米丽还一边抹着眼泪,一边冲自己挥手,冲自己飞吻。

张笑笑也回了一个飞吻,挥挥手,扭头进了门的另一边。

后来艾米丽才知道,在凯丽的陷害事件被坐实后,老师本打算取消艾米丽的交流学习资格。惩处凯丽,公开向张笑笑道歉,并恢复她的交流学习的资格,处理该事件的老师也会受到一定程度的处罚。

但是,张笑笑拒绝了这一处理方式。她请老师以最小程度的影响处理此事,不必公开道歉,不必恢复她的交流资格,也不用太严肃地处理凯丽,只需要将她调离现在的班级即可,这样老师也不用担心自己的前程。她唯一提出的要求,就是让艾米丽保留去继续交流的名额,像是什么都没有发生一样。没人知道那些笔记是她影印的,不对她造成任何影响。

当然,在返回上海之前,张笑笑也与张蕊进行了一次交谈。彼时张蕊一边忙于公司事务,一边继续时不时地被琳达骚扰。她在周末去中央公园慢跑,张笑笑陪她一起。跑累了之后,两个人坐在湖边的长椅上休息。

张蕊依旧冷冷淡淡的,却不再像之前那么疏远得如陌生人。或许也是因为在阳光下,一切变得更为清晰明显,张笑笑发现张蕊的鬓角居然有了白发,眼角也有了丝丝皱纹。她提出自己想去中国上学的事情,这次张蕊没有像从前那样强烈地反对。

"想好了?"

"嗯。"

"转学手续会尽快办好。"张蕊点点头。

"嗯。"

"我会尽快处理好官司的事,以后也尽量多同你们住在一起。"

"嗯。"张笑笑弯唇,点点头。

天气很好,阳光落在湖面,闪耀着碎钻般的光芒,张笑笑不禁冲着那水面弯唇微笑。多好的一天,多好的生活,她期待着未来的一切。

第十二章

幸福是猫的尾巴

张笑笑回到了中国，又独自走过了几个城市，然后回到上海。在到家门外时，她已经从自己的背包里取出了给郁欢买的礼物，一串在一个据当地人说香火很盛的寺庙买的手串。卖它的人说它能带来好运，驱走病魔。

但是，当推开门，看到郁欢与另一个陌生女孩同张蕊坐在餐桌前欢声笑语时，她一下子慌了，不知所措。那本应该是她的位置，现在被另一个人占据。她从未享受过的温馨与欢笑，此时发生在另一个人身上。

"笑笑，这是孟心，以后我们就是一家人了。"张蕊如此介绍。

原来，不是张蕊与郁欢不懂温馨与欢笑，而是对于她，不懂而已，或者说不愿意懂。

张蕊介绍那个陌生的女孩叫孟心，以后就是这个家里的一员了。张笑笑将拿着手串的手藏到了背后，她不知道自己做错了什么，但又好像全都错了。

对于一个外人都能给予的东西，对她这个亲生女儿、亲妹妹，她们从未给过。

当那个女孩乖巧地站起来向她做自我介绍，并伸出手时，张笑笑下意识地后退，之后她抑制不住内心的惊与怒，拉着女孩的胳膊让她离开自己的家。

争执之后，她再次被郁欢推开。张笑笑愣了片刻，自己重新站直身子，小跑着上楼。她不想让别人看到自己止不住流出的泪，失望的泪。

"这是我的家，我的妈妈，我的姐姐。"关上房门，张笑笑歇斯底里地吼出来，扬手将手串砸到墙上，绳子上的珠串被摔断，数粒珠子落到地板上。

当天晚上，孟心到底还是搬离了这所房子，她住进了对面凌锦呈的家。后来张笑笑才得知，为了领养孟心，郁欢甚至同意了与凌锦呈的婚姻协议。

张笑笑在第二天买回一个拳击柱放到自己的房间，戴上手套，播放音乐，拼命地挥拳，以此来宣泄自己心里的不甘。

除了自己，好像所有人都在被其他人温柔以待。

阮知秋在每个周末来照顾祁清清种在这边的花草，那是祁清清之前送给郁欢的一份礼物。许是看张笑笑自己总是一个人孤单地坐在廊下，所以他有时候会带些小吃给她，客气地打个招呼，像是所有人对一个陌生小女孩的那种照顾。

见得多了，张笑笑知道了阮知秋的学校，有空的时候会带上自己做好的果汁过去。阮知秋也会带她在校园里走一走，去附近的街上看一看。但是，一切的言语行为，却又都那么生疏客气，与同祁清清在一起时的模样不同。

后来张笑笑在吃着买来的糖时问阮知秋，为什么对自己这么好。

"我希望你能开心些,毕竟你是小女孩,正是应该多笑笑的年纪。"

张笑笑这才幡然觉悟,原来他是在可怜自己。可怜一个身处陌生环境,无依无靠,少言寡语的小女孩。这一点与她是不是张笑笑没关系,只是缘自他阮知秋骨子里的善良细心而已,换成另一个人,他也会这么做。

张笑笑如梦初醒,原来被人疼爱这种事情,果然是要靠上天设定才有的,自己能获得的只有同情可怜罢了。

祁清清再次来到家中时,她冲张笑笑宣示了对阮知秋的主权,不服输地给了警告。张笑笑那遇强则强的劲头也立即涌了上来,言语之余拉扯起来,抓起她的手腕要将她赶出去。她并没有真的想伤害祁清清,但是意外总是不经意地发生。祁清清撞翻了桌上的果汁,更戏剧的是,被随后闻声冲进来的人误当作流血事件。

郁欢将张笑笑推开,她踩滑摔倒,一切在瞬间发生。张笑笑跌坐在地上,不敢置信郁欢会这样对自己。尽管郁欢立即想要再伸手来拉自己,她却冷冷地避开了,自己站起身来离去。

她知道真相会很快大白,她没有伤害任何人,但是她却不屑于解释。看着阮知秋抱起祁清清疯了一样地跑出去,她既心疼自己,又羡慕别人。

"她不是故意的。"凌锦呈是唯一将一切看透的人。他在众人匆匆出门时回头看了一下张笑笑,张笑笑却只是冷冷地转身上楼。

郁欢前来道歉是意料之中的事,张笑笑冷眼看着。她需要的不是道歉,而是她不明白,为什么她能对那些外来者都那么好,对自己却那么苛刻。

张笑笑的胳膊受了伤,阮知秋照顾了她一段时间。但是张笑笑心里清楚,那不过是他想替祁清清做出的弥补,并非是对自己的关心。

在张笑笑百无聊赖的时候,她没料到孟心会在不经意间担起了照顾自己的责任。她像个小跟屁虫一样跟在自己后面,问自己要不要喝水,要不要吃东西。

"我是胳膊不方便,又不是腿残了、手断了,不用你献殷勤。"张笑笑嫌弃地打断。

孟心眨着大眼睛,双手绞着衣摆再不敢说话。明明她没做错什么,倒像是自己真的做错了事,害怕被责怪。

张笑笑认真地观察孟心后,不得不承认,和自己相比,孟心真的算是个乖巧听话的小孩。小小年纪不用人催促,会去完成所有的作业,收拾桌子,帮助阿南做家务,必要的时候倒水与洗水果她都一力承担,并且做得很好,从不出错。

"你可真是个会招人烦的小孩,那么勤劳优秀,真是招人讨厌。"张笑笑咬着苹果,在屋里绕着孟心边走动边感叹。

"那……我要怎么改?"孟心望着张笑笑,眨着大眼睛怯怯地发问。

"改……改……算了,我哪里知道你要改什么。去把盘子里的水果洗了,我要吃。"张笑笑寻不出话来,只能烦躁地挥挥手,指派一个任务。

"好的,我这就去,姐姐。"

"别叫我姐姐。"

"好的,姐姐。"孟心捧着水果边去厨房边回应。

"你这题错了,换种算法,要少两步就能得出结果,重新做。"张笑笑会在孟心写作业时敲着桌子嫌弃她。

"那要怎么写?"

"你自己的作业自己写。"

"好的,姐姐。"

"别叫我姐姐。"

"你这双鞋子太丑了,一点儿也不配校服颜色,换了。"临上学出门时,张笑笑又会这样埋怨。

"那要换哪一双?"孟心眨着大眼睛问。

"你哪一双都丑,随便了。"张笑笑挥挥手,不耐烦地出门。

"好的,姐姐。"

"别叫我姐姐。"

日子就这样过着,张笑笑总能挑出孟心的不好,但每次又总说不出太恶毒的话,只能在心里默默地说着讨厌那双大眼睛,看起来那么无辜又可怜。好像如果欺负了她,自己会良心过不去一般。

学校召开家长会,张蕊不在的情况下,郁欢就成了张笑笑的监护人。但是当得知郁欢要去参加孟心的家长会后,张笑笑将家长会的通知单藏到了身后。

由于没有家长出席,张笑笑受到了批评,甚至还因同学的嘲笑起了冲突。回到家,张笑笑对着立在房间内的拳击柱一通踢打。

张笑笑的房门被推开,郁欢站在门外。她看着房间内泪流满面的人,甚至都没有将重重的背包放下,站在柱前,微弓着的后背轻轻起伏,立在那里,怒极,也悲极。

郁欢举步进入房间,被张笑笑喝止。

"不许进来,走开,走远点儿,去和你新的家人待在一起,去享受你的人生,离我远一点儿!

"我是谁?我不知道我是谁了,我不知道自己为什么要在这里。我一直以为是我做错了事,所以你们对我疏远冷漠。或是你们天性如此,不与人亲近。我替你们找了无数的理由、无数借口,让我自己接受你们的冷漠。现在,你们轻易地对着一个外人笑得那么开心,给她爱与关心,你可知道这一切对我意味着什么?对我有多残忍?

"我感觉自己被抛弃了,我是多余的……"

郁欢的步子在门口停下,听着张笑笑大声怒吼。之后她又义无反顾地走进了门,走上前去,不顾张笑笑嘴里还继续着的各种指责,拥抱了她。

郁欢拥抱着张笑笑,用手轻托着她的后脑,让她靠在自己的肩头。任凭她怎么挣扎推开,郁欢那瘦瘦的身体都不退让半步。

"对不起,对不起!笑笑,对不起……"郁欢一遍遍地说着,眼中也闪现了泪光。

"对不起,我来得太晚了,迟到了十几年才知道你的存在。对不起,我花费了太长的时间去反应与思考如何接纳、迎接你。是我太愚蠢了,所以反应得太慢。但是,请你相信我,恳求你相信我,我无比欢喜遇见你、知道你的存在。

"我也怕,我也怕呀,笑笑。我比你更十倍百倍地惧怕命运,它在过去的岁月里给了我欢喜,又一次次将那欢喜从我的指间带走,嘲笑我的天真。我在之前的二十余年,失去了太多的亲人与爱人。我害怕,我真的害怕了。所以,当你出现的时候,我不知道这是上天再次对我的愚弄,还是真的想要补偿我。

"笑笑,请你相信我,我对你的出现满心欢喜。我只是用了一些时间,去消化这则信息,我的妹妹。我的,妹妹。"

张笑笑能感受到郁欢的泪水落进自己T恤的领口,顺着肌肤轻轻滑至心脏的位置。也在她的心中落下一粒种子,一滴血,迅速点燃一切生机与希望,开始漫布全身全心。

张笑笑紧攥着的拳头缓缓松开,双手微微颤抖地抬起,小心翼翼地抚上郁欢的背,之后紧紧拥住。

"笑笑,不管从前你经历了什么,以后你都有我了。不要害怕,也不要孤单。以后,有我在了。我请你留下来,与我一同生活。"郁欢轻声承诺,却又一字一句掷地有声。

张笑笑不敢相信自己的耳朵:她邀请自己留下,进入她的人生。

似乎是看清了张笑笑的不敢相信,郁欢再次盯着她的双眼,重复了自己的话。

"笑笑,请与我一起生活吧!"

当天晚上郁欢与张笑笑躺在一张床上入睡。那是她们第一次聊天，不是那种疏离的寒暄客气，而是真正的聊天。

郁欢询问张笑笑在纽约的生活，她的朋友，她的同学，她的生活喜好，以及她与张蕊的生活。

"她告诉了我一切。我才知道，她对你也有那么多的亏欠。你一定很辛苦吧？"郁欢以手轻轻拂动张笑笑脸侧的乱发。

"我也知道了你的事，相比于我，你更辛苦吧？我至少不用为生活担忧，而你……"张笑笑没有说下去。她不知道用哪一个词去形容郁欢的生活会比较合适，那太复杂了。

"惶恐。"

郁欢替她说出了那一个词，在唇角露出微笑。像是为了宽慰她，之后接着道："那是我人生最好的年纪，青春年少，大好时光，有三五知己好友，有爱我的亲人，风风火火不识忧愁。但是，惶恐一直存在我的心底，我从不能真正全心全意地去相信一切。似乎是在最深的潜意识里，我都在担心有一天那些美好的人与事都会离我而去，再不复返。最后，一切如我所担忧的那样发生了，他们一个接一个地离去，美好变成了肥皂泡，一个接一个炸裂，最后连碎片都没留下。只有我……只有我了……"

张笑笑不知如何去安慰郁欢，唯一能做的，就是侧转过身子，伸手拥抱郁欢，把脸贴在她的肩头，以自己的身体温度与触感告诉她，现在她并不孤单。

"我已经很久没有与人这样躺在一起聊天了，像是……像是回到了十多年前，在郁城的老房子里。那时候天气不好，被子也湿湿的。但是我和她聊天南地北，聊各种琐碎事务。她像个骄傲的小公主，聪慧、美丽、优雅，活出最好的模样。

"我从来没有机会告诉过她，她曾是我的梦想，是我想要变成的理想模样。当她第一次出现在我的面前，伸出手和我说话，要与我做朋友时，我觉得就是一个美梦的开始。与她成为朋友、姐妹、亲人，是我这辈子最幸运的事……"

郁欢絮叨地说着，渐渐闭上眼。

张笑笑不知道她是睡着了，还是陷入了对旧事的回忆。但都不重要了，她揽着郁欢，安静地陪伴着她，自己也渐渐闭上眼。

午夜降临，唯有月光自窗帘的缝隙泄进来，落到床边的地板上，皎洁静谧，像是从未改变，一如十年前映照着这个世间。

"孟清，我真的好想你，我的妹妹。"

一句呢喃细语，梦中回忆，无人听见。

郁欢承担了未参加家长会的所有责任，并亲自到学校处理。在放学后，她带张笑笑去街边吃冰激凌，两个人被冻得直打哆嗦。

"看你这么瘦，但今天你据理力争的样子真帅。"张笑笑开口，回想郁欢为自己出头的模样，不禁心里解气。

"那是自然，我也是从你们这个年纪过来的，当年比你的脾气还要大。"郁欢笑着拍张笑笑的头。

两个人坐在街边的台阶上相视而笑，冷得发抖，但张笑笑的心却莫名地有些暖。

凌锦呈以正好路过为由来接她们，请两个人喝热饮。张笑笑抱着看戏的心态看着两个人。凌锦呈对谁都冷冷淡淡，一副泰山崩于前而面不改色的姿态，但只要遇到与郁欢沾边的事，就连自己都不如了，事事小心翼翼地试探询问，任何细小的动作都怕做错了。

郁欢对凌锦呈的态度似乎没有之前那么抗拒，但她自己似乎也不知道该如何与他相处。每次他们两个人之间像是亲近一些了，她就像想到了什么，匆匆逃离。

在凌锦呈的车上坐了一程，因为张笑笑的一个笑话，众人都笑了。凌锦呈说好久没有看到郁欢这样笑了。郁欢微微低下头，之后就让他停车，表示想自己打车回公司。

凌锦呈没有强求，让她在路口的位置下车。看她坐上出租车头也不回地离去，凌锦呈的目光才收回来。

"你那么在乎她，但又像是无欲无求，不想要她的任何回应，用中国的话来讲就是冤大头，你是冤大头吗？"张笑笑自后排伸长脖子询问。

凌锦呈头也不回地伸手，将张笑笑的头按回去，重新发动车子，道："小孩子家家的，懂什么？回家吧。"

张笑笑扁扁嘴表示自己的不悦，靠坐回座位上。之后凌锦呈让她打开后排的一个文件袋，让她看一下里面的东西。

"什么东西？"张笑笑边问边打开文件袋，发现里面是孟心的领养资料。

张笑笑从第一页看到最后一页，并没有用多长时间，因为这种简介资料会写得非常精练，一切的经历与遭遇在文件上只是寥寥数字就可以带过。但是张笑笑却用了许久的时间去消化这上面所介绍的经历。

孤儿，三次被领养，然后三次被遗弃，最后一次终于遇到一个可以给她一个家的人时，那个人罹患癌症而去世。她还那么小，却已经历了别人一生或许都不会遭遇一次的磨难。

然后在看到前领养人的家庭关系时，张笑笑恍然大悟，明白郁欢为什么一定要

第十二章 幸福是猫的尾巴

领养她。

"这个孟清,曾是她最好的朋友吧?"张笑笑合上资料,将其放回文件袋后询问。

"不,她们不是朋友,是姐妹,是亲人。"凌锦呈回答。

"她是一个怎样的人?"

"她……善良、单纯,是个很好的人。"

"那她去哪儿了?"张笑笑再追问。

车子急刹车,张笑笑的身体前倾,差一点儿撞上前排座位。她赶紧惊呼着伸手撑住,以保持身体的平衡。

"她选择了离开这个世界。"凌锦呈若有所思地望向前面的道路。

张笑笑动了动唇,没有再追问下去。她忽然意识到,孟清这个名字像一道封印,是可思却不可说的一个词。

眨眼间圣诞来临,一年中最冷的时候,全城发布了寒潮黄色预警。郁欢带着孟心和张笑笑一起去逛街添置新衣,再带她们去看电影吃饭,最后在一家暖气充足的蛋糕店里买了个小蛋糕,一起切着分享。

张笑笑依旧不太喜欢孟心,总有些冷冷的,爱搭不理。但孟心却不厌其烦地尝试靠近她,小心翼翼地唤她的名字,把蛋糕上最好看的部分切给她,把套餐里唯一的赠品娃娃也让给张笑笑。

张笑笑只觉得幼稚,但就是想看孟心不得不割爱的模样,将那娃娃拿过来挂到自己的背包上,还得意地晃了晃。

去黄浦江岸看夜景,因为一点儿小插曲,张笑笑与孟心落了单。孟心跟在她身后寸步不离,她嫌弃孟心的胆小,还吓她说要甩掉她,让她被人贩子捉走,这样她就清静了。

"我不会丢的,我怕你走丢了。"孟心认真回答。

"人小鬼大,你以为你是谁呢。"张笑笑不以为意地挥挥手大步走开。

孟心被奚落了,站在那里不知所措,眨巴着大眼睛既无辜又可怜。张笑笑走出一段后,到底还是不忍,冲她傲慢地招招手。孟心立即笑着追上来。

"你看你那样子,就像看到骨头的小狗,啧啧啧,也不知道他们看上你什么了。"

张笑笑想吃街边的小吃,孟心把自己身上的零钱全掏出来给了她。张笑笑买了吃的,自己边走边吃,孟心安静地跟着。

"你看你看,又是这种可怜小狗一样的眼神儿。给你给你,分你一半。"张笑笑把小吃分出一半塞给孟心,又是摇头抱怨。

孟心拿着食物却没有显得很开心,说了"谢谢"后默默地跟在后面,一起去寻找凌锦呈与郁欢。

在烟花自岸边升起炸裂时,她们在江岸边找到了凌锦呈和郁欢。凌锦呈将郁欢拥在胸前护着,郁欢的脸埋在自己垂下的发中,只看得到肩膀轻轻地起伏。

孟心不懂这一切的缘由,但张笑笑却知道。她清楚地记得,郁欢曾来到这里,将一枚戒指戴到中指上,然后抱着空气落泪,最后被送往医院,再次失去光明。

当晚回到家已经很晚了,孟心认真地跟每一个人道晚安,然后上楼去睡觉。郁欢独自在书房坐到深夜,对面凌锦呈家里的窗口彻夜有微光。

张笑笑在床上翻来覆去了许久,最终放弃强迫自己入睡的想法起身。看到椅子上背包带上挂着的那个玩偶娃娃,她走过去顺手取了下来。

去隔壁的房间,张笑笑看孟心睡得正香,冲着那熟睡的人嫌弃地撇撇嘴,将娃娃放到她的枕头上。

自孟心的房间离开,张笑笑走向泻出光线的书房。轻轻推开半掩着的门,张笑笑看到郁欢趴在书桌上正在安睡。

张笑笑从旁边的沙发上取过一条毯子走过去,轻轻地披到郁欢的后背上,目光落到郁欢手臂下压着的东西,那里有一本相册、一本日记。

张笑笑将相册轻轻抽出来,没料到郁欢就被惊醒了。她慌忙地松开相册,下意识地说"对不起"。郁欢动了动胳膊,将相册推出去一些。

"我可以看看吗?"张笑笑指向相册。

郁欢点点头,拉紧了些肩上的小毯子,站起身出门。不一会儿拿着两杯牛奶回来,一杯给自己,一杯递给张笑笑。

之后,两个人窝在沙发里共同翻看那本相册。从第一张一个女人抱着一个小婴孩开始,那是年轻的张蕊与郁欢的唯一一张合影,在拍了这张照片后不久,张蕊就选择了离开她前往美国。

郁欢向张笑笑介绍每一张照片,奶奶、好姐妹孟清、姐姐许静,有旧时校园里的合影,也有在郁湖边骑着自行车游玩的,也有在旧院子里的大树下羞涩地笑的,有生日,有毕业,有新年……

照片上的人从一个婴孩一点点地成长,后来出现了朋友,然后与朋友一起成长。她身边出现了很多人,再到后来,她的照片又变成了单独的一个人。照片从旧到新,人却

渐渐由亲近到疏远。

在那本相册的最后一页，张笑笑看到了一张照片，让她在目光触及之时，不禁双手颤抖，险些让相册自手中掉落出去。

照片上两个穿着校服的人笑得灿烂，清风玉树般的阳光少年，与清新茉莉般的脱俗少女。这张照片她早在多年前就见过了。那对夫妻颤抖着将照片送到自己手上的记忆，如同被一只手抹过落尘的玻璃，此时清晰地显露在了自己的脑海里，犹如发生在昨天。

郁欢靠在沙发上，在看到这张照片后，目光就锁定在了上面，伸出手指在照片上轻轻抚过，眼里的光变得暗淡，但又像是盛了一整片星海。

"这张照片是走出考场拍的。我考得不好，他就讲了一个很蹩脚的笑话给我听。我觉得那个笑话可真是幼稚又无聊，但也不知道为什么，看他自己笑得前俯后仰的，我也忍不住就跟着笑起来了，然后就有了这张照片。唉……时间过得真快，快十年了吧，我都不记得他当时的笑话是什么了，只记得很无趣……"

郁欢一手撑着额头靠在沙发上，缓慢地说着，目光微澜，手指在照片上轻轻划动，唇角轻轻上扬。

那一定是美好的一天吧，张笑笑在想。那样的时光，过去这么久了，她回忆起来依旧忍不住微笑。

但是，张笑笑在感叹于郁欢这些记忆之余，也是心跳不止。她越知道郁欢对这个记忆里的人有多看重，就有多后悔与害怕自己曾经那一时荒唐所撒下的谎。

"他……他叫什么名字？"

"他叫苏卿远，苏，卿，远……"

郁欢像是累极了，缓缓闭上眼睛，收回手蜷缩起来卧倒在沙发里。张笑笑则合起那本相册轻轻起身，走至书架前将相册放上去。

在放相册时，一本薄薄的病历映入她的眼帘。它夹在两本书之间极不合理的一个位置。出于好奇，张笑笑将病历抽了出来，打开后发现是郁欢在数年前的治疗病历。上面的诊断让张笑笑不自觉地抬手轻捂住嘴，她侧头看看在沙发上睡去的郁欢，轻轻地合上病历，重新将它夹回原来的位置。

她终于知道了，为什么明明现在拥有更好的技术，她还要反复忍受眼部的病变。这多年来，她不肯做手术，是因为她现在的眼睛，就是那个叫苏卿远的男孩留给她的。尽管她已经患上了视锥细胞功能障碍，她依旧倔强地不肯替换。

离开书房，回到自己的房间。张笑笑随即跌坐在门后，紧紧地抱住自己的双膝，用嘴咬住自己的膝盖，以此来阻止自己发出任何声音。

日子继续前行，郁欢的身体渐渐有了些起色。孟心习惯了新的生活，有了自己的同学与朋友，甚至会在周末邀请朋友们前来做客。张笑笑不与她们太亲近，只觉得是帮幼稚的小孩，更多的时候是自己戴着耳机听音乐，写写画画。

"姐姐你好厉害，会那么多东西。"孟心站在她的画架边，望着她一脸崇拜地感叹。

"马屁精。"张笑笑翻了一个白眼给她，看她失落地低头，又笑起来，用画笔的另一头敲她的脑门。

"看你那小狗一样的可怜眼神儿，逗你的啦。我当然聪明又厉害，画画、音乐、体育，我样样能行，要不然怎么能每年被评为优秀学生。"

"我也像姐姐这样，可以吗？"

"那就要吃苦学习，路还长着。"

张笑笑不以为意地继续做自己的事，并未将这些放在心上。直到几天后，张笑笑发现孟心在一个老师的指导下开始在练习钢琴。

之后的事情就是，每次孟心练琴，总惹来张笑笑的一番嫌弃。后来她索性将孟心挤到一边，和她一起坐到琴凳上，手把手地教她，美其名曰想减少噪声，让孟心早点儿学成个样子，弹得别那么难听，她担心自己哪一天会忍不住把琴给砸了，换得世界清静。

"我知道姐姐是想教我学琴的，不用这么嘴硬。"孟心偷偷笑着抬头。

"小鬼头，赶紧学，你真是笨死了。"张笑笑戳孟心的额头，故作严厉。

一则新闻成为入冬后最大的一个事件，占据了娱乐头条，也吸引了张笑笑的注意力。

那是一个已经息影的前名模的消息，有人说在某个偏僻的山中寺庙里见到了落发出家的她。一张偷拍照被各大网站和社交平台转载，有人说是真人，有人说是炒作，还有人说其实她早就死在了异地，只是出于特殊原因而未被公开。

张笑笑是见过那个女星的照片的，不是来自媒体，而是郁欢的旧相册。她是郁欢曾经的三姐妹中被称为姐姐的人，郁欢已经找她许久了。

郁欢在得知消息后的第一时间，就决定要去找她。临行前她请张笑笑照顾好家，照顾好孟心。等她回来后，她们可以一起商量如何庆祝这个全家都在的春节，一个真正阖家欢乐的春节，所有人都不会再孤单。

在郁欢到达那座城市的第二天，新闻就传出了那里遭遇数十年不遇的暴雪，多处交通中断。郁欢在前往的山区被大雪困住，之后失联。

凌锦呈在得知消息后，几乎不假思索地就决定亲自去找她。尽管当时新闻上在大肆

报道着关于他的公司与他的不利消息，他全然不在意。他不顾当时的暴雪预警，飞机停飞就改火车，好像无论是什么困难，都没办法阻挡他前往的决心。

"你好像把她当成了生命中最重要的存在，所有的热情、生机、动力，只要有她的丁点儿信息，就能把你这座冰山点燃。"张笑笑靠在门口，看着收拾行装的凌锦呈打趣。

凌锦呈拿着两条围巾看了看，转身问张笑笑，哪条适合给郁欢备上。张笑笑指了那条浅色的，凌锦呈就将它塞进了背包，然后迅速拉好拉链。

"她不是生命的意义，她其实是生命的一部分。"

凌锦呈背起包走到门口，在出门时拍拍张笑笑的肩，回答她。

张笑笑和孟心目送凌锦呈离去，她们心里似乎不约而同地相信，凌锦呈一定能将郁欢带回来，平安地带回来。

数日后，凌锦呈打来电话报平安，告诉众人他找到了郁欢。他们一切都好，很快会回家。这头的张蕊听完就抱住了张笑笑和孟心，欣慰到不能言语。她们几天来共同的煎熬和等待终于过去了，还好一切都好。

"都要平安，一定都要平安。"

张蕊与琳达的官司在长达数年后迎来了一个节点，张蕊提出了对琳达孩子的DNA（脱氧核糖核酸）检验申诉。琳达拒绝，随后一切搁浅，获得了暂时的平静。

张蕊在上海等郁欢回来，第二天她亲自下厨，做了自己拿手的家常菜，四菜一汤，四个人共坐一桌。看看桌上的饭菜，再看看那去厨房解围巾净手的张蕊、去拿饮料的孟心、拿碗筷的郁欢，张笑笑坐在桌前竟有点儿感觉不真实。

这是她一直以来所渴求的——家。

"怎么了，姐姐是被风吹了眼睛吗？"孟心将饮料放到桌上，眨着大眼睛看张笑笑，伸出自己的小手拭过张笑笑的脸颊。

张笑笑这才发现，自己原来不自觉地竟落了泪，慌忙起身，抬手抹过，道："是，刚有小虫子飞到眼睛里了。"

"我给姐姐吹吹，以前爸爸教我的。"

孟心踮起脚，捧着张笑笑的脸颊，轻轻用手指挑起眼角，小心地朝她的眼内吹风。

"吹一吹，飞一飞，不怕不怕。"

孟心煞有其事地认真吹着眼睛，口中还像哄孩子一样念念有词，把张笑笑逗笑了。她将她拉住站稳，告诉她已经没事了。

"我比你要年长，你倒像是个小大人哄我，真是人小鬼大。"

孟心将手背在身后，歪着脑袋笑开了，大眼睛眯起来像是小小的月牙。张笑笑伸手在她额头轻轻一敲，告诉她该去洗手吃饭了。

那一餐张笑笑吃了很多，一向消化不好的郁欢也喝了许多汤，之后并未呕吐。张蕊便表示第二天再给众人煲汤，又特别提醒张笑笑和孟心要多喝些汤，毕竟还在长身体。

"嗯，好。"张笑笑低头喝着汤，简单地回答，内心却忍不住有些悸动。

饭后，阿南收拾餐具，孟心去写作业，张蕊则去书房连线美国的公司处理事务。张笑笑去做了些果汁出来拿给郁欢，但当她拿着杯子走近沙发时，发现郁欢正出神地盯着电视屏幕。

电视里正在报道凌锦呈所在的华睿公司高层受贿被调查的事件，以及公司所负责的工程因偷工减料的质量问题而被全面叫停，旁边配着一张打了码的证件照，说着所谓内部人员的爆料。其实但凡有心人都能听出来，这个所谓的事件矛头直指凌锦呈。

"你怎么看？"张笑笑将果汁递给她，并询问。

"不怎么看，是假的。"郁欢接过果汁，随手关掉电视。

郁欢喝掉果汁，看看时间后提起包出门，现在她也有自己的工作了。

张笑笑有好些天没有见到凌锦呈，倒是在电视新闻上数次见到关于他的捕风捉影的事，从最初的剪影打码，到后来他的名字直接出现在各类新闻上，将他推上风口浪尖。

在新闻爆出凌锦呈被停职调查的第二天，凌锦呈再次出现在张笑笑的面前。同时他带来一个礼盒，让她转交给郁欢，里面还有两张新年音乐会的门票。

"要我当快递员，可是要好处的。"张笑笑拿着盒子打趣。

凌锦呈笑笑，道："自然是有的，明天会送上门。"

"果然聪明，那我就帮你跑回腿。"张笑笑拍拍手里的盒子承诺，转身往回走，行出几步，张笑笑又想起一件事，转身叫住要离去的凌锦呈。

"她相信你，坚信那些报道都是假的，毫不犹豫地相信你。"张笑笑似笑非笑地开口。

凌锦呈的表情很平静，像是他早就料到一样，抑或是他习惯将一切情绪掩盖起来。

"好啦，别装冰山脸了，想乐就乐吧。"张笑笑挥挥手，转身先离开。

第二天，张笑笑收到一份包裹，拆开后她见到一把吉他，是她一直想要的那款。随即她把孟心叫来，弹了一曲自己最近新谱好的曲子。

唱到一半，她又忽然想到什么，让孟心拿起手机录相，完成一则视频，发给现在应该还在睡眠之中的阿图。

郁欢推辞了一下,但还是穿上了凌锦呈送来的礼服,同凌锦呈一起去了新年音乐会。可当音乐会结束后,凌锦呈被媒体包围。郁欢与孟心被他安排送走,自己面对媒体的采访。

之后凌锦呈就真的待在家中,每天会在湖边散步,一只猫跟在他后面跑来跑去。偶尔他还会开车去接孟心和张笑笑放学,只是为了避免被媒体围堵吓到她们,他去的次数不多。

郁欢开始了忙碌的工作状态,每天按时出门,有时候回家也要忙于一些工作。渐渐地,她气色好起来,呕吐的情况越来越少,体重竟也增加了一些,脸上有了些许的红润。

凌锦呈在陪孟心做手工的时候,张笑笑戴着耳机进门,"啧啧"地发出声音调侃,道:"你现在像个'家庭主夫',也许你应该再去学学种花和下厨,否则你这样无所事事,会被我姐姐抛弃的。"

"你们已经有不错的花匠了,下厨我倒是可以试试。"凌锦呈也半开玩笑地回击,并以目光示意门外。

张笑笑看向门外,一个人穿着羽绒服,蹲在花园里正在培土。她就披了件外套出去,走到那花圃前看蹲在地上的人。

"冬天又不开花,理它做什么?"

阮知秋抬头笑了,以手腕拂过额头的刘海儿,道:"清清说要把土培一下,春天的时候会发更多的芽,长得更茂盛。"

"好久没见她了,她为什么不来?"

"她……"阮知秋的眼神暗淡下去,没有回答这个问题,只是低下头认真地继续培土。

"怎么?吵架了?"张笑笑将双手插进兜里。

阮知秋摇摇头。

"冷战?"

阮知秋再次摇头,停顿一下,道:"她走了。"

"去哪儿了?"

"去追她的理想了。"

张笑笑翻了一个白眼,道:"说得这么高深,我不懂。不过你既然这么想她,为什么不去找她?"

阮知秋有些红了脸,道:"我没有想她。"

"那你在做什么?你现在这样期期艾艾的模样又是什么?"

"我……我只是有些舍不得吧,有些……不习惯。"

张笑笑龇牙,抬脚将地上的一些泥土踢向阮知秋培土的手,恨铁不成钢般道:"那有什么区别?她又不是去外星球了。想她了就去找她,告诉她你舍不得她、想念她、喜欢她。在这里像个受气包一样有什么出息?"

阮知秋抬手,挡住飞向自己的泥土,险些跌倒在地上,看向张笑笑道:"有话好好说,不要动手。"

"我没动手,我动的是脚。要不是天太冷了,我都想把手掏出来,把你打醒。"张笑笑故作凶相地比画了一下,又接着道,"你自己也许应该照照镜子,看看你现在的样子,满眼都写着在乎她,可偏偏装作不在意的样子。明明那么在乎她,想想万一她真的把你忘记了,以后不理你了,你怎么办?"

"你和你姐姐说了一样的话。"

"那是当然,我们是姐妹。"

张笑笑说着,走到阮知秋旁边,从衣兜里抽出手,拎着阮知秋的衣领把他从地上拉起来,再把旁边搭着的围巾抽出来甩着搭上他的肩膀。

"好了,现在快去,不管她在哪儿,赶紧去找她吧。这些花花草草每年春天会再发芽的,但是你真要弄丢一个人,可就再也找不回来了。"

阮知秋愣了片刻,之后点点头,抬手将围巾在脖子上随意地绕了绕,连地上的那些工具都没收拾,就小跑着离去。

"我不在的时候,记得帮忙照顾下那些花。"阮知秋边离去边挥着手提醒。

"想都别想。"张笑笑回应着,挥动手臂,明明是拒绝,却也是满脸笑意。

第十二章 幸福是猫的尾巴

Huange You Zai Yi Wei Xun III

第十三章

最初的起点与终点

凌锦呈散步、做手工的生活维持了两周左右，其间度过了一个轻松愉快的春节，至少表面看起来是轻松又愉悦的。

由于琳达忽然改口同意做孩子的DNA检测，张蕊在春节前几天临时飞回美国。张笑笑和孟心在凌锦呈家过了春节，张笑笑第一次见到了凌锦呈的母亲。那是一个优雅的女人，也使张笑笑更清楚地知道了一些关于凌锦呈的事情，原来他也是被领养的，他的生活轨迹与郁欢也有着千丝万缕的关系。

凌锦呈是在新年假后的第一个工作日对华睿发起诉讼的。这是他长久沉默之后的第一次公开回应，也是第一次出手反击。

凌锦呈的律师发起了对华睿其他股东包括偷税漏税、不正当商业竞争、损害公司股东利益、受贿等近十项罪名的诉讼，并在年后第一个工作日的早上，作为当年的第一例同类诉讼案件被法院受理。

随后，他又以雷霆之势在下午召开了新闻发布会，在会上坦然承认了这起诉讼发起的真实性，并对华睿目前面临的资金与高层问题给公众一个交代，承认一些新闻的真实性，也承认了某些新闻的虚假性，让广大持有华睿股份的股民得到准确信息。

尽管凌锦呈有备而行，已经预计了承认公司内部存在高层斗争及资金去向不明的问题后，会引发一系列的爆炸性危机，但是股市的跌停板和大批员工的辞职，还是让凌锦呈和华睿都措手不及。

华睿股东公关团队也在当天迅速召开发布会，与凌锦呈的发布会仅相差1个小时。发布的声明言辞犀利，与凌锦呈完全撕破脸。凌锦呈以一己之力，开始对抗自己曾经为之拼搏的公司，一场恶战就此拉开。

又是一周发酵，双方的公关团队与律师团队不停地在做出自己的应对措施，直到最后在一个雨天，一段录音被曝了出来。录音里凌锦呈与人在商谈产业出卖的可能性时，谈及价格。

也许在专业人士看来，这只是一个可能性的假设分析，但在经过有心者的截取剪辑后，这变成了佐证凌锦呈出卖公司股份的证据。原本支持他的人都对其失望，转投他的对手，或是提出离开。

一夜之间，如同大厦倾塌，树倒东墙，信念不再被推崇，众人都选择了对自己最安全的方向，各奔东西。

新闻上翻出了一则旧闻，那是多年前发生在凌锦呈养父身上的事情，同凌锦呈现在所遭遇的事情如出一辙，被自己的公司抛弃，录音曝光，树倒猢狲散，之后他选择了从公司楼顶跳下去结束生命。

"这是凌家人的一个诅咒,子承父业,子重父路。"媒体打出这样煽动性的标题。张笑笑看到后气得关掉了电视,将遥控器远远地丢到沙发上。

张笑笑撑着伞去找凌锦呈,用人开门后告诉她,凌锦呈在楼上的书房。她将伞交给用人,换了鞋子上楼,轻手轻脚地推开书房的门,看到凌锦呈正在写东西。

在电脑已经非常普及且高效的年代,能这样戴着眼镜用钢笔去写东西的人已经不多了。张笑笑出于好奇走近,随手拿起一份已经写好的来看。那是一封封推荐信,每一封都是不同的人,言辞也都不一样,但都是一样用心地点评与推荐。

"他们不一定能用得上了,毕竟我现在名声不好。"凌锦呈边说着,边又将一封写好的放到一边晾干,再重新取过一张纸,开始写另一个人的。

张笑笑取过旁边准备好的信封,将已经晾好的推荐信折好,一张张地装进信封,再取了笔在信封上写上对应者的名字,算是给予凌锦呈协助。

"那么多人,你都记得清吗?"张笑笑问。

"我记得每一个人、每一件事,虽然有时候希望自己的记忆能力差一点儿。"凌锦呈写完最后一封,收起钢笔,取下眼镜。

张笑笑收好最后一封推荐信,将手撑到桌子上,挑动眉头,道:"听你这样讲,好像有很多事情是你想忘记的,我很好奇,什么事是你最想忘记的?"

凌锦呈抬头看向张笑笑,随后离开桌子,转过身去窗户边,双手插在西裤兜里,望着外面淅淅沥沥的春雨走神。

"想忘记,又舍不得忘记。像是一场交易,命运用那么多的坏,交换一星半点儿的好。如果真有一场交易可以抹净一切好与坏,倒又舍不得了。"

张笑笑觉得这话并不是自己所想问的,但又好像回答得没有什么问题,抿了抿嘴,将所有的信封收好放到桌上,转身作别。

行至门口处,张笑笑又回过头来,道:"嗨,你会没事的,对吗?最后你会赢的,不管是诉讼,还是别的事,你都会赢的,对吗?"

凌锦呈扭过头看向门口处的人,有两秒的停滞,之后他少有地露出了那种温柔的微笑,道:"嗯,我会没事的,放心吧!"

从前,张笑笑总是相信凌锦呈的,不管他说什么,都无条件地相信。但是偏偏就是这个笑容,让张笑笑感觉心里微微一震。她再不敢多想,挥了挥手,下楼离开。

直到凌晨,郁欢才回到家。她没有撑伞,衣衫湿透。在此之前,凌锦呈赶过来陪张笑笑等候。郁欢一进门就倒了下去,凌锦呈赶紧将她搀扶住。她像是用尽了最后的力气

第十三章 最初的起点与终点

才走回家,张了张苍白的唇,之后就昏睡过去。

她叫着要开灯,张笑笑就去把房间里所有的灯都打开了。然后郁欢睁开了眼睛,却只是茫然地在空中挥动着手指,询问为什么不开灯,为什么天这样黑。

听到这样的质问,张笑笑拿着干毛巾的手不禁收紧。站在灯火通明的房间内,她也似有一瞬间眼前黑白交替,意识到了一个可怕的事实。

凌锦呈与张笑笑将郁欢送往医院。医生在第一时间下了做手术的通知,否则眼睛会面临全面失明的可能。签好手术同意书,郁欢被送进医院。凌锦呈和张笑笑在手术室外从夜半时分等到中午,其间有许多电话打来给他。凌锦呈都是拿起来看一眼,之后挂断,最后索性关掉了手机。

张笑笑猜测应该是公司的事情,她让凌锦呈先走,手术结束后她会第一时间告诉他结果。但是凌锦呈摇头拒绝了,他固执地坐在手术室外寸步不离,直到医生宣布手术成功。

郁欢住进病房后,张笑笑也从病房内挂着的电视屏幕上看到了新闻,才知道今天原来是凌锦呈出庭的日子。一场商业大战原本要在今天开庭,但是凌锦呈却始终未能出席。

所以,所有人都认为他是以一种沉默的态度接受了对他的所有指控,好像所有人都对他失去了信心,不论从前他做过什么,有什么样的成就,现在都化为乌有。大船将沉,所有的错不再需要佐证,都扣到了他的头上。

之后媒体围至凌锦呈的家门外,想要采访他,询问他去了哪里。张笑笑站在自家的阳台上看着这一幕,被摄影镜头包围的凌锦呈保持着一贯的得体,面色沉静,他只说了几个字:

"我无可奉告。"

不久,媒体曝光了凌锦呈的身世,用了整版的篇幅将凌锦呈的过往一清二楚地写了出来,甚至还去采访了一些所谓的知情人。网络上也发起了热门话题,将他这个之前享有"地产界钻石王老五"之称的人推下神坛。从细小的生活点滴,到重大的商业决策,事无巨细,捕风捉影,以满足大众的八卦之心,增加网站的点击率。

这就是现代社会,每个人都有自己的私心,话题、热度、销量、娱乐,每个环节的群体只选择自己想要的那一部分东西,甚至不介意去刻意添加一些莫须有的东西。至于那话题的真实性,又有谁在意?

张笑笑也看了那些新闻,凌锦呈那家破人亡于洪水的幼年、孤独生活在福利院的童年，后被领养的少年，再一步步行至今日。有人说他是走了好运，否则他只是一个一无所有的孤儿，不可能有如今的成就和地位。也有人说，他是个有心机有城府的高手，从一无所有，到如今坐拥华睿股份，把凌家在华睿的地位再拿回，已经很不易。

随后一项调查结果让众人再次情绪高涨，那就是最开始曝光凌锦呈与人谈论股份转卖的录音，被证实出自凌锦呈的家中。这意味着他身边最亲近的人出卖了他。而同时，媒体放出了郁欢与凌锦呈隐婚的消息，又曝光郁欢与凌锦呈的对手往来交谈的照片。

一时间，凌锦呈被自己心爱之人出卖的消息再次占据头条。这种如晚间八点档电视剧的转折剧情，除了当事人之外，媒体与大众都非常满意。没有人在意这中间的真实原因与过程。

凌锦呈被各方媒体困在了家中，郁欢也一样。媒体们总争相拍一些照片，好作为第二天的爆点新闻。张笑笑去房间看郁欢，她戴着眼镜，基本恢复视物了。张笑笑让郁欢去看一看凌锦呈。这种时候，她如果能出现，即使不说任何话，对凌锦呈来说也意义非凡。

郁欢不说话，张笑笑就做出了自己的选择。她穿上郁欢的衣服与鞋子，打扮成她的样子，对着镜子看了看。她调侃说，她们这极为相似的容貌，似乎终于有了用武之地。

张笑笑出门引开媒体，但是郁欢却最终也没有迈出门，到对面的房子去。张笑笑被媒体发现是假的后散去，等她回到家附近时，看到所有媒体都围在凌锦呈的家门外。他的养母与公司的股东代表发表了一则声明。

凌锦呈的养母向媒体声明了凌锦呈的养子身份，收回他所执有的股份，并与其他股东达成协议。凌锦呈从此与华睿再无半点儿关系，不论从前的功与过，净身离开。

之后，很长一段时间，张笑笑再没见过凌锦呈，媒体再次报道了几天后也收声了，对于一个已经倒下的传奇，再无多少娱乐点，也没人再有兴趣。

郁欢在家休养眼睛，张蕊依旧在美国处理官司。张笑笑成了家中的主力，担起照顾孟心学业和自己的责任。好在孟心懂事，基本不用她操心。甚至有时候，还要孟心在早晨叫醒她起床吃早饭，也要孟心提醒她加衣或是带学习工具。

阿图与艾米丽会与张笑笑通过社交软件联系。因为日夜颠倒，一则信息的回复多半要对方起床后才看到，回复过来时已经是另一边的夜晚。但是这样的时间周期也没能让他们减少热情，他们依旧分享着自己身边的一切。

艾米丽参加了一个选美比赛，周期达数月。她一路过关斩将，最后进入了决赛。她在手机那头兴奋地向张笑笑分享这一消息，然后邀请她一定要来决赛现场给她加油打气，作为她最好的朋友出席。

第十三章 最初的起点与终点

阿图的软件还在开发中，似乎遇到了一些困难。他显得有点儿疲惫，但是话语中还是澎湃着激情，他相信自己能够克服。之后他告诉张笑笑，他要给她一个惊喜，让她留意最近的邮件。

对于没能在圣诞节返回纽约，阿图并没有去强调指出。但张笑笑还是说了抱歉，阿图在那头向后撩动头发，笑得不以为意，道："没关系，反正今年的圣诞也没有下雪，下一个吧！下个圣诞，一定会下雪，你也一定会回来的。"

张笑笑点头，冲视频那头的人说再见。阿图也挥挥手，之后又叫住了要关掉视频的张笑笑。

"嘿，其实也不一定要在圣诞雪夜才回来的。不管怎么样，这里是你的家，如果不开心了，就回来吧！我们一直都在，你知道的。"

张笑笑对着视频那头的人有片刻沉默，她并不想太煽情，所以只是笑笑，以拳头击打胸口，表示自己已经收到，然后关掉视频。

最近发生了太多的事情，张笑笑也会感到疲惫。有这样的朋友始终记得自己，她会觉得再度充满力量，不畏惧前路。

在张笑笑与自己的朋友联系时，郁欢也接到了一通电话。之后她说自己要回一趟老家，取一些旧物。

张笑笑对此表示很支持，因为郁欢已经很久没有出门了。在媒体风波之后，她能走出去，在张笑笑看来是一件好事，也许她回来之后一切都会好起来。

"等我回家。"临行时郁欢拥抱张笑笑与孟心。

"等你回来，我弹我的新歌给你听。"张笑笑有些得意地许诺。

"好。"

郁欢去老家待了一周，张笑笑为了完成自己的承诺，在家认真地写着歌，还尝试与孟心钢琴合奏，希望能够在郁欢回家后给她一个惊喜。

但是，张笑笑怎么也没有想到，郁欢在回到家后，迎面走向张笑笑，给了她重重的一巴掌，然后是歇斯底里的尖叫与质问。

那一刻，张笑笑知道，那长久以来担心的、畏惧的、惶恐的炸弹，被引爆了。这些日子的相依为命，相互照顾，让她以为拥有了自己一直以来渴求的亲情与温暖。她甚至都要忘记了那枚炸弹，她以为上天终于帮了她一次，站在了她这一边。不管是谎言也好，侥幸也好，她终于幸运了一次，那个秘密会永远被深埋。

但是，没有幸运，没有侥幸，上天也在做了个站到她那一边的假动作后，又迅速跳到另一边，然后嘲笑她的天真、愚蠢。她这才恍然大悟，上天让她几乎相信自己拥有一切，不过是对她的一记惩罚愚弄，看似唾手可得，再轻易地自她的手心抽离，带着残忍的微笑。

"是你，让我错过了见他最后一面，错过了一生。你可知道，你的小小恶作剧，让我错过了什么，是一生一世呀，是永不能回头呀。我亲爱的妹妹，你要我怎么样都可以，你要我的一切都可以，但是谁能再把那个机会还给我……"

郁欢哭着闭上眼睛，双膝跪到地上，很多年不曾痛哭的她，此时号啕大哭，泪水决堤。她捂着自己的眼，捧着流下的泪，那是昔日恋人的余温，是他留给自己唯一的馈赠。

"我愿意拿一切向你换，一切都可以呀……"郁欢哭倒在地上，绝望地呢喃。

张笑笑想过去搀扶，却又怎么也不敢靠近。她内心的悔与恨将她淹没。如果可以交换一次时光倒流，更改掉那个谎言，她愿意付出任何代价。但是，就如凌锦呈说的，这就是人生，只有残忍的现实，没有假设。

风尘仆仆归来的凌锦呈正好遇上这一幕，他放下行李箱，揽住地上的人，也落了泪，闭上了眼。

"这么多年，你用着他的眼丈量世界，从不肯流泪。如今……你还是为他流泪了。"凌锦呈的声音是疲惫的，并非那种身体的疲惫，而是精神的，那种由内而外的疲惫。

那一刻，张笑笑只有后退，然后转身逃走。命运开了一个大玩笑，她就是那玩笑本身，被推动，被不停反转，从来由不得自己。

张笑笑跑至湖边，对着夜色下的湖面大声尖叫，然后放声大哭。她满心压抑，却找不到出口，她感觉自己似乎要爆炸，要被胸腔里的种种情绪逼至窒息。

她颤抖着取出手机，找到一则从未使用过的号码拨打过去。

那边传来略带着睡意的男声，轻唤她的名字。

"孩子，你怎么了？"

"我好难过，好难过，好难过……"张笑笑一遍遍重复着，除了这三个字，她不知道还能说什么，好像什么都拼凑不起来。

"等我，不要害怕。"

张义之是在第三天的凌晨抵达上海的，一身疲惫，却又精神抖擞地提着行李来到张笑笑面前，伸出手臂将她拥入怀中。

"不要害怕，有爸爸在。"

张义之暂时留在了上海，陪伴着张笑笑一起生活在一栋租住的市中心公寓里。那里

离张笑笑的学校很近。

张义之会做不错的中餐，法餐也很精通。他每天会做早餐给张笑笑，再送她去学校，放学又会去接她。然后他带她到街上散步，去书店看书，或是去看一些衣服饰品。

这个迟到的父亲，满足了张笑笑对一个父亲所有的苛刻幻想，像是最完美的一个标本出现在她的生活里。

"我缺席了太多年，如果有不好的地方，你要指出来，给我更正的机会。毕竟，我没有别的女儿，不知道要怎样去疼爱一个女儿。"

张义之笑着向张笑笑提出请求。张笑笑点头，她心里知道张义之已经做得足够好了，做了一个父亲能做的所有事情了。但是不知道为什么，她始终觉得心里有一块地方是空的。

张蕊来到了上海，她见了张笑笑，却没有见张义之。她说，他们这辈子也不要再见，是最好的选择，见了也就又欠了。

张义之送张笑笑到约定的公园外，张笑笑去公园广场上见张蕊。时间似乎流逝得太快了，张笑笑发现自己居然长高了许多。从前总要仰望张蕊，现在竟可以平视了。

"你可以选择，去与留，我都尊重你。"张蕊说。

"妈妈，那你是想我去，还是留呢？"

张蕊没有回答这个问题，只是将一个盒子放到张笑笑的手里，告诉她这是为她准备的新年礼物。虽然有些晚了，但还是要送给她。

"这些年，抱歉了。"张蕊收回手，转身离去。

"妈妈……"张笑笑出声唤住离开的人。待张蕊回头后，她却又只是动了动唇，没有再问下去，似乎是不知道如何开口。

"她会在明天接受新的手术，然后去国外休养，眼角膜是保不住了。凌锦呈又一次错过了公司会议，连最后扭转局面的机会也拱手放弃了，一切已成定局。"

张笑笑手指紧紧收拢，指甲深陷进掌心，带着一阵阵痛意，牙关也紧紧咬住，以沉默应对了所有内心的情绪。

张蕊没有说什么责怪的言语，只是叹息，垂下眼眸，之后留下一句话后离去。

"为她祈祷吧，希望……她能交些好运。"

张笑笑立在原地，像是个雕塑，看着张蕊坐上路边等候的车离去，任凭还带着寒意的春风掠过脸颊，带起丝丝凉意。

张义之走上来，拍拍张笑笑的肩，然后轻揽住她。

"我不知道发生了什么，但是相信我，没有什么过不去的，除了生死。"

"可是,如果是有关生死呢?"张笑笑抬头望向张义之,满眼的渴望,像是希望有人告诉她,即使是与生死相关的错误,也是可以改变、逆转的。但是张义之却到底还是没有撒谎,最后只是轻轻地拥抱住了她。

学期结束,夏季来临,张义之开始安排张笑笑转学去法国的事宜,一切有条不紊。孟心去参加了夏令营,张蕊返回纽约,郁欢在欧洲休养。

张笑笑一个人背着包返回了上海的别墅。阿南还在别墅里照看着一切,所有的东西摆在原来的位置,一尘不染。当她进门时,阿南微笑着说"欢迎回家"。

但是张笑笑在室内走过一圈,却没有放下背包。这里的东西依旧,却已经没有了往日的熟悉感,有种空空的陌生感。

阿南像往常一样询问张笑笑想吃什么,为她准备晚餐。张笑笑摆摆手说不用。她走出去,穿过花园来到凌锦呈的房子外,发现那里挂着出售的牌子。花园里的草木已经许久没有人打理,生长得参差不齐。

她沿着湖边走动,湖还是像从前一样沉静、清澈,像是一个看透世间的大眼睛,倒映着一切。

阮知秋会出现在湖边算是个意外。他架着画板在写生,张笑笑走过去坐下,安静地看了一会儿,直到他发现自己。然后他挠挠头,不好意思地打招呼,询问她什么时候来的,为什么没有出声。

"你去找她了吗?"张笑笑问。

阮知秋点点头,之后又垂下头。

"这是什么意思?没找到?"

"嗯,我去找她了。但是……她已经不在原来的地方了。我就去另一个地方找,她又不在了。后来我在想,也许她大抵是真的不想再见我吧。她有新的朋友、生活、学校、同学,全新的一切,她很快乐,也许……也许这就够了。"阮知秋一边拭着画笔,一边徐徐回答。

"为什么不再去找找呢?也许再找找,就可以了呢?现在就放弃了,不觉得可惜吗?"张笑笑捡起一块石子丢向湖内,激起一圈涟漪。

"我并没有放弃,只是放缓步调,给她一些时间。要知道,之前都是她给我时间,现在轮到我了。"阮知秋重新拿起画笔,开始在画板上添加色彩。

张笑笑坐在旁边看着他在画板上添加色彩,直到他收笔结束。他告诉张笑笑,这幅画送给她,当作她的生日礼物。

"你知道我的生日?"张笑笑诧异。

阮知秋点点头,告诉她是之前听郁欢提起过的,那还是几个月前的事。郁欢曾计划给张笑笑策划一场盛大的生日宴。但是,显然一切事与愿违,落空了。

阮知秋将画留给张笑笑,收拾画架离开。临行时,他给了张笑笑一个地址,说也许在那里她可以找到熟人,但是他也不确定。

张笑笑拿着那幅画在湖边立了片刻,看着阮知秋背着画架走远。然后她拿着那幅画回到房子内,将画交给阿南,托她将其保管好。

隔天,张笑笑按照阮知秋给的地址去了一个巷子后的小门外。那是一所古香古色风格的房子,推门而入,看到麻纱作帘,长廊曲回,中间有一池活水,有假山与绿植,像是回到了数百年前的某个时代。

在繁华新潮的摩登都市里,能见到这样一个地方,令张笑笑既觉得新奇,亦感觉惊艳。她绕着回廊向前,来到一处开着的大门处。她迈过门槛,见到里面设了茶案,案上有燃着的香,煮着茶,却没有人。

张笑笑在室内环视一圈,轻声询问有没有人。在没有得到回应后,她绕过屏风进入后院,看到一棵大树在院内投下大片阴凉,旁边是一片花圃,花圃一畔铺着平整的青石板,摆了桌案与木椅。

凌锦呈戴着眼镜坐在那里,手上正翻着一册书。

许久未见,张笑笑沉默了两秒才举步走过去,在桌子的对面坐下。凌锦呈还是老样子,沉静,淡然,喜怒不形于色,好像这之前身败名裂的人根本不是他,而是另一个不相干的人。

凌锦呈看完一页,才夹上一片竹质的薄薄书签,然后合上书册放到桌上。自己先起身进屋,片刻后拿着茶盏与茶壶回来,沏了茶给自己和张笑笑。

"考试怎么样?"凌锦呈询问。

张笑笑愣了一下,之后才意识到是问自己的期末考试,便接道:"还不错,毕竟在外语上我有优势,能拿满分。"

凌锦呈点点头,有点儿哂笑,似是被她逗到了。

"你呢,怎么样?"张笑笑反问。

"我的考试,可能要挂科了。"凌锦呈眉头微动,眼角有些许笑意。

"一段时间不见,你居然会开玩笑了,真是难得。"

凌锦呈唇角微扬,不置可否,端起茶水浅抿,之后微微颔首,对这茶的评价还不错。

"要我问妈妈她现在的地址吗？"张笑笑喝着茶问。

"你觉得我应该去找她？"凌锦呈反问。

"你总是想要找到她，不是吗？把她放在你的视线范围之内才安心，否则就一定会想着法儿地把她纳入你的势力范围。你的占有欲在她的身上发挥到了极致。"

"你把我说成了一个独裁者。"

"在她面前，你就是个独裁者，但也是被征服者，没有权利，只有义务，但又乐此不疲地把自己的所有都献上。"

"听起来好像不是夸奖。"

"在我这里，想要听到夸讲可不容易。"张笑笑俏皮地挑眉，饮尽茶水。

凌锦呈似笑非笑地动了动唇角，拿起桌上的书起身，招呼张笑笑同自己出门。

张笑笑也没多问，跟着他出门，由他驱车前往城市的另一端，最后去了一家服装店。

店内的经理显然是许久不曾见凌锦呈了，露出一丝诧异，然后招呼他落座。凌锦呈摆摆手表示不用，说只是来取些东西。

经理请他稍候，然后招手叫人过来交代了几句。那个店员就去了后面，经理有些尴尬地立在那里，目光游离半晌，最后还是尴尬地笑着开口。

"凌先生，您之前定制的那套西服，还需要吗？"

凌锦呈没有直接回答，神情平静淡然地看着经理。那经理就尴尬地低下了头，将目光移开至另一侧。

"我并没有取消。"半晌，凌锦呈才开口，依旧很平淡。

"是的，只是想与您再次确认。"经理赔着笑回答。

凌锦呈依旧很平静，没有说什么。室内都安静下来，直到店员捧着一个盒子前来。经理接过那盒子，递到凌锦呈的面前。

凌锦呈接过盒子，疏离地道了一声"谢谢"，然后领着张笑笑离开店内。

出门后，凌锦呈将盒子递给张笑笑。张笑笑接过来打开一点儿，发现里面是一条旧裙子，就明白了凌锦呈带自己来这里的用意。

"不能如从前一模一样，但是尽可能地补救了。"

"但是，还是不会与从前一样了。"张笑笑将盒子抱在胸前，有些失意。

"那就当成新的去看，新的开始。"凌锦呈拉开车门微微侧头，示意张笑笑上车。

第十三章 最初的起点与终点

张笑笑弯腰将盒子先放进去，自己再上车。在弓身落座的瞬间，忽然像是有什么东西击中了她的脑袋，她后知后觉地反应过来了一件事，于是重新退出车后站直身子。

"刚才那个经理是取消了你的定制对吗？他那样问，是……是觉得你再付不起他们的制衣费了，对吗？"

凌锦呈不置可否，带着惯有的平静。显然，他是看透一切的，只是没有什么可表示。

张笑笑看向那家店的落地玻璃窗，那个经理站在玻璃后打量他们。目光碰触之后，那经理转过身冲旁边的店员交代了什么。那店员也朝他们看了一眼，转身离去。

在印证了自己的想法后，张笑笑立即怒火上头，转身就要冲进那家店去，却被凌锦呈按住了肩膀，微微摇头。

"他们凭什么这样欺负你？我要去理论。"张笑笑不服气，还是要回去，被凌锦呈按住肩膀，塞进了车内。

"他们也没有错，毕竟我现在破产了，被自己的家人赶出了公司，也没有公司敢用我。说不定，我现在连一杯咖啡的单都埋不起。"凌锦呈边说边发动车子。

"你还有心情开这种玩笑，真是替你生气，这太欺负人了。"张笑笑握拳在座椅上重重砸下。之后她又抿抿唇，放缓了语速，稳定了情绪，安慰前排开着车的凌锦呈。

"这些人就是这样，你好的时候你就是上帝，但凡有一点儿事了，翻脸比翻书还快，市侩的小人而已。你别难过，欺负你的人，将来他们会后悔的。"

凌锦呈被张笑笑这不太专业的安慰逗笑，摇摇头，道："他们并没有欺负我，只是做了最理性的选择而已。利益是永恒的黏合剂，当利益不存在的时候，他们对我，或是我对他们都失去了意义，这就是现实。欺负与否，尊重与否，这些不过是人们为了将一切说得更体面，不那么直白而寻找的替代词。"

"本来是想安慰你的，结果听来好像最后是我的错，还显得是我自欺欺人，太幼稚了一样。凌锦呈，你有朋友吗？你肯定没有朋友！"张笑笑翻了一记白眼，扭头望向窗外。

"你们姐妹都一样，讲不过道理的时候，就要去质疑说话者本身。"

凌锦呈"啧啧"摇头。

张笑笑自前方后视镜里看到他微微上扬的唇角，似乎但凡提及一点儿关于郁欢的事情，其他的任何事情都不再是事情，他总能这样扬起唇角。

张笑笑抿抿唇，她忽然懂了一些东西。这世间，原本谁也不欠谁什么，谁都是独立的个体。所得到的一切都是来自他人的爱，不曾得到，也无人亏欠谁。会失望，不过是自己贪念太多；会愤怒，不过是自己贪念不得后的恼羞成怒。一切事情，最开始都是缘于自己，却又如同反悔一般不肯接受自己所铸就的结果，将原因推诿给其他人，将自己归于无辜的受害者。人所有愤怒、失望的根本原因，是由于自己贪念太多。

张笑笑拿着裙子回到家中，将盒子放到桌上，然后取出纸笔开始写信。如同一次长谈，她将那些自幼年起就积压在心底不与人道出的事都讲了出来。她为自己所遭遇的不公而发声，亦为自己被情绪左右而犯下的错道歉。她陈述，她回忆，她恳求，她忏悔，却将最后的结局留给收信者自己去决定。

那一个小小的如同恶作剧般的谎言，造成了郁欢一生的遗憾，错过了一场不可弥补的生死之约。同时，也为她自己种下了一枚恶果，让她诚惶诚恐，不得安心，最后那果结出的毒伤郁欢一千，亦伤她自己八百。

郁欢的遗憾与自己所承受的悔责，像是一枚硬币的两面，共为一体。不同的是，郁欢只是这一切的承受者，她有资格去责怪、去怨恨，将那一切的不满大声发泄出去，朝着那个错误的始作俑者怒吼咆哮，以让自己能够有片刻的舒坦、轻松。

但是，张笑笑却没有资格，她只能自己将这一切咽下，因为那一切的始作俑者是自己。一切的一切都是自己对自己的一场因果轮回，她亦在心底一清二楚地明白这一点。所以，这是一场没有辩诉的单方宣判，她连辩解的资格都没有，只有承受。

"余生，你都不再孤单，我们的命运，因为那一个人的离去而紧紧系在一起。"

张笑笑写下最后一笔，望着那写满字的信纸，既惆怅，亦释怀。她惆怅于这一纸书信如同一纸对自己的判决，承认了自己的罪与罚；她释怀这一纸判决，让她终于可以安心等待结果。

张笑笑将信封好，放到装着裙子的盒子上，离开这所房子。

第十三章 最初的起点与终点

第十四章

冬去春来又一夏

生日到来，张义之给张笑笑订了一个大大的蛋糕。尽管只有两个人，他却包下了这个城市以奢华出名的酒店套房。他亲手充了许多气球放在房间里，拼出"生日快乐"的字样，准备了帽子，还有十余份礼物，甚至还请了一支乐队在旁边为她演奏《生日快乐》。

张笑笑进门即被满满的祝福与惊喜包围，这是她十五年来第一次庆祝生日。张义之做了最充足的准备，像是想要把之前遗落的生日，一次性全都给她补齐。映着落地窗外的灯火城市，她感觉这一切像是不真实的梦。

张义之拥抱张笑笑，送上鲜花，催促她去许愿吹蜡烛，告诉她可以许三个愿望。站在蛋糕前，张笑笑迟疑了一下，之后闭上眼睛许下一个愿望，吹灭蜡烛。

张义之告诉她，他已经在法国为她安排好了一切，崭新的生活已经在等待她光临。鲜花与阳光，浪漫与温暖，巴黎那座优雅的城市将给她从未有过的一切。最重要的是，张义之会用余生去照顾她、爱护她，不再让她受一丁点儿伤。

张义之特意做了一盘录影带送给张笑笑。那是张家所有的亲友录制的，爷爷奶奶、小姨大姑、叔伯表亲等。他们站在镜头前向她问好，说着祝福的话，看起来有点儿尴尬和滑稽，却又是最真诚的。

这些人，在之前的岁月里都是一片空白。她像一个孤立于世的个体，除了张蕊，她无依无靠。后来她知道了郁欢的存在，就拼命地想要去靠近她，找到世界上另一个亲人的存在。

现在她忽然拥有了这么多的亲人，多到超出她的想象，多到热热闹闹，三代同堂，像是一下子将之前的空白人生画布全都填满了，还附带了大片的色彩。

"我已经告诉了他们所有的事情，他们都非常期待你加入我们的家庭。今年的圣诞节，所有人都会赶往巴黎，为你举行一个欢迎回家的宴会。我会向我们家所有认识的朋友、伙伴宣布你的存在，为你挑选新的名字，将你的名字纳入族谱。"

"新名字？"张笑笑皱眉。

"对，按照你的辈分，请高僧在合适的日子里为你看相，然后重新挑选名字，这是我们家对每一个出生的孩子都会进行的一种仪式。"张义之解释着，随后停顿一下，像是补充，"当然，你现在的名字也很好，并不意味着要摒弃它。"

张笑笑含糊地应了一声，将抱在怀里的鲜花放到桌上，借口自己去趟洗手间而先行离开。

站在洗手间的镜子前，面对镜子里的人，她消化着今晚发生的一切，想要理清思路。似乎一切已经到了一个路口，她知道跟随张义之去法国是最好的选择。但是不知道为什么，她心底却又隐隐有些不甘。

"这不是你一直想要的吗？家庭、爱、关心……你还在犹豫什么？答应他！答应他！"

张笑笑对着镜子一遍遍重复，是要肯定自己的决心，不要再迟疑不定。但是最后，她越是重复，心里那个不确定的声音像是越来越响亮起来，最终与自己斗争了起来，乱成一团后只能妥协。

重新回到房间内，张义之将礼物递到她的手上，并指着那屋子里其他礼物盒子告诉她，那是之前他欠下的礼物，这次补上，虽然迟到了，但到底还是不希望缺席。

张笑笑捧着手里的礼物盒子，愣愣地不知道该如何反应，又怕自己的反应让张义之尴尬。好在张义之并没有介意这一点，只是伸手拥抱了她，轻拍她的后背。

"以后都会好起来的，相信爸爸。"

"嗯。"张笑笑将头靠在张义之的肩上应声。

最终，张笑笑还是拒绝了同张义之一道前往法国的提议，也不算是拒绝，只是迟迟没有说那句"yes（是的）"。张义之就没有再追问，让她遵从自己的内心。

"你知道的，那张机票依旧随时有效。我们随时欢迎你回家。"

张义之在几天后离开了上海，但是那套公寓他办理了长租，每月从他的账户扣款，留给张笑笑居住，直到有一天她不再需要。

张蕊在张义之走后联系了张笑笑，也不知道是巧合还是他们已经恢复了联系。张蕊邀请张笑笑回家用餐，安排司机前来接她。张笑笑没有拒绝的理由，就去了。

回到家时，张蕊系着围裙在厨房里做菜。阿南站在旁边似乎是想帮忙，但是张蕊客气地拒绝了，只是让她将桌子收拾布置一下就好。

张笑笑去厨房门口朝内看正炒着菜的张蕊。才一会儿不见，她的白发好像又多了一些。因为没有上妆，所以她眼角的皱纹更明显了，甚至还有了些许斑点。

张蕊做了一桌丰盛的晚餐，桌上只有母女两个坐着。张笑笑有点儿不知所措，便问是不是可以开餐。张蕊抬头看了下时间，说再等等。

话落，大门处有声音传来。阿南拉开门，孟心在司机的陪同下进门。司机将背包递给阿南后客气地离开。孟心则上前向张蕊与张笑笑问好，告诉两个人自己的夏令营结束了。

有了孟心的存在，餐桌上的尴尬被打破。她讲述自己在夏令营中所遇到的事情，与自己的同学和新交的朋友一起尝试新事物，之后拿出一个小盒子递给张笑笑，说那是为

她准备的礼物。

张笑笑打开后看到里面是一些用木竹之类的材料配合树叶做成的书签，每一片都不一样，或大或小，形状各异，每一片的反面都写着一句祝福，或是一句提醒。

"这是我自己做的，一共三十片，你可以每天用不同的一片哦！"孟心有些脸红地提醒。

听她这样说，原本感觉轻轻的小盒子立即多了几分分量。看孟心手指上包扎了一两个创可贴，再重新审视这个盒子里的东西，好像意义变得更不同了。不过，张笑笑不是那种会将情绪表现在脸上的人，感谢的话也不太能说得出来，只是摩挲着书签，最后收好，道了一句"谢谢"作罢。

后来，张笑笑才知道，其实孟心的夏令营并没有提前结束。只是她记得张笑笑的生日，于是联系了张蕊，用自己也即将临近的生日的愿望换了一个要求，要张蕊抽出时间从美国回来，为张笑笑做一顿生日晚餐，陪她过一个生日。

"她真的很在乎你，希望你过得好。"张蕊散着步，告诉同行的张笑笑。

"似乎我欠了她一个人情，要还的。"张笑笑说。

"你总将所有人都看得很透一样，但又有时候总看不透一些东西。"

"什么东西？"

"你不欠她任何东西，你可以当作什么都不曾发生，又或者你可以当作那是一种累积。她为你做什么，并非你要求她，而是她自愿为你做的，因为她觉得你值得拥有。她将你在心目中的位置摆在了那样一个高度，那是对你的一种肯定。"

"这么说来，你好像从来没有对我有过任何的肯定。"张笑笑似开着玩笑反将了一军。

"我对你的肯定，就是给了你绝对的自由。我相信你可以做最正确的选择。即使，那样的选择对我这个母亲而言，都那样艰难，所以……我将它推给了你，让你来做了。"

张蕊停下脚步，侧过身来注视张笑笑，眼神里有愧疚，亦有欣慰。

"这么多年，我一直后悔自己选择离开你的姐姐，我为自己当年的怯懦而一次次后悔。但是，我却始终又不肯去直面自己的错误，心甘情愿地接受命运的惩罚，一味地逃避，没有正面选择。

"我思念你的姐姐，但又不敢去找她。我将你抚养在身边，却又觉得如果对你太好，就亏欠了你姐姐。我将自己犯下的错误加诸在你的身上，让你一次次去做选择。"

"所以，你对我的选择还满意吗？"张笑笑扬唇反问。

张蕊没有直接回答这个问题，而是伸手握住了张笑笑垂在身侧的手，这是她第一次这样主动去牵张笑笑。

"我一直想着如果有一天你也逃掉了，我再去思考它。但是，你那么艰难又辛苦地度过这么多年，从未真的逃避过。你比我更勇敢，也更强大。"

张笑笑沉默着，缓缓抽出自己的手腕。这是她第一次与张蕊如此亲密，她一直以为自己渴望这样，但是真正面临的时候，她却选择退后，与张蕊隔出一些距离，独立出来，更愿意像一个个体站立在她面前。

"谢谢，那么我姑且认为自己达到了优良成绩吧！"

张笑笑说自己有些累了，想先回去休息，请张蕊自己继续。张蕊点点头应下，张笑笑就在微微颔首后转身离开，一直没有回头。

翌日，张蕊要离开上海，重返美国处理事务。张笑笑与孟心送她到门外，临上车前张笑笑向张蕊提出一个请求。

"她用自己的生日愿望换了为我做一件事，那我也用自己的生日愿望换一件还她吧，这样才公平。"

"你要什么？"张蕊问。

"一场出行，会很安全，只要你相信我。"张笑笑拍拍自己的肩承诺。

张蕊没有拒绝，张笑笑就当她是答应了，道了声"谢谢"后亲自替张蕊拉开了车门示意她上车，再关上车门挥手作别。

阿图来上海找张笑笑是在几个小时后，他一脸的倦容，风尘仆仆。他给了张笑笑一个大拥抱，之后抱怨说都怪天气，几天飞不了，否则他应该会在她生日那天准时抵达的。

阿图带来了自己给张笑笑准备的生日礼物，还有艾米丽的。甚至还有刘莱送的一双丑丑的拖鞋，看过logo（标志）之后才确定这是某品牌的新款，价值不菲。

阿图不停地从自己背包里掏着东西给张笑笑，艾米丽的视频电话也打了过来。她正在试穿选美决赛的裙子，兴奋地在那头说着生日快乐。她告诉张笑笑，自己送她的生日礼物是她获得当地区域决赛的冠军水晶冠。

"我将来留着总冠军的钻石冠就好了，区冠军的分享给你哦。"艾米丽在视频那头冲她伸出食指眨眼。

刘莱从镜头另一侧伸出头来，先是抱怨自己又要陪艾米丽选裙子，之后兴奋地问张笑笑是否喜欢自己送的礼物。还说那是他挑了许久才挑中的，觉得特别适合张笑笑的

风格。

张笑笑拎出那双丑丑的拖鞋,眉头皱成一团,道:"你这是明着送礼,暗地里骂我品位差吗?它,真的好丑!退了,赶紧退了,买个帆布包都比这个强,简直是浪费。"

刘莱摸着头感觉委屈,艾米丽在旁边笑出声,似乎是在兴灾乐祸于刘莱不听自己的建议,而导致这样的后果。

两个人在视频那头,两个人在这头,就这样相互闲聊着近况,像是一场久违的聚会。他们分享生活里的点滴,直到很晚,才依依不舍地挂掉视频。临结束时,艾米丽再次提及自己的决赛时间是在两周之后,已经为张笑笑留票了,要她一定出席。

阿图在上海只能停留三天,就要匆匆赶回美国,不是回纽约,而是去另外一个州参加一个科技展。他带着这几年和朋友一起研发的成果前往。

"真是有些担心呀。"阿图躺在湖边的木质走道上,嘴里叼着些草叶,双手交叠着枕在脑后感叹。

"担心无人问津?"张笑笑坐在旁边,一边朝湖里丢着石头一边问。

"你就不能盼我点儿好?我可是大老远地前来给你过生日。"阿图将玩弄着的草叶丢向张笑笑,尽管在碰到她之前就坠落到了地上。

张笑笑挥挥手,道:"你是自己没自信参展,数着日子等时间到来,心里焦虑不安,索性找个理由飞一趟中国,让自己行程更紧一点儿才不那么焦虑罢了。可别当我看不出来。"

阿图笑出声来,又随手扯了一些草丢向张笑笑,埋怨她真是太现实了,就算自己心里知道是这样,也不应该说出来,这样会伤害两个人之间的友谊。

"其实,如果你愿意,我想邀请你和我一起去。"阿图撑起胳膊,半支住身体向上,以显示更慎重一些。

"我?你说一起去参加科技展?我什么也帮不了你,甚至还可能添麻烦。"张笑笑如听到了惊天消息,连连摆手拒绝。

阿图对这个结果是在意料之中的,并没有显露出失望,只点点头"嗯"了一声,重新躺回原来的地方对着天空发呆,感叹一句。

"这里的天空真美,夕阳也一定很美。祝我好运吧!"

阿图走的那天下着小雨,张笑笑送他到机场,但是飞机并没有如预料的那样晚点,而是准点起飞。张笑笑有点儿不太相信地去问机场工作人员。那名工作人员说,只是小雨而已,高空很晴朗,不影响飞行。

"你看,也有你料不到的事情吧。我走啦,回头见。"

阿图潇洒地挥挥手，进了安检区域。笑笑隔空挥了一下手臂，心里忽然有点儿失落。她似乎是一瞬间被击中了，反应过来阿图为什么会在那一天邀请自己同行。

就像自己不相信天气一样，他也不相信自己的运气。也许他是因为焦虑不安才来找自己，但也是想要从自己这里得到一些支持的，哪怕不是实质的技术上的，而是源于一个朋友的精神支持。一旦真的遇到了坏结果，他可以有人陪在左右，哪怕只是道一句："没关系，大不了从头再来。"

张笑笑想再唤阿图说句什么，但是他的背影也只是一闪而过，就进入了机场内的候机区，再也看不到。

拿出手机，张笑笑编辑了一条长长的信息给阿图。她告诉他不要担心，即使真的失败了，也还有她这个朋友，只要有需要，他可以随时联系自己，她会做自己可以做的一切事情帮他。但是，编辑完之后又总觉得哪里不对，反复地删除再重写，最后又在按发送前点了取消。

"祝你好运。"张笑笑仅仅发出这一句话，也不知道阿图能否在起飞前看到。

隔天，张笑笑带着孟心登上了一架航班，飞往南方的一座小城。小城真的很小，小到在最近的机场下飞机后，还要再乘坐五个小时的汽车才行。汽车一路颠簸，环绕着山路攀爬，再一路环绕着山路下行，一圈一圈，像是蚊香盘一样。这让张笑笑受了不少罪，一路晕吆，到最后虚弱地靠在座位上连喘气都不想大声，只闭着眼催促快些到站。

"要是知道这么折腾，我一定不带你来，太受罪了。"张笑笑再次呕吐完后，一边擦着嘴一边放狠话。

"对不起。"孟心在旁边小心翼翼地递着水与纸巾，满面愧疚。

"又不是你把路修成这样绕来绕去的，你道什么歉？笨死了。"张笑笑翻过一记白眼，接过水漱口，靠回椅背上。

最终抵达小城，张笑笑在宾馆办好入住就躺在床上睡过去了。直到半夜，她叫着冷醒来，让孟心把柜子里备用的被子拿出来。孟心边拿被子边查温度，现在还是夏季，根本不会太冷，随即伸手试了试她的体温，立即叫出声来。

"你发烧了，我去叫医生。"

孟心穿上拖鞋就跑了出去，下楼找酒店值班的工作人员，让她们叫医生。那值班的前台便笑了，这里是小城镇，可不像大城市的酒店服务齐全，生病了也要自己去想办法的。而且，这样的小城里，大医院也就那么一两家，晚上还就诊的也就一家，她需要穿过两条街才能到达。

"就是发烧而已,撑几个小时到天亮就行啦,叫你姐姐忍忍吧!"前台值班的人员打着哈欠提醒。

孟心向她道谢,转身小跑出门。小城的街上没有出租车,清洁工也还没有上班,街道上一片狼藉。她一路小跑,按值班人员所指的方向,穿过两条路灯时明时灭的街道,最后到达医院外。

孟心去值班室,那里的值班护士睡得正香,被孟心叫醒后不耐烦地挥挥手,说出了像酒店前台一样的话。让她撑一撑,等到天亮所有人上班后再来,这个时候去吵醒值班医生,医生的起床气都够喝一壶的了,还指望他看什么病。

孟心向来是温吞的性子,不争不吵,小心谨慎。但是这一次,她却像是发了性子的小牛犊,推开那还犯着困意的护士,直接朝挂着值班医生门牌的诊室而去,大力地敲门,口里叫着救命。

值班医生被惊醒,匆匆戴着眼镜起身,拉开门看见门外的小女孩,询问怎么了。孟心不由分说地拖着他要出门,被那医生挣开手。他告诉她不出诊,再急的病也得自己来医院。

孟心咬着牙关,愤愤不平,却又无可奈何,急得眼泪直在眼眶里打转。最后还是楼道另一头的一个值班大叔有些看不下去了,过来询问情况,说愿意帮孟心去接张笑笑过来。

值班大叔有一辆自己的小摩托。他载着张笑笑回酒店,将烧得已经有点儿迷糊的张笑笑搀扶着坐上摩托,再由孟心坐在最后面扶住送往医院。

医生一脸不耐烦地做完了检查,给张笑笑开了些药,然后由护士安排到注射区挂点滴。说是注射区,其实就是一排硬座椅子。孟心把自己身上的外套脱下来,做成一个枕头给张笑笑倚靠着,以便她躺得更舒服些。

在医院一直待到天亮,各个科室的医生护士陆续上班,也有许多病患来到医院。张笑笑的针打完后烧退了,却一直叫着犯困。加上昨天一直呕吐导致身体虚弱,营养有些没跟上,整个人像是喝醉了一样,走起路来摇摇晃晃。

孟心就让她再坐回去,自己去外面街上买了早餐来给她吃。之后张笑笑感觉有些体力了,才再搀扶着她回酒店。

"就是有些发烧,没事的,睡一觉就好。"张笑笑不以为意地倒回床上,挥挥手后就睡过去。

孟心替张笑笑盖上被子,拉上窗帘,独自坐在酒店外的阳台上朝外发呆。她打量着这座小城，这里是她出生的地方。

张笑笑在酒店休息了两天才见好，虽然依旧有些低烧，却已无大碍。她收拾了东西后带着孟心出门，去当地唯一的福利院。

坐在小小的三轮车上，张笑笑翻看着她从凌锦呈那里拿来的文件夹。上面记录着孟心最初被收养的地方就是这个小城的福利院，她在这个福利院的门口被人发现，之后进入福利院生活，直到一岁时被第一家人领养。

"每个人都应该知道自己的出身，像是一切的根源。从前没有人去帮你追溯这些，现在我来帮你追溯。你会找到自己亲生父母的，交给我。"张笑笑拍着胸口承诺。

在福利院内，张笑笑找到了副院长，一个年迈的女人。她一边织着毛线活儿，一边听张笑笑讲明来意，她扶着鼻梁上的眼镜像是在回忆什么，之后摇摇头摆摆手，边继续织自己的毛线活儿，边不以为意地拖长了声音。

"太久了！我这里什么都缺，就是不缺被丢在门口的孩子，真记不清你说的是谁。要知道，襁褓里的孩子长得都一个样子，有时候一个月同时抱进来好几个，谁分得那么仔细？"

"那就查一查，总有登记资料的，这对你们是没什么重要的，但对当事人却很重要。"张笑笑提出要求。

"查？"那副院长挑眉反问，之后笑起来，像是听到了什么笑话。

"查什么？有什么好查的？都这么多年了，能查什么呢？说到底，都是些被亲生父母丢下不要的人吧，除了给我们增加工作量，没有别的意义，别闹了，快走吧。"

女人挥挥手开始赶人，孟心低下头有些失意。张笑笑却生出了不悦，上前一把夺过那个女人手上的针织活儿，力量之大连带着将筐子里的毛线球都拉了出来，在地面上滚出好远。

"你怎么说话的？你这么没有爱心，为什么要在这里工作？你应该被开除，我要投诉你。"张笑笑呵斥。

女人意外于张笑笑敢动手，愣了两秒，之后也眉毛一竖，"噌"地一下站起来。她一手叉腰，一手戳上张笑笑的脑门。

"这哪里来的小丫头片子，是要反了天吗？在我面前大吼大叫？爱心？要不是我这种没有爱心的人在这里，你们早就在门外冻死饿死了，哪还容得了你们现在冲我大吼大叫？有本事冲我吼，就去找那些遗弃你的人，他们才是始作俑者，他们才是坏人，只管生不管养的坏人！"

"我就是听不惯你的言辞，看不惯你的嚣张，给我向她道歉！道歉！"

张笑笑也不甘示弱，扬起脖子回击。孟心生怕她会动手，赶紧拉住她的手腕一直向后扯，劝她离开，不要再争了。

"我偏不道歉，都是些野丫头，敢到我的地盘上嚣张。滚，全给我滚出去！"

女人怒吼着，随后冲在院子另一侧清理花坛的一个小男孩喊了一句话："13号，去把后院看门的叫来，把这两个丫头片子丢出去。"

小男孩抬头看向这里，点点头，放下手里的小铲子，朝通往后院的门走去。叫人来帮忙，这本没什么特别的，但张笑笑却意外于她叫那个孩子的称谓，那仅仅是一个数字。

女人也看出了张笑笑脸上的惊诧，得意地挑眉笑了起来，道："瞧见没，你们要查，怎么查？你们这些人在我这儿就是个数字，名字都没有，能查什么？真是不懂你们这些人，明明被抛弃了，还想着要去找原因。能有什么原因？就是不想要你呀，他们不想要你你再去找他们，这不是轻贱自己吗？要我说，就算有一天他们来找你，你也都不要原谅，他们已经不配做你的父母了。"

在女人喋喋不休的时候，从通往后院的门口处走出来一个五大三粗的中年男人，面相不善。孟心拉动张笑笑的衣袖，示意她该走了。

原来去叫人的小男孩站在台阶上没有跟来，他远远看着张笑笑两个人，冲她们打着手势，意思是让她们快走。

张笑笑是向来不怕什么的，但现在带着孟心她就有了顾忌。她不想将事情闹大，最后牵起孟心的胳膊，带她离开。

从福利院离开后，张笑笑一路愤愤不平，却又无可奈何。孟心一再表示没关系，其实原本也没抱什么希望，查不到就查不到吧。

"你放心，会查到的，一定会查到的，我会再想办法。"张笑笑再次保证。

因为大雨，张笑笑与孟心原计划离开小城的时间被推后。两个人住在酒店里，除了去吃东西，基本不会外出。她们发现酒店可以提供送餐服务后，两个人索性吃饭都在房间内解决了。

"这就跟坐牢似的，人都要发霉了。"张笑笑背着手在屋里来回走动着抱怨。

孟心把窗帘拉开一些朝外看，玻璃上的雨水像是一条条的小溪向下流着。街道上没有人，似乎这种小城里，一旦遇上下雨天，大概就不会有人出门。

张笑笑叫着无聊，打电话让酒店从超市里订了一些零食上来。两个人坐在床上吃零食，有的喜欢，有的觉得奇怪，因为实在太无聊了，她还给每一种零食打分，做出排名，最后告诉孟心，还是那个薯片好吃，合自己的口味，回美国的时候要多带些。

"你要回美国吗？"孟心小心地询问。

张笑笑愣了一下，其实原本她只是随口一说，并没有深意。但说者无心，显然听者有意，孟心当成了她要离开。于是，她也思考了这一问题，却不知道答案，是去是留，她也不知道。

"我就是随口一说，你别多想。"

张笑笑一语带过，并未多解释。孟心也就不再追问，但从她脸上的表情可以看出，她心中已经有些计较了。

雨接连下了三天，第四天稍停了一些。张笑笑就去询问酒店的人，现在小城通往市区的车是否可以通行了。孟心站在酒店大堂的一侧等她。

不久张笑笑一脸失意地回来，告诉孟心她们至少还要在这里留三天，因为大雨把一段路冲毁了，要修好后才能通行。

既然不能走了，孟心就提议出去逛逛。两个人找到小城里唯一的旅行社，报了一日游，然后由人开着车在小城里转了一圈。她们去了一个小寺庙，又去了郊区的一座山上，只为去看一棵据说有近千年历史的古树。那是小城为数不多的可以称之为景点的地方。

"哎呀，没有人会来这里旅游，都是要去外面大城市的。我开车这么多年，第一次遇到要在这里旅游的。"司机在开车的时候说起玩笑。

车子停在山路的尽头，余下的几百米要她们自己走过去。张笑笑就让孟心走在后面，她把路上的杂草先踩下去，再让孟心沿着自己的轨迹行走，可以轻松一些。

"早知道是这样，还不如在酒店待着了。这阴天，跑来荒山野岭，万一遇到什么狐呀鬼呀的，回头把你吓哭了怎么办。"张笑笑挥着棍子，一边踩踏路上的草，一边调侃后面的人，有意吓她。

但是，背后的人却一直没有回答，张笑笑就觉得她是被吓到了，回过头去想安慰她。可是目光所及之处，并没有见到孟心。

张笑笑急了，大声喊孟心的名字。几声之后才听到了孟心的回应，她也顾不得地上的草，赶紧朝着孟心发出声音的方向跑过去。

跑过一段疯长的野草地后，前面的地面干净起来，全是大树。一片大树后是一处断崖，隔着树林可以俯瞰整个城市。孟心站在几棵树后冲她招手。

看见孟心安然无恙，张笑笑松了一口气，之后就开始责怪她不跟紧自己，万一迷了路，麻烦就大了。她边责怪着边走到孟心面前，余下的话，在看到孟心后面地上的东西

后就又停住了,不再继续。

地上铺着一块方布巾,上面有一份插着蜡烛的蛋糕、一小束花、一个用山上的树藤和花一起编制而成的小花冠,以及一个旧到掉漆脱色的老式手提收音机。

"上次你的生日没有蛋糕,也没有唱生日歌,多少有些遗憾。阿姨应该是太忙了没顾得上。今天是我的生日,在同一个月份内,所以生日应该还不算过期,我们就来补上吧!"

孟心按下一个键,那收音机就播放起了《祝你生日快乐》的歌曲。孟心也拍着手跟着一起唱,拉张笑笑坐下来,将火柴划燃递给张笑笑,让她去点蜡烛。

"真想不到,这里的小店里居然还卖火柴。"孟心感叹。

"也想不到,你居然还会这么有复古格调,去租这种老式收音机。"

听张笑笑这样说,孟心尴尬地脸红了,道:"其实,是因为我没有钱,这个是可以租到的最便宜的了。"

张笑笑先是一愣,之后大笑起来,伸手将孟心的头发揉乱,说她有时蠢蠢的,但有时候简直就是个机灵鬼。孟心也笑着咧开嘴,抬手将被揉乱的头发抓一抓,催促张笑笑赶紧点蜡烛。

在这座小城的最高点,一棵不知名的千年古树下,张笑笑和孟心一起过了一个特别的生日。两个人坐在毯子上吃蛋糕,不一会儿地下的水就洇湿了毯子。她们就拿着蛋糕到前面断崖的位置坐下,没有刀与碟子,就用一个勺子共吃一整个蛋糕,欣赏这个大雨过后的小城。

"这个月,我可真是过了不少生日。"张笑笑边吃着蛋糕,边将目光投远眺望,不由得微笑感叹。

"姐姐许了什么愿望?"孟心在旁边吃着蛋糕询问。

"秘密。"张笑笑有些故作神秘地眨眼。

两个人在山顶坐着,吃着蛋糕,闲聊了些事情。

阴雨过后的小城在脚下安静地矗立着,天际的云在午后散去许多,一道彩虹居然出现在了天际,横跨小城的东西,悬于山侧,连接两端。

"据说,见到彩虹能有好运气哦。"孟心兴奋地指着那彩虹开口。

"谁告诉你的?"

"叔叔,他说的。"

"没想到他还会骗小孩,啧啧。"张笑笑暗自摇头,却没有将话说破,任由孟心自顾自地冲着那道彩虹欣喜若狂。

几日后，张笑笑与孟心回到了上海。到门外时看见到二楼窗户后有一闪而过的身影，张笑笑就停下了原本要踏上台阶的步子。

"孟心，我只能送你到这里了。"

孟心回过头，先是不解于张笑笑为什么过门而不入，之后循着她的目光扫过二楼的窗户，便又瞬间明白了，原来郁欢已经回来了。

"照顾好自己，小丫头。"张笑笑伸手，将孟心头顶的发揉乱。

"姐姐什么时候回家？"孟心抬手，一边用手指搅动乱发，一边认真地询问。

"也许明天，也许……也许……很久吧。"张笑笑微笑感叹。她抬头四下打量这座房子与花园，最后将目光投至最远处的湖与山，到达目光可及的极限，久久未曾收回。直到眼睛生疼，她才最终低下头，转身离去。

"姐姐，我会一直等你回家的。"孟心在背后冲她喊出声。

张笑笑低着头，唇角微微上扬，头也不回地挥了挥手，离开了那所房子。

第十五章

一叶知秋，一雪识冬

再次得到凌锦呈的消息，是在一则新闻晨报上。他依旧穿一身得体西装，站在高台之上，亲手为一个工程奠基剪彩，同时宣布他重归华睿。

在华睿公司历经一场内战后，元气大伤的公司由凌锦呈的养母与其他股东联手，将他挤出局外。一度被外界媒体戏称为"傀儡皇帝欲要亲政，最后还是太后联合了顾命大臣们用了兵谏"，活活一出慈禧与光绪的现代商场版电视剧。

所有人都以为，凌锦呈的命运也会如历史上的那个傀儡皇帝，最终郁郁而终，再不得志。但是，他的回归是这样快，亦是这样盛大，让所有不看好他的人重重地扇了自己一个巴掌。

"自即日起，凌锦呈将成为华睿的新任执行总裁，全权负责华睿各项运营事务。"

他那原本联合外人将他挤出局的养母此时一脸云淡风轻，面带微笑地向所有媒体宣布这一则消息。之后在回答问题环节告诉众人，她与凌锦呈虽不是亲母子，却胜过血亲，她为他感到骄傲，相信他，并支持他。

反转更迭，黑白双面，一切的转换与朝向，不过是利益至上的权衡。当然会有人去想，当初她对凌锦呈是何等绝情地弃卒保车，甚至还会有大胆不识趣的记者当着镜头问起她。但那又怎么样？那是商场，会问出来的人不过是图一个噱头，或者说是外行人。她只需要给一个微笑，不必言语，就会有别的公关去处理。

随着凌锦呈的回归，原本在上一场华睿运营权争夺战中胜利的股东们，传出了面临被清算账务的麻烦，但随后又不了了之。为首者以年事已高，想要回归家庭为由，放弃一切在华睿的运营职务，只执股，不再管理事务。甚至他还在媒体前发表了一通言辞华丽的说明，表达了自己对凌锦呈百分之百的支持。

"是时候要将一切交给年轻人了，凌总很有魄力，也有能力，相信他会带给华睿最好的将来。我很信任并看好他。"

随后，华睿进行了一轮高管大面积的更迭，市场进行调整，一部分产业进行了抛售，迅速被德国某公司收购。这也印证了当初被曝光的录音里的对话是确有其事，凌锦呈一早就在联系买家出售华睿的产业。

对此，外界褒贬不一，有人说他要毁了华睿，也有人说他在改革华睿，把一条旧工业大船翻新成一条新能源舰艇。一时间，华睿的股票升跌幅度像是过山车一般，每天都有不同的新闻传出。

张笑笑最后一次见到凌锦呈是在立秋那一天。整个城市忽然陷入了酷热，一切像被丢进了火炉，要燃烧起来一样。小狗趴在地上吐着舌头不愿动，树上的叶子都耷拉下来,花朵萎靡。行人挥汗如雨,不到万不得已,没有人愿意走上大街。

张笑笑站在广场中央,看着凌锦呈走过来。好像他们是整个城市仅有的两个人,不惧怕炙热,不怕蒸发。

那是张笑笑第一次见凌锦呈穿着休闲的T恤,纯白色,随意而轻松,配着洗得发白的牛仔裤,一双白鞋,简单随性,恍惚间像是一个风度翩翩的少年学长。

"这种天气,也只有生死之交,才会出来赴约了。"张笑笑调侃。

凌锦呈微微扬唇,笑道:"我们的确是生死之交。"

张笑笑略一思量,他倒也所言非虚,他们的确一起共过生死。

凌锦呈带张笑笑去店内吃冰激凌,告诉她自己要暂时离开一阵了,归期未定。

"不是才重回公司吗?"张笑笑有些疑惑。但凌锦呈对工作的事却似乎无意多讲,可能也是因为那本就是另外一个世界的事务,多说无益。

"有件事,我想你应该知道。"

"什么事?"

"还记得那次在机场里等待救援的事吗?其实当天我不确定自己能否顺利返回去找到你,再顺利带你出去,所以做了另外一套备用方案。在通信未被大面积中断前,联系外界雇用了一些人去接我们,同时也是从那些人手里买到了机场的平面图,以及联系司机在机场外等候。"

"哦,难怪,我说怎么一切那么顺利,原来是重金买来的,做了各种可能性的打算。果然,机会总是留给有准备的人,运气、巧合这种事情,也只是表象。"张笑笑吃着冰激凌笑言。她除了感叹凌锦呈的心思缜密,遇事皆有备无患外,更多的还是佩服。

"运气是最靠不住的东西。"凌锦呈微笑。

"嗯,我记下了,以后这句话可要当成我的座右铭才好。"张笑笑用食指敲敲自己的额头,以表示记下。

"不过,我和你讲这件事,可不是要你记下这句话的。"

"那是什么?"张笑笑将舀着冰激凌的勺子抿在唇间,疑惑地发问。

"那些被雇用者的费用我在早些时候结清了,他们也为了表示自己完美地完成了任务,就将一些东西寄给了我,以佐证这场交易的完成。"

凌锦呈说着,将一只袋子取出来递给她。

张笑笑叼着勺子伸手接过纸袋,打开后看到里面是一条红色的围巾。那围巾并无什么特别,还有点儿脏了,十分不起眼。但是,她却一眼认出了,那是自己在逃离那个母婴室时,系在门把手上留给阿图作为信号用的那条。

围巾拿起来后，盒子下是一张照片。照片上四五个身材壮硕的男人勾着肩膀站在一起，一行人最前面站着一个身高差不多，却明显比他们瘦弱许多，穿着衬衫、挎着相机，脖子上挂着红围巾的少年。他们背后是一片忙碌的码头，照片右下角的时间显示正是那场暴乱的第二天。

张笑笑看着那张照片，目光定格在了盒子里，嘴里的勺子掉落下去，人也如同被定格在那里。半响，她伸出手将那张照片拿起来，凑近些看，仔细打量着照片上的少年，才终于确定自己没看错，那个人真的是阿图。

"我告诉了那些雇用者你的特征，其中有一条就是系着红围巾。他们在抵达那里时，就看到了你的朋友。他系着那条围巾守在那里，于是他们就将他带走了。"

"所以，他说他自己逃了出去是假的，他回去找我了。"张笑笑喃喃出声。

"他才是你的生死之交，有这样的朋友，你比许多人都幸运。"凌锦呈伸手，轻轻地拍了拍张笑笑的肩。

"真是个傻子，他就是个傻子。"张笑笑将照片放回盒子，把围巾重重地丢进去盖上。她的心跳在加速，一种后知后觉的恐惧涌上心头。

如果不是凌锦呈雇用了那些人赶去那个母婴室，如果不是阿图遇到了那些雇用者，他将会在那场暴乱中遭遇什么？要知道新闻后来报道，那处机场历经了长达数日的枪战，甚至投下了炸弹，他们曾经所藏身的那栋大楼几乎坍塌。

如果……如果没有那些雇用者，她此时或许还能坐在这里吃着冰激凌，但是阿图呢？他也许就要从自己的生命里消失。

炎热的天气里，落地窗外烈日烧烤着大地，阳光热烈刺目，惨白灼目。张笑笑却自脚底涌起一股寒意，教她不自觉地瑟瑟发抖。在当初亲身经历那场暴乱时都不曾有过的恐惧，此时成千上万倍地自身体的每一个毛孔涌上来。

"或许有些人拥有很多朋友、亲人，但少了颗真心，那不过就是一些不相干的熟人而已。而你已经拥有了这世间最宝贵的真心了，那是许多人穷极一生，都不能拥有的幸运与眷顾。笑笑，珍惜当下，远比去顾望他人、羡慕他人要更好。"

张笑笑的手指摩挲着盒子的表面，没有做出回答，但心里已经有了答案。

凌锦呈陪张笑笑坐了一会儿，直到被一则来电打断。他并没有接起，但看着那个号码却恢复了惯有的平静冷漠，好像戴回了面具的凌锦呈。

凌锦呈先行离开，临走时颔首作别。他说，也许会给张笑笑寄明信片。

之后张笑笑见到凌锦呈，依旧是在新闻上。凌锦呈宣布了与奥委会的一个合作项目,在凌锦呈多年的暗中促成下顺利达成协议,并开始启动。这让之前那些一直质疑凌锦呈与华睿的人再次张大了嘴,感觉又被抽了一个嘴巴。原来抛售一部分产业,只是一个清道准备,真正的急速前进,是与国际奥委会的合作。

抛售华睿股票的人捶胸顿足,痛心疾首;那些咬牙坚持下来没有抛售华睿股份的人,赚了个钵满盆满,这其中也包括凌锦呈自己。一时间,有些机构发出评估数据,称凌锦呈的身价已经达到数十亿美元,成为全球三十岁以下富豪榜上的翘楚。

但是,也就是在这风光无二的时候,凌锦呈以他的名义召开了记者发布会,却没有前往现场,仅由他的律师出面发表了一份声明。他表示自己因为个人原因退出华睿,将所有的经营权交还给自己的养母。

众人不解,明明他那么不易才赢得的权益,又促成了一个让华睿更上一个台阶的大项目,为何要这样急转直下地退出,将一切拱手让人?也有人自负看透了一切,表示这不过是他养母的一场大戏、一出好棋,他的出走与回归,都是他们母子二人的计谋,要的就是将华睿的旧股东全部逼退,将公司的运营权掌握住,也为当年那个自华睿楼顶一跃而下的人报仇。

但是,这都不重要了,凌锦呈消失在了大众的视线里,再没出现。

当张笑笑看到这些新闻的时候,已经躺在加州的酒店里。她伸了个懒腰跳起来,将电视关掉,走出去冲在房间另一头收拾行李的人询问好了没有,他们该去机场了。

"好了,好了,马上就好。"阿图边塞着东西边回应。

阿图的产品在技术展上并没有获得太多成功。虽然有公司有意向投资,但在阿图不肯被全权收购的前提下,最终不了了之。

张笑笑拖着行李抵达这里时,他正沮丧地坐在展厅门口喝着可乐,然后看着走过来的人,拍自己的额头,感觉自己眼前的人与事应该是幻觉。

"我明明喝的是可乐,为什么会出现幻觉,是打击太大,失心疯了吗?"

张笑笑走过去,在他的额头上重敲一记,挑眉翻着白眼,道:"痛不痛?如果知道痛,就说明不是幻觉。真是的,本大小姐来看你了。"

张笑笑很庆幸自己赶来了,在阿图遭遇挫败后陪在他的身边,尽管不能实质上改变什么,但有个朋友在身边,再沮丧的心也能得到一些安慰。

张笑笑在飞机上将那条围巾掏出来给阿图。阿图愣了一下,便大约猜到,张笑笑已经知晓了一切。他咧开嘴笑了,故作帅气地向后撩头发,得意地拍拍张笑笑的肩头,道:"看来你是知道了我的英雄事迹了。不用感动,不用佩服,以后别再对我翻白眼,别再对我动手就行了。"

张笑笑扬手将那围巾丢到阿图的身上,翻着白眼,一巴掌拍上他的胳膊,道:"你个大傻子,说好的要逃命,还傻乎乎地跑回去,你脑子里装的全是水吗?"

"天啊,你更凶了,简直吓人。"阿图缩起胳膊,将围巾抱到怀里,皱眉埋怨。

"还撒谎骗人,说什么没有回去。"张笑笑再度扬手,又是一巴掌落到阿图的胳膊上。

"我那不是怕丢人吗?你要知道,那些人来了之后把我当成你,语言不通,也不问什么提着就走。我这么一个大男人,被人当成女孩子多丢人呀!那些人也真是的,好像在他们眼里,不长胡子的都是女孩,啧啧啧……"

阿图说得滑稽,张笑笑"扑哧"一声笑出来,笑着笑着,眼里却涌出了泪水。阿图赶紧抽纸巾给她擦,保证以后不撒谎了。

"你要不还是打我吧,可别哭了,你一哭,我就怕了。"

张笑笑再度扬手,阿图立即缩了一下脖子,以为她要打下来。但是没料到的是,张笑笑却是伸手拥抱住了他,紧紧抱住,在他耳边认真地说"谢谢"。

"谢谢你,阿图,一直对我这么好。"

阿图微笑,拍拍她的后背。在飞机要开始滑行的提醒中分开坐好,系好安全带,一起去参加艾米丽的选美决赛。

艾米丽不负所望,最终获得了那一届的选美冠军。她穿着礼服,由上一届冠军为她戴上王冠,然后挥手示意。在工作人员的引领下,她坐上宝座与其他参赛者合影。大屏幕与广播里轮番介绍着她的成长事迹、她的参赛历程。鲜花与彩带从天而降,她站在中央如同一位公主。

台下的张笑笑拼命鼓掌,阿图和刘莱坐在旁边,旁边是艾米丽的家人。在一切结束后,几个人去后台看艾米丽。艾米丽被一众媒体紧紧围住,根本无法靠近。于是,张笑笑就远远地踮起脚尖,冲她飞吻祝贺。

艾米丽微笑,之后她做了一件所有以优雅懂事为特点的选美小姐都不会做的事,推开媒体,推开赞助公司的老板,推开面前的一切,离开华丽的背景墙,朝通道最后面的角落跑来,拥抱自己的朋友。

"我就知道你会来。"艾米丽兴奋地叫着。

"我们会一直都在的,但是现在,去享受自己的胜利时刻吧!做一位最美的公主,迎接人生的喜悦时刻。"张笑笑撑着她的肩膀将她推开,鼓励她,替她将发尖的彩带摘下。

艾米丽点点头，冲旁边的阿图点头示意，冲刘莱微笑，转身提着裙子再小跑着离开角落，重新回到闪光灯下。

新学期开始，张笑笑回到了原来的校园，继续着自己的学业。她偶尔写歌，然后放进自己的书架。艾米丽在校园内成了名人，一跃成为许多男生的梦中公主，甚至还接拍了几个广告。她也对此很享受。

阿图继续着自己的软件研发，刘莱居然成了他的第一个投资人。刘莱对研发一窍不通，却还是义无反顾地倾尽了自己的资金，协助阿图在自家的车库内建起了一个简易的办公区，还注册了一个以两个人名字命名的公司。

在其他人看来，他们不过是年少轻狂的尝试，不被看好。但既然没有对任何人造成实质伤害，也就无人过问。

"我什么都不会，除了帅，就是有钱了。帅我帮不了他，那就投点儿钱吧，反正亏了就问家里要，他们又不会真不管我。"这是刘莱在公司注册下来那天庆祝时说的话。

张笑笑听在耳里，一口气差点儿没提上来，直咳嗽，艾米丽则直接一口可乐全喷了出来。

对此，阿图显得很坦然，举了举手中的可乐，抿唇皱眉，表示无话可说。

"敬我们最好的未来！"

深秋的时候，张笑笑收到了一张明信片，是来自新西兰的。她看了几秒，之后丢下手里的一切跑出房间，以最快的速度冲到一家国际速递公司，将这张明信片寄往上海，收件人为郁欢。

约一周后，在与孟心的视频通话里，张笑笑得知，郁欢刚刚起程去了新西兰。

张笑笑点头，扬唇微笑，这次她终于做了一个对的选择吧？她想。

圣诞来临，张蕊来看张笑笑，推开公寓的门，却发现那里没有人，只留有一封信。信上留言，她决定去一趟法国，在那里度过今年的圣诞节。但也保证会在春节之前赶往上海，与张蕊在那里会合，同孟心一起过春节。

"回头见，妈妈，妹妹。"

张蕊拿着那一纸信笺，有片刻的沉默，最后不禁唇角微微上扬。

"她一向比你勇敢，能做出好的选择。"一句感叹过后，张蕊放下信笺，转身离去。

在掠过天际的飞机上，张笑笑靠在座位上，腿上放着那件红色外套，外套的口袋里

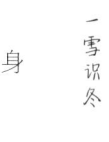

放着一张明信片，正面是巴黎标志性的埃菲尔铁塔，反面写着一个地址。

她已经做好了准备，在落地之后，披上外套，穿越城市，去迎接一场久违的相遇。

人生，许多人与事，或许会迟到，或许会迷路，但最后总能找到对的方向。

——本季完——

私人定制少女馆全新力作——

《琅玕馆:浮生十二愿(上)》

唯美上市！再现经典！

**一间神秘的琅玕画馆，
一部唯美的妖兽传奇！**

麒麟、蝶姬、丹鱼、狐妖，
每只画中灵兽，
为你所用，许你所求，给你所愿！
亲情、爱情、家国、抉择，
许一段玲珑愿，
不问前程，不畏将来，不改初心！

随书附赠：
《浮生录：梦计划の手札》日程本

心动分享价
25.80元/本

**意林·轻文库
私人定制少女馆**

为每一个女孩私人定制的甜美故事，
为每一段青春定制最独特的风景，
让"私人定制少女馆"陪你去寻找另一个时空里
专属你的独家传奇吧！

超值回馈价：
25.00元/本

《恋恋星煌十二宫》　《守护十二生辰石》

随书附赠：
《星月夜·治愈系的浪漫》大开本唯美手札
《卷珠帘·糖果色的温暖》大开本浪漫甜美手札

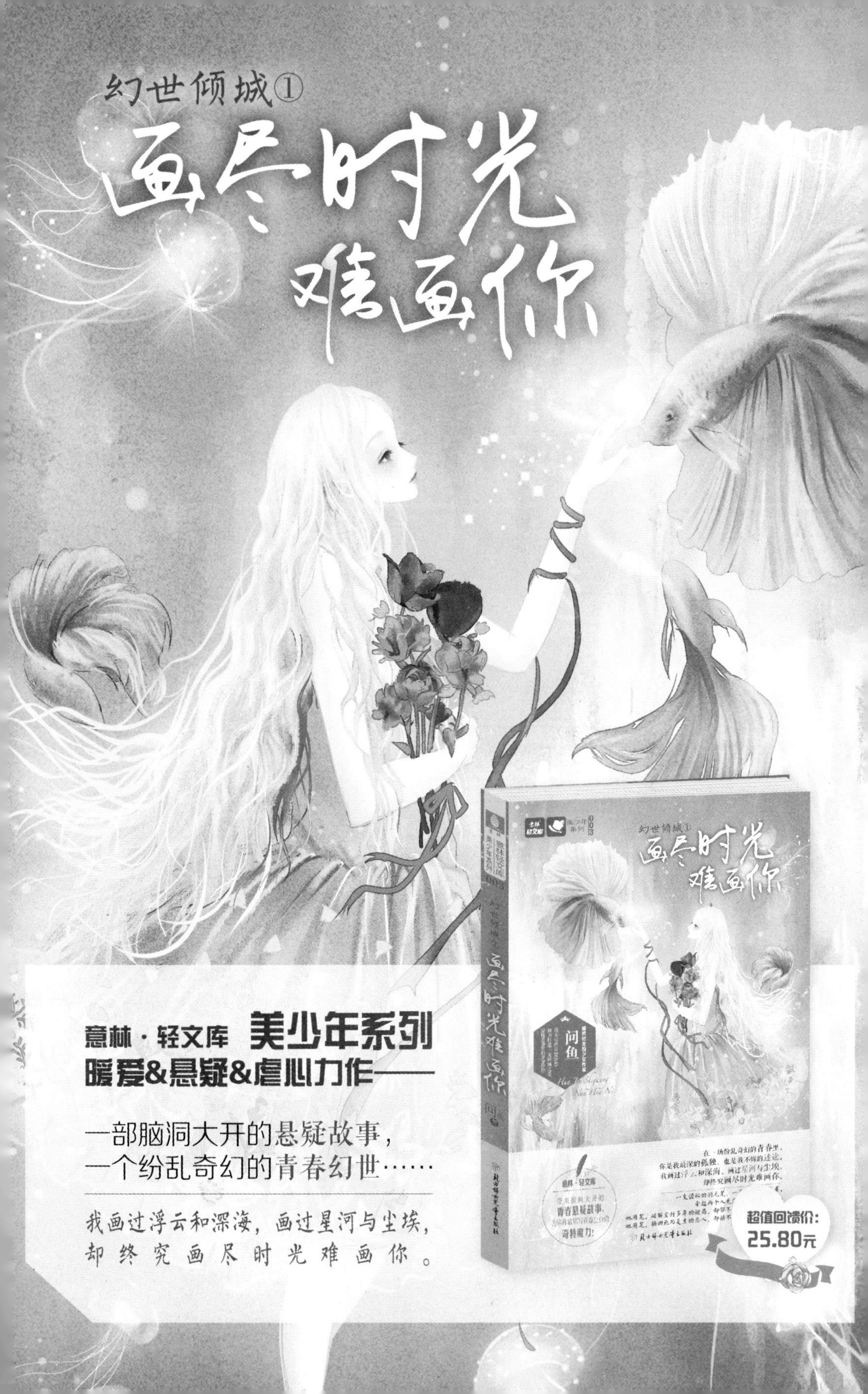
幻世倾城①
画尽时光难画你
意林·轻文库 美少年系列
暖爱&悬疑&虐心力作——
一部脑洞大开的悬疑故事，
一个纷乱奇幻的青春幻世……
我画过浮云和深海，画过星河与尘埃，
却终究画尽时光难画你。
超值回馈价：
25.80元

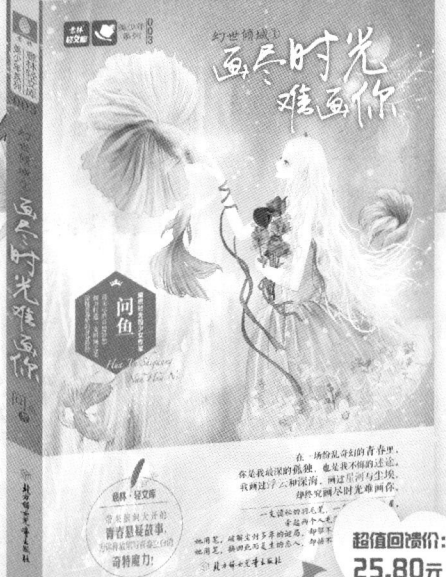